批评的踪迹

何轩 著

本书出版得到湖南省高校哲学社会科学重点研究基地中国文学批评学研究中心部分资助

本书系该平台开放基金项目『镜与灯：何建明报告文学论』（15k048）部分成果

知识产权出版社
全国百佳图书出版单位

图书在版编目（CIP）数据

批评的踪迹 / 何轩著. —北京：知识产权出版社，2017.7
ISBN 978 – 7 – 5130 – 5010 – 4

Ⅰ.①批… Ⅱ.①何… Ⅲ.①文学评论—写作—研究 Ⅳ.①I06

中国版本图书馆 CIP 数据核字（2017）第 162200 号

内容提要

文学如何批评？本书聚焦文学批评写作的实践性与操作性问题，以作者20年文学批评写作实践与教学经验为经，以文本细读批评—文学现象批评—理论批评—学术综述—学术著作评论5种批评形态为纬，探索、挖掘不同批评形态写作方法与实践案例。本书集批评形态方法导引与批评个案实践、反思于一体，凸显文学批评写作的过程性、问题性、学理性与修辞性。本书适合做大学中文系文学批评写作参考教材，对中学语文教师课文分析也有一定借鉴参考价值。

责任编辑：王颖超　　　　责任校对：王　岩
文字编辑：褚宏霞　　　　责任出版：刘译文

批评的踪迹
何　轩　著

出版发行：知识产权出版社有限责任公司	网　址：http://www.ipph.cn
社　址：北京市海淀区气象路50号院	邮　编：100081
责编电话：010-82000860 转 8655	责编邮箱：wangyingchao@cnipr.com
发行电话：010-82000860 转 8101/8102	发行传真：010-82000893/82005070/82000270
印　刷：三河市国英印务有限公司	经　销：各大网上书店、新华书店及相关专业书店
开　本：720mm×1000mm　1/16	印　张：17.75
版　次：2017年7月第1版	印　次：2017年7月第1次印刷
字　数：288千字	定　价：49.00元
ISBN 978 – 7 – 5130 – 5010 – 4	

出版权专有　侵权必究
如有印装质量问题，本社负责调换。

自　序
在印象与细读之间发声

如果说文学是一种感受性的言说，那么批评则是对这种感受性言说的内涵与价值进行的理性表达与价值引领。在我国高校中文系本科生到硕士生、博士生教育体系之中，文学批评都是一门重要的实践性课程，在培养学生文学鉴赏、评论和研究能力方面担负着不可或缺的作用。本书《批评的踪迹》，汇集笔者批评学步20年30篇论文，以丰富多样的个案批评与写作反思，在文学批评写作操作引领层面积累了可以模仿的经验与大量的案例启示。在笔者看来，作为一部文学批评论著，贯穿本书各篇论文的一个共同特色是在印象与细读之间发声。

在《批评的踪迹》各篇论文写作之中，"印象"之于文学批评，是一种审美体验，也是一种洞察力与穿透力。这集中体现在第一章以单个文学文本为对象的细读批评和第五章以单个著作为对象的书评之中，只要看看这两章各篇论题的提炼，就可以明白这一特点。而在以文学现象和文学理论为批评对象的第二章和第三章各篇论文中，批评主体对批评客体"印象"的把握与运筹，同样具有十分鲜明的特色。如第二章中对贾平凹散文的批评论文《论贾平凹美文中的禅味》、第三章中的论文《论梁启超的"应用佛学"与其小说观的关系》。

如果说"印象"之提炼是批评文心雕龙之眼，那么，"细读"则是批评解牛之刀。在《批评的踪迹》各篇论文之中，"细读"之于文学批评，既是一种批评之术，更是一种分析力与论证力。本书许多论文将传统的细读评点之术与英美新批评、叙事学等细读之分析力与论证力结合起来，用于文学批评实践之中，形成了文本细读的特有功夫。如对欧·亨利的小说批评论文《〈警察和赞美诗〉：无奈的选择与冷漠的叙事》、对何建明的报告文学批评论文《〈奠基者〉："气场"串起的"国魂·军魂·石油魂"》，等等。

《批评的踪迹》30 篇学步论文，在历时 20 年的摸索写作中逐渐形成了著者的批评风格，那就是在印象与细读之间展现批评主体的声音。这种"发声"，是批评学步的一种专业之声，更是批评主体介入社会的一种人文之声。

　　这里所谓的批评"专业之声"，是指在批评理论观点牵引下对文学文本细读、分析与综合过程中的操作程序提示。如第一章中对张天翼小说的批评论文《〈华威先生〉：权威的建构与主体的颠覆》、第二章中的论文《被遗忘的现代性：20 世纪二三十年代美文小品的重新评价》。

　　特别值得指出的是，这部学步的批评集，在展现"专业之声"时还集中展示了批评主体介入社会现实的"人文之声"。这在本书集中展示的三个批评领域都有体现。对梁启超小说理论批评的系列文章集中展现了批评主体的民族文化情怀，那就是对儒家文化优秀传统精神的回望与呼唤。对何建明报告文学批评的系列文章集中展示了著者作为有机知识分子的主流之声，那就是对当代文学创作的党性、人民性与人性的呼喊与张扬。对打工诗歌批评的系列论文集中显露了著者作为底层学者的"民间之声"，那就是对底层劳工物质创造与精神创造的肯定与呐喊。

　　在文化大众化、信息化与多元化发展的当下时代，文学批评在大学学院式的专业教学与社会文化建构方面日益不可或缺。21 世纪以来，国内相继推出了一系列关于文学批评理论与实践的教科书和论著。《批评的踪迹》的特色是聚焦文学批评的实践运作，其独特的贡献首先表现在对报告文学的文本细读与文体理论概括方面。其次，展现了将文学批评科研成果转化为文学批评教学实践的一种独特尝试。

　　批评难，批评教学实践更难。刘勰在《文心雕龙·知音》篇起笔浩叹："知音其难哉！音实难知，知实难逢；逢其知音，千载其一乎！"曹丕在《典论·论文》开篇中指出："文人相轻，自古而然。"千年之后，果有知音，余心足矣，是以自序。

何　轩

2017 年 1 月 26 日

于湖南理工学院南湖公寓

目 录

第一章 文本细读批评

文本细读批评导引 …………………………………………（ 3 ）
1.1 《忠诚与背叛》:历史的镜鉴与现实的拷问 ……………（ 4 ）
1.2 《国家》:外展大国形象　内凝国家意识 ………………（ 20 ）
1.3 《奠基者》:"气场"串起的"国魂·军魂·石油魂" ………（ 25 ）
1.4 《我的天堂》:苏州30年发展报告的里程碑 ……………（ 40 ）
1.5 《罪童泪》:留守儿童预警教育学的问题与出路 ………（ 54 ）
1.6 《华威先生》:权威的建构与主体的颠覆 ………………（ 58 ）
1.7 《警察和赞美诗》:无奈的选择与冷漠的叙事 …………（ 66 ）
1.8 《岳阳楼新景区散文诗词集》:原创与再创 ……………（ 74 ）

第二章 文学现象批评

文学现象批评导引 …………………………………………（ 81 ）
2.1 论贾平凹美文中的禅味 …………………………………（ 82 ）
2.2 "三农问题"叙事的两种路径与效果
　　——《根本利益》与《中国农民调查》比较论 …………（ 91 ）
2.3 打工文学的精神引擎
　　——从《纪念碑》到《城市,也是我们的》 ………………（101）
2.4 "打工诗歌"与底层和谐文化建设 ………………………（108）

2.5 淡泊中的执着
　　——评作为藏书家的余三定 ……………………………（113）
2.6 "血性批评"的崛起与崛起的"血性批评家"
　　——熊元义文艺理论与批评阅读手记 ………………（121）
2.7 被遗忘的现代性:20世纪二三十年代美文小品的重新评价 …（129）
2.8 共产党人的文学镜像:从浮雕式群像到多声部变奏
　　——新中国60年文学中共产党人形象塑造的价值和启示 ……（139）

第三章　理论批评

理论批评导引 ……………………………………………（149）
3.1 论梁启超对小说功用的理论创新 ……………………（150）
3.2 论梁启超对小说功用的实践创新 ……………………（162）
3.3 论梁启超的"应用佛学"与其小说观的关系 …………（171）
3.4 "道"与"艺"的冲突:梁启超小说宣传思想论 ………（182）
3.5 文学语言批评解码刍议 ………………………………（192）
3.6 全媒时代报告文学影响力的建构与传播 ……………（199）
3.7 晚清八股取士的废止与新小说的兴起 ………………（204）

第四章　学术综述

学术综述导引 ……………………………………………（215）
4.1 新世纪打工诗歌研究述评 ……………………………（216）
4.2 构筑报告文学新的长城:交流・对话・反思
　　——2011年全国报告文学创作理论研讨会述评 ………（226）
4.3 "何建明研究所"成立暨《何建明评传》撰写研讨会综述 …（238）

第五章　学术著作评论

学术著作评论导引 ………………………………………（245）

5.1 报告文学研究的理论整合与创新
　　——读章罗生《中国报告文学新论——从新时期到新世纪》
··（246）

5.2 整体性·集成性·过渡性
　　——评付建舟《小说界革命的兴起与发展》··············（252）

5.3 作家评传与文化软实力
　　——评《当代湖南作家评传丛书》·······················（255）

5.4 文化转型与内生动力
　　——评《儒家文化与晚清新小说的兴起》················（262）

作者主要批评文章目录 ···（269）

后　记　批评学步20年 ··（272）

第一章
文本细读批评

文本细读批评导引

这里所谓的文本细读批评，是基于单个文学文本为对象的文学批评。对于初试文学批评的学者来说，文本细读批评是文学批评的第一阶训练。

文本细读批评实践资源有中国古代的评点批评与英美的新批评。作为大学文学批评专业训练课程教材，王先霈先生的《文学文本细读讲演录》可谓集中外细读批评资源之大成。该书六讲，第一讲概述文学文本细读的多种范式，包括：（1）汉代经生的细读——微言大义和穿凿附会；（2）六朝文士品评诗文——印象主义的细读；（3）明清评点家的细读；（4）英美新批评的细读。第二讲概述文本细读的三个层次词义的诠释与语感，包括：（1）咬文嚼字；（2）词义和语境；（3）文学语言的韵外之致与形式美。接下来四讲分别概述了诗歌、小说、散文和戏剧文学等四种文体的细读。不过，作为一门课程，该书把文学文本细读主要看作一种文学教学方式来设置，虽然在课堂讲解上也谈到了作为文学批评和研究的一种程式。

21世纪以来，文本细读批评在我国高校文艺学专业课程设置中得到关注与实施，出现了一批注重操作性的文学批评课程教材，如北京师范大学王一川主编的《批评理论与实践教程》，华中师范大学王先霈、胡亚敏主编的《文学批评导引》，湖南师范大学赵炎秋编著的《文学批评实践教程》。随着课程信息化浪潮，中外高校也推出了一系列以文本细读批评为特色的网络公开课，如英国牛津大学公开课《文学与形式》、美国东伊利诺伊州大学公开课《文本细读》、华中师范大学公开课《文学批评的方法与实践》、武汉大学MOOC《文学欣赏与批评》、上海交通大学MOOC《媒介批评：理论与方法》、中国人民大学刁克利《文学批评方法与跨学科研究》（超星发现视频）、山东大学袁世硕《怎样诠释文学作品》（超星发现视频）。上述纸质课程与网络课程从理论到实践为文本细读批评提供了优质的学习资源。

本章精选8篇文本细读批评文章，作为文学文本细读批评的个案，注重写作的规范性、操作性与反思性。每篇个案写作特别强化了摘要、关键词和写作反思，对于文本细读批评的具体操作具有独特的指导作用。

1.1 《忠诚与背叛》：历史的镜鉴与现实的拷问

摘　要：寻找"党内灵魂和信仰的强者"，是报告文学作家何建明"国家叙述"写作母题之一。《忠诚与背叛》"重写""红岩"历史中全体共产党员灵魂和信仰的故事，形成一种"以史鉴今"的"史鉴体"国家叙述。其再创作意图：忧党之心与兴党之责，体现了何建明"红色经典文化改写观"——传承与超越的有机统一。虚构的还原与史海的钩沉是《忠诚与背叛》对红色经典文化再创作的两个策略，从创作意义看，《忠诚与背叛》是一部关于"忠诚"的思考与关于"背叛"的警示的党建教科书。

关键词：《忠诚与背叛》；"史鉴体"；红色经典改写观；红色经典再创作策略；红色经典再创作意义

一、"史鉴体"之"国家叙述"的新探索

　　寻找"党内灵魂和信仰的强者"，是报告文学作家何建明"国家叙述"所孜孜追求的写作母题之一。从1995年的报告文学《共产党人》到2010年的《天堂创造者》中的主人公——江苏省常熟市蒋巷村党支部书记常德盛，从2002年的《根本利益》到2006年的《为了弱者的尊严》中的主人公——中共山西省委信访办副书记梁雨润，以及《精彩吴仁宝》中的主人公——华西村党支部书记吴仁宝，何建明一直在当代现实生活层面寻找和追踪党员领导干部在灵魂和信仰方面的"典型"。从2005年的《部长与国家》（2010年修订本《奠基者》）到2011年的《忠诚与背叛——告诉你一个真实的红岩》，何建明则将"寻找"的触角延伸到中国革命战争年代和新中国社会主义建设年代，以期在悲壮而辉煌的历史中挖掘和打捞"党内灵魂和信仰的强者"，以史励志，以史鉴今。

　　与《奠基者》通过以党内高级干部余秋里一生的信仰传奇为叙事中心的"史志体"国家叙述不同，《忠诚与背叛》则致力于"重写""红岩"

历史中全体共产党员灵魂和信仰的故事,形成一种"以史鉴今"的"史鉴体"国家叙述。

中国是个史志书写大国,有着悠久的撰史传统经验和鲜明的撰史文化功用。以史为鉴,可以知兴替;以人为鉴,可以知得失。《忠诚与背叛》通过真实地再现"红岩""11·27"大屠杀事件本身与故事大背景的历史复杂性,以及在这复杂大历史语境中"红岩"革命志士人性与党性经受历史考验的复杂性,展示了"史鉴体"之"国家叙述"的历史文化功用:将"历史镜鉴"与"现实拷问"融为一体,彰显了何建明作为一个党员作家的忠诚写作。

《忠诚与背叛》作为中宣部、新闻出版总署庆祝建党90周年的重点读物,于2011年6月由重庆出版社出版,是著名报告文学作家何建明(执笔)与重庆红岩党史研究专家厉华联袂而著。两人联手重著"红岩"故事,不仅第一次写出了一个真实"红岩"历史故事本身的全境全貌,而且写出了历史语境中人物行为抉择的核心问题——灵魂和信仰的问题:在生死考验面前是忠诚,还是背叛?

忠诚,还是背叛?这是一个问题。这个问题不仅是何建明观察书写"红岩"革命志士的试金石,也是他建构《忠诚与背叛》"国家叙述"的出发点和目的所在。对于何建明来说,当前党员信仰的严峻性问题,更是促使他走进"红岩"历史,重写"红岩"故事的写作动机。何建明曾说,他一次次采访自己的同志和其他党内干部:假如也像"许云峰""江姐"被敌人逮捕和上刑,甚至以枪毙来威胁时,能否做到对党继续忠诚。他们中至少有70%的人如此坦诚地回答说:有可能当叛徒。

党内队伍和同志中可能存在的隐性的"叛徒"问题深深地刺痛了何建明的心,使他的心头时时隐隐作痛。他想,世界上每个地方都有可能发生新的动荡,假如有残酷斗争到来(形式与以前可能有所不同而已),而当那种严峻的考验来临之时,近9000万共产党员能否对党忠诚,能否不背叛革命事业,能否把国家引向更加辉煌的历史高度?对党员队伍信仰问题的思考和引导,激励着何建明从现实到历史,上下求索。在何建明看来,忠诚与背叛是每个革命者、每个共产党人都无法回避的选择,即使在和平时期,我们的内心和灵魂也时刻都在接受这样的拷问与考验。和平时期也需要献身精神,所以他下决心要把"红岩"革命斗争史中那些血淋淋的真实故事讲给大家听，希望让所有共产党人来思考这个问题。何建明期望，在建党90周年之际，推出《忠诚与背叛》，不是简单地纪念过去90年党是怎么走过来的，而是思考未来90年该怎么走。因此，从这个意义上讲，《忠诚与背叛》书写的红岩革命烈士留给当代共产党人和革命者的精神遗产，将永远成为当代中国人不可或缺的一份特殊的宝贵财富和一面永不可丢失的镜子。

二、红色经典文化再创作的意图：忧党之心与兴党之责

报告文学《忠诚与背叛》是对小说《红岩》的重写，是当下红色经典文化再创作的典范。在何建明看来，诞生于20世纪五六十年代的一批优秀的"红色经典"，比如《红岩》，是无产阶级文艺路线指引下的作品，代表了中国当代文学的主体部分。现在回过头来看，创作者对那个时代人和事物的表达，因为受到时代的局限，在作品的客观性、真实性、多彩性和生动性等方面有一定局限，不太符合现代人的阅读习惯。进入20世纪90年代市场经济语境后，红色经典带来了很大的商业契机，吸引了无数的关注与传承，"红色经典"被改编、被改写的越来越多。然而由于被改写的红色经典作品的泛滥与商业化的加重，确使红色经典出现了后现代的文化色彩，不再具有以前那种纯粹的精神色彩了。对于红色经典的后现代式的改写功用，何建明认为应该肯定的是，对于继承、宣扬民族文学精神有好的一面，但是也存在很多问题：一是泛滥，二是不够严肃，使得红色经典被重新叙述的时候，老百姓不太接受，悖离了红色经典原著的精神。今天再改写或重写经典，就是要提倡原著的精神价值和艺术价值，不但传承，还要精彩，要有深度，如果不在这两方面下功夫，就不会成功。报告文学《忠诚与背叛》对小说《红岩》的重写，就真正体现了何建明上述"红色经典文化改写观"——传承与超越的有机统一。

首先，《忠诚与背叛》很好地传承了小说《红岩》中的共产党人对党的无限忠诚精神。在何建明看来，精神的核心是不可摧毁的。重庆"11·27"大屠杀那一幕，已经距今60余年，"红岩故事"中共产党人和革命志士们用生命构筑起的那座崇高的精神大厦，不仅没有丝毫的锈蚀与摇坠，相反一直以独有的光芒，在广大共产党员和亿万人民的心目中高高地屹立

着。这其中有许多值得我们深思的意味，我们应当认认真真地问个"为什么"。原来的作品给我们打下的烙印，很难摧毁，任何重塑或图解都是可笑的，颠覆它不容易，作家在面对这些题材时，创作更应该严肃深刻。但是，小说《红岩》毕竟受限于人物塑造等文学创作和文学文本自身的影响，远没能更广阔、更深刻和更真实地全貌反映出重庆解放前夕敌我之间那种交错复杂、纠结而又残酷的殊死搏斗和人物形态，尤其对敌我两个阵营在力量悬殊、环境特殊的条件下，彼此所表现出的崇高与卑鄙、忠诚与背叛、人性与狼性方面的那种丰富与生动、精彩和深刻的历史本来面目。因此，《忠诚与背叛》从克服和完善小说《红岩》上述局限性出发，从"国家叙述"的高度，来挖掘和表现重庆地下共产党人身陷囹圄而信仰斗志弥坚的崇高精神。

其次，《忠诚与背叛》很好地超越了小说《红岩》的时代局限性和文本局限性，在思想信仰的层面开掘了《红岩》地下共产党人献身精神所蕴含的当代价值。《忠诚与背叛·写在前头的话》即交代了重写《红岩》的时代契机。8000多万党员的纯洁性与信仰感必须引起高度重视和警惕。忠诚与背叛问题在和平时期也在时刻考验着每一个共产党人。在何建明看来，《红岩》之所以经久不衰地成为宣扬中国共产党人英勇不屈的经典故事，其实就是围绕了"忠诚"与"背叛"这四个字而展开的一幕幕斗争史篇。然而，随着白公馆与渣滓洞的历史档案慢慢地被公布于世后，真实的"红岩"革命斗争史里所发生的关于"忠诚"与"背叛"的故事，远远超过小说《红岩》的精彩与深刻、生动与悲壮，且意义也更加深远。基于现实共产党人信仰问题的忧党之心，何建明深深感到有必要拿起笔，重写《红岩》精神的当代价值问题，以尽到一个党员作家的"兴党之责"。在《忠诚与背叛》的"尾声"部分，何建明发出了"以革命的名义，让真实的'红岩'永存"的呼声：

> 今天，中国共产党已经走过了90年的不平凡历程，它所领导的人民共和国也历经了60多年的风雨，当我们行进在现代化的历史进程中，我们需要时刻保持冷静而清醒的头脑。这是因为世界风云的变幻常常超出我们的想象，严峻和严酷的现实随时可能出现在眼前，到了那个时候，我们的党，我们党的每一个成员，我

们的每一个革命者和所有追求进步的人们,能不能像那些为我们创造辉煌历史的先烈们一样,为了正义和理想,勇于奋斗,不怕牺牲,前仆后继,这是一个巨大的问号。当这样的问号摆在面前时,我们便有了一种无法挥去的沉重责任。正是这种责任,才使我们拿起笔杆,再次去追索和寻觅先烈们的生命行踪,写就一部全新内容的"红岩"。

为了让更多的人能够从历史和现实的拷问与思索中寻找各自所需的答案,我们自然期待所有的共产党人和广大群众能够阅读本书,并从中悟出一些基本的和深层次的道理,以此来拷问和检验自己的灵魂,规正和警示我们的行为,这就是我们重写"红岩"、挖掘真实的红岩故事的全部目的。[1]

可见,何建明重写《红岩》,不是颠覆它,而是传承它,使它更充实完美,更富有现实精神价值。何建明曾说,胡锦涛同志在"七一"讲话中特别强调,我们党要有忧党之心。从某种意义上说,我的这部《忠诚与背叛》虽然记录的是60年前的那段历史,但是我想通过这部作品反映的内容和精神实质,来提醒我们党内的同志和我们普通的公民都应当有一个意识。就是今天我们的党、我们的国家、我们的人民、我们的民族如此繁荣强盛,是来之不易的,我们是否还有内心的那份强大,还有那份像革命烈士对党的赤胆忠诚。这部作品可以给我们很多反思和警示的东西。今天是一个多元化的社会,人们对功名的追求在某种意义上比任何时候都显得更强烈了。当然,这也并不能说明人们追求功利是不行的。但是,作为一个人、作为一个国家、作为一个民族,除了物质的追求以外,精神的因素还是非常重要的。尤其在今天,我们国家正在飞速发展的过程当中,即使哪一天我们成为世界上最强大的国家,我们依然要保持一种精神的力量——物质、功利对人生、对国家、对民族来说是一种外物,而支撑着一个国家、一个民族、一个人的精神世界的是一种信念的力量。所以,我认为红岩故事里面讲的是革命者和共产党人的那种崇高的信念,他们为了新中国,为了自己的追求,可以舍弃包括自己生命在内的一切。也正是有千千

---

[1] 何建明,厉华:《忠诚与背叛》,重庆:重庆出版社,2011年,第406页。

万万的革命先辈，用他们的牺牲和追求以及他们的努力，才换得了今天的新中国。❶

三、红色经典文化再创作的方式：虚构的还原与史海的钩沉

作为中国现代革命的红色经典，小说《红岩》是由解放前夕国民党集中营脱险志士罗广斌、杨益言根据狱中亲身经历合著，于1961年面世，经过半个世纪的阅读传播，其发行量已达1000万册，其宣传的"红岩"革命英雄事迹在新中国的政治文化教育中产生了很大的影响力。半个世纪后的今天，如何在《红岩》小说艺术传播的"红岩故事"基础上，以报告文学的方式，重写一个"真实的红岩故事"，在写作技巧层面，是一个红色经典文化如何再创作的方式问题。著名报告文学作家何建明与"红岩"革命史研究专家厉华联手，通过采访大屠杀中幸存的革命者及其后代，查阅大量解密的历史档案，以数十幅珍贵历史照片，图文并茂地还原了真实的红岩革命历史细节。综观全书，《忠诚与背叛》在红色经典文化再创作方式上采用了两个策略，一是虚构的还原，二是史海的钩沉。

先看第一点，虚构的还原。

报告文学作为一种非虚构的写作与小说作为虚构的艺术，在叙述的人物和事件的真实性方面存在着明显的区别。报告文学追求历史的真实，小说追求艺术的真实。艺术的真实来源于生活的真实，但高于生活的真实。因为，艺术真实可以通过典型化将生活中的真实合成一个新的艺术真实。历史书写的真实虽然来源于曾经的生活的真实，但不完全等同于生活真实的碎片，它还要表现贯穿于历史碎片中的历史的规律和精神。在这个意义上，报告文学表现的历史真实会与小说艺术表现的艺术真实相吻合、相一致。小说《红岩》与报告文学《忠诚与背叛》在对"红岩"精神的真实表现方面达到了艺术真实与历史真实的统一，而在历史人物和事件的客观真相方面，报告文学《忠诚与背叛》力求还原小说《红岩》中艺术虚构的部分，并以此虚构的还原之叙述，来报告曾经历史的真相。为此，作家在考证对比的基础上，认为小说《红岩》中的人物形象几乎可以和历史中的

---

❶ 何建明：《忠诚与背叛是一部忧党之作》，http：//www.chinawriter.com.cn．［2011－07－18］13：08，作家在线．

真实人物一一对应，每个人物都有真实的生活原型。对此，《忠诚与背叛》在"附录"中作了如下列表[1]：

小说《红岩》	真实原型
许云峰	由罗世文、车耀先、许建业、许晓轩等事迹组合而成
游击队政委彭松涛	江竹筠的丈夫彭咏梧
江姐、江雪琴	江竹筠、李青林
成岗	陈然
刘思杨	刘国鋕
"疯老头"华子良	韩子栋
"双枪老太婆"	邓惠中
孙明霞	曾紫霞、杨汉秀
老大哥	唐虚谷等
余新江	余祖胜
胡浩	宣灏
"小萝卜头"	宋绮云之子宋振中
"监狱之花"	左绍英的女儿卓娅
叛徒甫志高	以刘国定、冉益智、蒲华辅、李文祥等叛徒为原型整合而成
特务头子徐鹏飞	徐远举

对于上述列表中的23个真实原型人物的事迹，无论是革命的忠臣还是叛徒，无论是革命者还是反革命分子，《忠诚与背叛》在理性思考的结构框架下对红岩历史的当事人作了历史真实的叙述。《忠诚与背叛》第一章"血染红岩"第一次叙述了重庆解放前夕"11·27"大屠杀现场。目前，有案可查的死难者总数为321人，其中，经审查已认定为革命烈士的有285人，加上5人是随父母牺牲的小孩，共是290人，另有未定性者（含叛徒）计31人。如果说第一章"血染红岩"在真实再现"11·27"大屠杀现场叙述中彰显地下共产党人的"忠诚"品格，那么，第二章"背叛的代价"则在追叙导致"11·27"大屠杀的具体历史原因——党内出现了叛徒。由于种种原因，对于革命历史中出现的共产党内的背叛问题，以往文

---

[1] 何建明，厉华：《忠诚与背叛》，重庆：重庆出版社，2011年，第407页。

学作品，包括小说《红岩》，大都未作深入具体的描述。《忠诚与背叛》联系当下共产党人信仰问题的严峻性，紧扣"背叛"这一核心词语，分三个章节（"背叛的代价""女人无叛徒"和"另一种背叛"）来叙述"背叛与革命"的关系问题。在"背叛的代价"一章中，作家不仅具体叙述了重庆市地下共产党领导干部的正、副书记刘国定、冉益智等的争相背叛给党组织和革命事业造成的毁灭性破坏，而且叙述了这些党内领导干部叛变的历史语境的严酷性和内心世界的复杂性。在复杂人性的叙述中展示这些叛徒党性扭曲变质的历史处境及其无可挽回的牺牲代价。

> 我背叛了党，破坏了党组织，这是贪生怕死的结果……作为过去是一个党员，我愿意接受党的严厉处分，作为形式上的特务，我也愿意受人民政府的处罚。如果党和政府的处分和惩罚不至于"肉体的毁灭"，则我请求能速做决定以便于早在实际的工作中赎取自己的罪恶。我过去毕竟是党员，虽然叛变而且形式上又落在特务阵营中，也许你们怀疑我所提供的材料不够完全，但事实总是事实，将来从其他特务口中是能证明的。我从前年恢复自由后即用各种方法希望找党，愿意承受一切罪恶和惩罚，固然我以前贪生怕死以致铸大错，等觉醒后一切已过。若果我要逃避处分，不是完全不可能，相反的，我是自动积极出来，作为党的叛逆的儿女，我只希望早一天处决，即使是"毁灭肉体"，因为心里的苦痛和谴责远比其他为甚。我请求你们研究我的材料和问题，并适当使用我在反特务或其他工作中，以求有益于党和人民。[1]

重庆解放前夕，中共重庆市委地下党书记刘国定叛变当特务，以上文字是他在重庆解放后向人民政府的"悔过书"。历史不能倒行逆施，像刘国定这样的政治流氓，最终必然受到人民政府的惩罚。1951年2月5日，重庆市人民法院判处刘国定死刑，剥夺政治权利终身。《忠诚与背叛》就这样以红岩历史中"背叛"的反面"典型"来启示和警醒现实和未来的人

---

[1] 何建明，厉华：《忠诚与背叛》，重庆：重庆出版社，2011年，第207页。

们。作为《红岩》叛徒"甫志高"原型之一的蒲华辅,是在与革命烈士陈然、王朴等一起被特务押到刑场公开枪杀的,据目击群众讲,蒲华辅被特务杀害时喊出"中国共产党万岁",表现得"非常共产党"。《忠诚与背叛》就这样从历史真实的反面典型事迹中给当下的党员同志以警醒:无论在任何复杂、艰难的情形下,不管你选择了对党忠诚还是背叛,这种选择的代价对你生命和生命之后的声誉都将具有不可逆转的最终裁决,所以一定要想好了再付之行动。否则,历史对你将永远是无情的!❶

《忠诚与背叛》还在细节等方面还原"红岩"历史的真实。小说《红岩》里江姐带着姐妹们绣红旗,其实是没有的,而是作者罗广斌把男囚室的这次"绣"红旗创作到了江姐身上。❷

再看第二点,史海的钩沉。

随着"红岩"历史研究的深入和与之相关的一些机密档案的解密,有关"红岩"历史真相的许多沉睡的烈士"个人史实"逐渐从国共两党斗争的"政党大历史"的史框里浮出。为了彰显"红岩"女性烈士们对党和革命的忠诚,《忠诚与背叛》在第二章"背叛的代价"之后,专门设置第三章"女人无叛徒",使报告文本从情感低潮叙事转入高潮叙事。第三章通过叙述"红岩"历史上多名女性英雄的传奇事迹,探讨了"女性无叛徒"这一历史文学话题。解放战争时期的重庆,由于男性叛徒出卖,前后有30多名女性被关进白公馆和渣滓洞这两个监狱,但是,这些女性在极其艰苦的牢房里,竟然没有一个人当叛徒。她们中有小说《红岩》中"江姐"的原型江竹筠、李青林,"双枪老太婆"的原型邓惠中,"监狱之花"的原型左绍英的女儿卓娅等女性英雄。在对上述《红岩》塑造的家喻户晓的人物形象的原型历史故事还原叙述之后,《忠诚与背叛》还通过国共两党解密的历史档案和烈士亲属的回忆文章,以及与烈士相关的革命同志的证明等文献资料,对沉入历史河床的几位女性革命者的不为人所知的英雄事迹进行史海的钩沉与追记、续记。比如,著者通过烈士杨汉秀的女儿李继业的回忆文章,追记了在第一章"血染红岩"中惨遭军阀亲伯父杨森杀害的"红岩"烈士杨汉秀的生平事迹和死后30年被确认为烈士的曲折历程。又

---

❶ 何建明,厉华:《忠诚与背叛》,重庆:重庆出版社,2011年,第218页。
❷ 同上,第12页。

如,"女人无叛徒"首次叙述了红岩女性烈士中户主是周恩来的胡南烈士的地下革命生涯与监狱斗争事迹❶。再如,"女人无叛徒"还专门叙述了险些让戴笠遭撤职查办的中共"美女间谍"张露萍的谍战传奇生涯。张露萍受中共在重庆的南方局负责人叶剑英的指派,在20世纪40年代初打入蒋介石的特务头子戴笠的内部,在敌人的心脏建立了"红色电台特支",后不幸被捕,关押在贵州息烽集中营,遭受严刑拷打,宁死不屈,1945年7月14日被特务秘密杀害。可是,这位为了革命年仅24岁就牺牲了的女英雄,直到牺牲37年后的1982年,由叶剑英元帅出面证明,其无名女英雄的身份才被弄清楚,才被确认为革命烈士。

《忠诚与背叛》站在新的历史高度,通过对小说《红岩》虚构的还原与"红岩""史海"的钩沉等手段,力图表现一个真实的"红岩"历史。这个真实的"红岩"历史,不仅再现了中华人民共和国成立后、重庆解放前夕发生的"重庆大屠杀"的残酷真相,而且续写和延伸了"红岩"历史人物在60年后新生的中华人民共和国里发生的"忠诚与背叛"选择的故事。《忠诚与背叛》第四章"另一种背叛"集中表现了一批出身于富裕家庭的革命者,在党的教育和培养下,毅然选择了对党的事业的忠诚和对所出身阶级的背叛。这类与"红岩"历史相关的英烈有前新四军军长、大名鼎鼎的叶挺将军,有前中共四川省委书记罗世文,有《红岩》故事亲历者兼创作者的罗广斌,有继承儿子王朴志向的白发母亲金永华,有在"11·27"大屠杀中用身体掩护小孩的丰炜光,有中共雅乐工委书记陈俊卿,有忠诚祖国、热爱共产党的归国华侨廖瑞卿,有"红岩"村的女主人饶国模。同时,本章还叙述了《红岩》故事中敌特头子"徐鹏飞"的原型徐远举,在解放后经改造重新做人,"获得了灵魂上的自我拯救,彻底背叛了他曾经效忠的阶级和集团"❷。

《忠诚与背叛》第五章"忠诚之忠诚",叙述了在重庆"11·27"大屠杀中遇难、但由于种种原因解放后没有被确认为"烈士"身份的几十位革命志士的"后红岩"故事。他们是《红岩》小说中的"双枪老太婆"的原型邓惠中,被亲伯父杨森杀害的革命者杨汉秀,16岁就入党的"红小

---

❶ 何建明,厉华:《忠诚与背叛》,重庆:重庆出版社,2011年,第229~244页。
❷ 同上,第375页。

鬼"袁尊一，28岁被杀害的爱国知识分子薛传道，连同两个孩子被双双杀害的王振华、黎洁霜夫妇，戏弄徐远举的共产党人盛超群等。虽然上述列举中的红岩志士在解放后的60年历史长河中其烈士的身份得以确认，但至今仍还有30多位在"11·27"大屠杀中的遇难者由于种种原因没有被确定身份。他们或许将永远成为"无名英雄"而长眠于九泉之下。历史的复杂与残酷由此可见一斑。

《忠诚与背叛》在续写"红岩"故事中最"意味深长"的故事是关于《红岩》的作者罗广斌的故事。罗广斌出身于四川一个大地主家庭，他的哥哥是当时四川的一个军阀，国民党的一个实力派兵团司令。罗广斌青年时背叛他出身的阶级，参加了共产党人的地下革命工作，由于叛徒出卖被国民党关进监狱，因其哥哥特殊身份关系，在"11·27"大屠杀中没有被特务杀害，而是趁机组织同狱难友19人越狱脱险。脱险后，罗广斌立即向党组织秘密交了一份题为《关于重庆组织破坏经过和狱中情形的报告》（以下简称《报告》）。解放后，罗广斌以亲历者的身份致力于红岩故事的宣讲，1961年与人合作出版了小说《红岩》。应该说，如果历史上没有罗广斌的侥幸脱险，中国当代文学史上就没有小说《红岩》传播的"红岩"历史故事。然而，历史具有讽刺意味的是，罗广斌这位忠诚的革命者没有死在关押革命者的敌特监狱，却不明不白死于"文革"中造反派的手中，他家中留下的关于"红岩"的珍贵历史材料被"抄走"，他1949年12月上交给党组织的那份《报告》，作为"党的高级机密"，在1988年被发现时，却"少了两页"，成为永远无法解开的"谜"。而且，作为《忠诚与背叛》一书的合作者，红岩革命历史博物馆馆长厉华，却因关注与研究那份《报告》而受到匿名电话的威胁。在这"意味深长"的红岩历史故事的续写中，《忠诚与背叛》告诫读者：敌我之间的斗争永远是长期的、复杂的和严酷的。

四、红色经典文化再创作的意义：关于"忠诚"的思考与关于"背叛"的警示

《忠诚与背叛》通过对小说《红岩》虚构的还原和对"红岩"历史的钩沉与续写，为读者书写了一部更真实、更完整、更立体的红岩故事。在

再创作立意方面,《忠诚与背叛》文本以事说理,以史鉴今。纵观文本结构,作者在"忠诚"与"背叛"二元对立的叙述结构中推进叙述的"故事单元":"血染红岩"—"背叛的代价"—"女人无叛徒"—"另一种忠诚"—"忠诚之忠诚",同时,以"故事单元"为板块,通过"总结教训"—"提出问题"—"得出结论"—"归纳真理"—"叩问真相"等"非叙事性话语",使文本在饱含激情的叙述中充满了理性化的思考:什么是忠诚?什么是背叛?选择忠诚与背叛,各有什么代价和后果?可以说,从红色经典文化再创作的意义方面看,《忠诚与背叛》是一部关于"忠诚"的思考与关于"背叛"的警示的党建教科书。

首先,《忠诚与背叛》是一部"总结教训"的教科书。全书第一章叙述"血染红岩"的"故事单元",在首章章首即提出了"总结教训"的问题:

> 请转告党,我做到了党教导我的一切,在生命的最后几分钟,仍将这样……希望组织上务必经常注意整党、整风,清除非无产阶级意识!❶

上述被提前置于章首的话语是许晓轩在1949年"11·27"白公馆大屠杀时留下的话语,是一个忠诚的共产主义战士,向有可能留下生命的同志转达他用十年牢狱之苦铸炼出的一个带血的心愿。❷ 也可以看作是全体遇难红岩烈士用鲜血和生命留给后人的心愿。首章"血染红岩"叙事即在告诫党,要总结和吸取"11·27"大屠杀的血的教训:"务必注意整党、整风,清除非无产阶级意识。"文本开篇就这样以"血染红岩"的历史叙事,彰显了党建工作中对党员进行无产阶级意识教育,清除非无产阶级意识的重要性。

其次,《忠诚与背叛》是一部"提出问题"的教科书。文本第二章章首在历史叙事的血的教训中提出了一个关于"背叛的代价"的严峻问题:

---

❶ 何建明,厉华:《忠诚与背叛》,重庆:重庆出版社,2011年,第3页。
❷ 同上,第97页。

批评的踪迹 >>>>>>>

　　为什么我们有那么多优秀的共产党人被敌人逮捕并在共和国已经成立的日子里丧失了宝贵的生命？为什么一个地方的党组织几乎受到敌人毁灭性的破坏和打击？

　　为什么叛徒"甫志高"的原型人物蒲华辅这样一个真实的叛徒，最后其实是喊着"中国共产党万岁"的口号比"江姐"的原型人物江竹筠还早十几天时间就被敌人杀害了？

　　为什么当时的重庆地下党中职务越高的领导干部在被敌人逮捕后当叛徒比谁都当得快，而且好几位后来都成为了丧心病狂残害革命者的特务分子？

　　为什么在许多普通党员印象中那些平时"唱马列主义调子"比谁都高、大道理一套又一套的"最革命者"，到了敌人的监狱和"老虎凳"面前时，却经不住一顿酷刑严打而当了叛徒？

　　罗广斌出狱后向党组织提交了《关于重庆组织破坏经过和狱中情形的报告》，这份"带血的报告"中竟然缺失了……这些内容到哪儿去了？[1]

　　上述这些问题不是空穴来风，无端发问，它们是作家在洞察历史、分析历史和穿越历史的过程中的历史叩问与党性叩问，集中体现了作家创作以史鉴今，加强党建工作的赤子情怀。在作家看来，"背叛的代价"是极其巨大的，不仅会给党组织和革命事业以毁灭性的破坏和打击，而且还会造成无数党员和革命同志牺牲生命。"背叛的人物"是极其可悲的，"叛徒"不仅会毁灭党和革命的事业，而且自身的处境也是极其可悲的；背叛者，一失足成千古恨，迟早是会因"背叛"受到应有的惩罚的。因而，文本对党内叛徒，特别是党的领导干部的叛变过程与命运的叙述，不仅是对党的历史教训的修补，而且是对党的后来者的警示。党的领导干部的背叛尤其要注意。革命队伍里潜伏的叛徒远远没有绝迹。《忠诚与背叛》提出的上述问题与看法，其实也是罗广斌脱险后秘密提交给党组织的《报告》中的基本问题和看法。如作为《报告》中第七部分向党建议的核心内容——今天被称为的"狱中八条"：

---

[1] 何建明，厉华：《忠诚与背叛》，重庆：重庆出版社，2011年，第127页。

（1）防止领导成员的腐化；（2）加强党内教育和实际斗争锻炼；（3）不要理想主义，对上级也不要迷信；（4）注意路线问题，不要从右跳到左；（5）切勿轻视敌人；（6）注意党员，特别是领导干部的经济、恋爱和生活作风问题；（7）严格整党整风；（8）严惩叛徒、特务。❶

上述八条是凝结狱中党组织集体智慧的"向党进言"的宝贵材料，是中共党建历史上罕见的文献。从这八条建议当中可以看出，当年狱中的共产党人，他们思考问题的深刻性、现实性和历史性。他们60年前就提出了党内反腐败的问题、党内自我教育和组织整顿的问题。

第三，《忠诚与背叛》是一部发现"女人无叛徒"的教科书。文本第三章从"红岩"故事中得出了一个很有意思的结论：女人无叛徒。在文本中，作者以其一贯的女性崇拜心理，满腔热情地讴歌了女人是忠贞和慈爱的大地母亲。作者认为"红岩"里女人比男人更"扛得住"，其原因，首先是女人的忠贞程度要比男人高；其次是女人对建立什么样的人生价值观比较严肃，一旦建立将牢不可破；再次，女人比男人重感情、讲面子，所以不容易当叛徒；最后，女人与女人在一起更能形成坚不可摧的力量。

第四，《忠诚与背叛》是一部证明"信仰的力量"的教科书。文本第四章章首直接说理：

> "红岩"里每一个革命烈士的故事，都证明了一个真理：党的事业的成与败，很大程度在于所有党员同志的忠诚与背叛。同样，革命事业的成功与否，也在于每个革命同志对自己所追求的事业的坚定与否。一个共产党人，一个革命者，能否忠诚于自己的组织，忠诚于自己的事业，很大程度上取决于是否有坚定的信仰。信仰的力量是坚不可摧的。没有信仰的人，等于没有灵魂的人；信仰不坚定的人，就不可能将事业进行到底；背叛信仰的人，终将被历史所唾弃。❷

---

❶ 何建明，厉华：《忠诚与背叛》，重庆：重庆出版社，2011年，第134页。
❷ 同上，第323页。

上述"真理"的归纳证明点出了革命事业、忠诚背叛与信仰力量三者之间的相互关系,彰显了信仰在忠诚与背叛选择之中的核心力量。作家对于信仰力量的发现,建立在作家对"红岩"故事人物性别与出身教育不同的两类叙述之中,在"红岩"革命志士的男女两性的比较中,作家发现"女人很少有叛徒"。在出身教育不同上,作家发现革命者中剥削阶级出身的比工农干部出身的更坚定,因为他们有信念。对此,作家专门开辟第四章"另一种背叛",叙述富裕阶级出身的党的干部叶挺、罗世文、罗广斌……背叛本阶级出身,忠诚于党,即来源于他们对党坚不可摧的信仰的力量。

第五,《忠诚与背叛》是一部叩问"历史真相"的教科书。文本第五章开篇就没有列入"革命烈士"的几十位难友的身份确定问题提出质问:

什么是真正的真相?真相中有没有假象的存在?假象中难道不会隐藏着真相?这些问题在当时的地下工作和异常错综复杂的对敌斗争中完全是有可能存在的。为什么凭一个简单的"证据"、旁人看法和敌特分子的一份"审讯"材料就轻率地认定谁是革命者、谁是革命的叛徒呢?而如果不是依据像罗广斌这样的脱险者在狱中的所见所闻和敌特机关当时留下来的现场"审讯"材料,你又能拿出什么来证明你是革命者或他就是反革命呢?[1]

上述针对红岩遇难人士部分身份未定的历史遗留问题引出的关于"历史真相"的叩问,在彰显历史真相的复杂性、未了性的同时,也表明了作家对历史"存疑"处理方式的极端政治的超越和对"无名英雄"的尊重与关怀。那些"无名英雄"死后,他们及其后人还要接受历史的考验,比如,"双枪老太婆"的原型邓惠中、烈士杨汉秀等,她们及其后人可谓"忠诚之忠诚"。

综上,报告文学《忠诚与背叛》通过大量的非叙事性话语,在历史镜鉴与现实拷问之间提出问题、分析症结、归纳警示、叩问真相,彰显了文本鲜明的政治意识形态性和具体的历史人道主义精神,为史鉴体报告文学中国梦书写提供了一个不可多得的范例。

---

[1] 何建明,厉华:《忠诚与背叛》,重庆:重庆出版社,2011年,第383页。

【写作反思】

本文作为《何建明评传》的部分章节，初稿写于 2013 年暑假，后刊发于《湖北大学学报》（哲学社会科学版）2016 年第 5 期。

作为报告文学文体的文本细读，本文写作紧扣评论对象《忠诚与背叛》的四个关键词："史鉴体"、红色经典改写观、红色经典再创作策略和红色经典再创作意义，分四个小论题来展开细读。第一个关键词"史鉴体"的提炼，是基于评论对象文本的历史题材属性和作家以史鉴今的创作意图归纳整合出来的。后三个关键词的提炼，围绕评论对象内容层面展开，凸显文本重写的意图、策略和意义。有了评论的关键词，就有了评论的焦点、路线和框架。这些是本文写作前的宏观构思问题。

至于微观具体的写作问题，有三个方面需要考虑。一是论题的凝练，二是小论题的确立，三是段落的展开。本文标题《〈忠诚与背叛〉：历史的镜鉴与现实的拷问》的凝练，是对论述的"四个关键词"概括提炼的产物。本文的"四个小论题"是分别结合了批评对象的文体特点和内容特点归纳出来的观点。本文微观的自然段的展开论述是基于观点与材料辩证关系来叙述、论证的。本文材料表述采用了直接引用与间接引用，前者往往采用另起一段形式加以凸显，后者则直接嵌入本文论述过程中。本文语言表述风格以描述归纳为主，力求紧扣批评对象的文本文体特点展开修辞论述。

1.2 《国家》：外展大国形象 内凝国家意识

摘　要：报告文学《国家》作为一部献礼之作，其叙事价值集中表现在对外展示了中国大国形象和大国风范，对内培育、凝练了国民的国家意识。从其表现内容与表现手法所蕴含的潜在文化传播力来看，其叙事文本体现出了巨大的改编为影视剧传播的可能性。

关键词：《国家》；外展大国形象；内凝国家意识；文化传播力

2012年10月，在中共十八大召开前夕，中国作协旗下的《人民文学》杂志和作家出版社同时发表了由著名报告文学作家何建明采写的长篇报告文学《国家——2011中国外交史上的空前行动》（以下简称《国家》）。《国家》在特殊时刻的隆重推出，不应仅仅视为一本"献礼"之作，在中国文化软实力的建构上，它无疑是一部外展大国形象、内凝国家意识的空前之作。

一、用行动向世界展示"大国形象"

三国魏文帝曹丕在《典论·论文》中指出，"文章，经国之大业，不朽之盛事"。从表现内容来看，报告文学《国家》就是这样一篇"经国"与"不朽"的文章。在21世纪变化多端的全球化国际环境中，中国的崛起，不仅需要在经济和军事等硬实力上苦心经营，而且还需要与之配套的在大国形象和国家意识等软实力上的用心经营。《国家》即是一部"用心经营"之作，它紧扣2011年中国外交史上的空前行动——利比亚撤侨事件，全景式报道了中国外交部在战乱中的利比亚近乎完美的撤侨行动的全过程。在步步惊心的撤侨事件进展叙述和栩栩如生的解救侨民的外交人员刻画描写中，展示了崛起中的中国在世界面前的大国风范，彰显了人民生命安全至上的中国外交理念。

《国家》的文化价值首先表现在，它塑造了中国的大国形象和大国风范。2011年2月中旬，地处北非的利比亚国内突发内战，局势失控，全国处于内战炮火之中，世界各国在利比亚的侨民生命安全处于生死危机之中。是否拯救和如何拯救处在利比亚战乱之中的本国侨民，成为考验各国政府实力以及政府与人民关系的试金石。美国以其世界头号强国身份，打算派飞机到利比亚撤回本国侨民，被卡扎菲政府拒绝入境。英国首相因国力问题无法向本国侨民伸出援救之手而道歉。而中国政府在第一时间毅然决然地作了一个国家决定：不惜一切代价撤回侨民。

中国从利比亚撤侨，从作为国家决定的产生，到最后将35860名同胞安全撤离和转运回国，在前后12天时间里，调派了182架次中国民航包机、24架次军机，租用了70架次外航包机、22艘次外籍邮轮、1000余辆次客车，动用了5艘货轮、1艘军舰，海陆空三路出击，涉及40余个国家，无一例伤亡事件出现。中国政府组织的侨民利比亚大撤退，得到了世界各国媒体的报道和肯定。

> 这么快！这么好！这么有序！这么安全！这就是中国力量，中国速度！
> 社会主义制度的优越性无可比拟，再次被证明！
> 中国外交以人为本是在实际行动中体现出来的。
> 让世界震惊的，还有他们长期积累下来的友善与和睦的外交经验。
> 中国人可爱。中国外交官的能力和风采更值得称道！
> 中国是个负责任的大国，他们不仅圆满地解救了自己的几万公民，而且帮助其他国家撤离了两千多难民。

《国家》展示的中国侨民利比亚大撤退，是中国外交史上的空前行动，是中国崛起的综合实力的集中体现，它不仅彰显了中国社会主义制度的优越性，而且向世界展现了中国是一个对人民生命安全负责任的有力量的大国。

二、用真情向国民演绎"国家为何物"

报告文学《国家》在叙事价值"经营"建构上,在对外集中展示中国大国形象和大国风范的同时,还致力于对内培育、凝练国民的"国家意识"。

当下中国是个拥有13亿多人口的大国,如何培育大众国民的"国家意识"和"国家认同",是当下文化建设的一个急迫的重要问题。具有悠久历史的乡土中国和封建中国,让许多中国人意识深处只知道有家庭和朝廷,而没有"国家"。换言之,许多国民尽管身处国家之中,却还不知"国家为何物"。在当今全球化日益扩展、更多的中国人走出国门之际,在世界舞台上,"国家意识"就会凸显于国民的心灵和行为中。正如100多年前梁启超现身说法所言,只有经历"乡人"—"国人"—"世界人"的身份的演变,乡土中国大众的"国家意识"才会随之生成。何建明瞄准当下中国这一重大文化课题,在记录中国政府撤侨行动中,用真情向国民演绎了一部"国家为何物"的惊喜剧。

当今世界国家有200多个,国体政体各不相同。问世间国为何物?可以说,中国当下的"国家"概念决不等同于某些知识精英从西方政治学中贩卖过来的概念。作为一个中国作家,何建明30年来一直在报告文学领域运用自己特有的"国家叙述"来表述他自己对"国家"的理解与建构。2011年年初的中国政府利比亚撤侨事件,给予何建明心目中的国家以鲜活有力的载体,使他直观认识到中国这个有五千年文明历史的、正在崛起的东方大国是一个怎样的大国。因而,他急切地要在《国家》封面上大书:"家是微小国,国是千万家。有了强的国,才有富的家。国与家连在一起,创造地球的奇迹。"这种家国一体的同构结构定义,既关涉了传统中国社会结构特点,又关注了当下中国政治结构特征,因而,它非常简洁明了地阐释了何建明自己对当下中国的"国家"概念的理解。不仅如此,在《国家》一书的扉页,何建明仍念念不忘他对国家与人民关系的理解,而特别提醒读者:

如果离开了自己的国家,你还会有什么?
如果没有了自己的人民,国能是什么样?

或许只有走出国门，才能真切感受到国家存在的价值。或许只有拥有强烈"国家意识"和"国家认同"的国民，才是真正有力的国家。这即是报告文学《国家》要留给读者的双向文化建构宗旨所在。

《国家》用中国政府外交的真情行动向国民展示了中国社会主义国家的独特作用，以此来培养和凝练国民的"国家意识"。在《国家》文本中，读者都会不约而同地注意到："五星红旗"是中国在异国他乡流动的象征，中国大使馆是中国在异国他乡的坚强身影，外交官是中国政府的力量代表。这些国家元素的渲染和点缀，凸显了国家的形象与功用，彰显了《国家》文本的文化价值。

三、《国家》传播力：从文字记录到图像影视的可能性

报告文学《国家》的文化价值不仅存在于纸质文本上的"外展大国形象，内凝国家意识"的内涵之上，从其表现内容与表现手法所蕴含的潜在文化传播力来看，其叙事文本体现出了巨大的改编为影视剧传播的可能性。

第一，《国家》展现的世界范围的"中国宏大叙事"适合改编为反映中国形象的"中国大片"。《国家》文本拥有好莱坞电影大片该有的一切元素。比如，有以地中海为中心的横跨欧亚非三洲的宏大场景空间，有以利比亚国内政府武装与反政府武装激战的故事背景，有中国政府解救几万侨民的跨国界施救行动，有茫茫非洲大沙漠和云谲波诡的地中海自然风光，有海陆空各种大型交通工具，有汇聚世界各色人种的几百万难民和侨民，更有不同于西方大国的国家理念和外交行动。上述元素雄浑地汇聚于报告文学《国家》文本中，凸显其巨大的改编成电影艺术的可能性和现实性。

第二，《国家》体现的中国撤侨事件"前惊后喜"格局适合改编为表现"中国认同"的家国伦理电视剧。同样，《国家》拥有改编为电视连续剧的诸多元素。比如，有以中国外交部领事司为中心的解救侨民的多线索主情节故事，有陆海空诸多步步惊心的故事场景，有形形色色的中资公司和员工在海外撤离的惊喜故事，有深入战乱之地解救中国公民的特别行动小组，有鲜为人知的驻外外交官的故事，有危急时刻挺身独行的中国女将，有友好的非洲朋友与野蛮的暴徒，有诸多感人的生死场景以及前惊后

喜的大团圆结局。异国战乱之惊与他乡归家旅途之喜，不期而然地融为一体。这一切表演的幕后，让人对中国政府和中国外交理念感动不已。

【写作反思】

本文初稿完成于 2012 年 11 月底，主体部分首刊于《光明日报》2013 年 1 月 8 日文学批评版，随后人民网、中国作家网、和讯网、中国教育新闻网、新民网、搜狐网及个人博客等全文转载，后收入《何建明评传》。

本文写作前即考虑到评论对象内容适合在国家主流报刊媒体发表，因此，在写作构思时就将评论主旨聚焦于中国形象建构与认同这一当下文化核心问题。为此，提炼评论标题"外展大国形象，内凝国家意识"切合国家主流意识形态的需要，这是本评论写作得以公开发表的关键。

本文微观写作表述围绕"外展大国形象，内凝国家意识"内容分三个层次展开。第一层次论点"用行动向世界展示大国形象"，紧扣报告文学副标题"2011 中国外交史上的空前行动"生发而成。第二层次论点"用真情向国民演绎国家为何物"，紧扣标题的第二分论题，结合文本内容而提炼生成。第三层次论点"《国家》传播力：从文字记录到图像影视的可能性"，从传播学传播力角度分析评论对象的艺术表现力和潜在传播力。

1.3 《奠基者》:"气场"串起的"国魂·军魂·石油魂"

摘　要：论文以《奠基者》为个案，从叙事结构、叙事代码和叙事主旨三个角度探讨了何建明历史题材报告文学"国家叙事"的纪撰特点。以人物传奇体叙事来建构国家历史叙事，精选"国家声音"和"国家语境"等叙述代码，与主人公的"行动素"一起，互相交融，生成"国家叙事"的模式结构。影响国家历史叙事主旨生成的因素有国家叙事文体方式的选择、作家创作时的时代精神需求以及国家意识形态再生产的需要等要素。

关键词：《奠基者》；国家叙事；叙事结构；叙事代码；叙事主旨

《奠基者》（2010年作家出版社出版，原著《部长与国家》增订本）是何建明历史题材报告文学的第一个高峰，也是其历史题材"国家叙事"的第一个高峰。在该书中，何建明以史诗般的激情叙述了20世纪五六十年代共和国历史上"最壮观、最伟大的建设史诗"，将波澜壮阔的新中国石油工业的"红色经典"故事和气吞山河的历史人物呈现在读者面前，呼唤今天的读者"以虔诚的心来膜拜英雄的先辈"。

本文以《奠基者》为解剖个案，将从三个方面探讨何建明历史题材"国家叙事"的纪撰特点。第一，国家历史事件、故事如何转化为国家历史叙事？第二，国家历史叙事如何处理历史背景与主要人物的关系？第三，哪些因素影响国家历史"叙事主旨"的生成？下面结合《奠基者》的叙事分析，具体讨论上述三个问题。

一、《奠基者》三层同心圆叙事结构：叙事时间与生命传奇

毋庸置疑，《奠基者》的文本结构是一部典范的国家历史题材的史诗性报告文学叙事结构。那么，如何将国家历史事件、人物故事，建构为一

部史诗性的作品呢？海登·怀特的《元历史》（1973）在19世纪叙事史中总结他的叙事理论时指出，历史领域里的元素（历史事件）按照一定次序排列成一种编年史，这编年史转换成一种故事，这故事通过情节编排获得（"被解释成"）某种意义，最后的也是最重要的一步便是历史纪撰的选择。这"历史纪撰的选择"就是"情节编排"方式的选择。海登·怀特指出了历史叙事的四种情节编排处理方式：传奇方式、悲剧方式、喜剧方式和讽刺文方式。❶ 在这里，海登·怀特其实为我们呈现了经典历史叙事的四种文体结构方式。

作为国家历史叙事，《奠基者》正如其原著《部长与国家》标题所示，是以"部长"的传奇方式来展开"国家"历史叙事的，是一部典型的传奇体历史纪撰之作。作家何建明以石油部"将军部长"余秋里一生的传奇叙事来展现共和国建国时期一段难忘的大历史。

正如一个人的生命存在和衡量以时间为第一要素，一个叙事文本的存在和衡量也要以叙事时间为第一要素。《奠基者》文本就叙事时间而言，属于典型的回顾叙事。它由三个叙事时间序列组成。第一个叙事时间序列主要叙述作为"植物人"的余秋里的故事，时间为1994年10月～1999年2月近四年半1500余天。第二个叙事时间序列主要叙述作为"将军部长"的余秋里的故事，时间为1958～1994年。第三个叙事时间序列主要叙述作为"军人"的余秋里出任石油部长之前的战斗故事。这三个叙事时间序列故事并不是线性排列，而是以"叙事主旨"为核心，以主人公为聚焦点，构成一个三层同心圆叙事结构。其中，最外层是作为"植物人"的余秋里叙事，中间层是作为"将军部长"的余秋里叙事，最内层是作为"军人"的余秋里叙事。

让我们先看第一个叙事时间序列的叙事及其功能。《奠基者》整体文本结构由"引子"和"十章"组成。其中，第一个叙事时间序列叙事主要分布在书首的"引子"和第二章、第五章、第七章、第八章的章首及第十章的结尾部分中。它们构成了《奠基者》文本结构的最外层叙事圈。与中间层的主体叙事相比，我们不妨称之为"引子叙事"。其文体结构功能分

---

❶ 卢波米尔·道勒齐尔：《虚构叙事与历史叙事：迎接后现代主义的挑战》，载［美］戴卫·赫尔曼主编：《新叙事学》，北京：北京大学出版社，2002年，第180页。

别是"引出""串联"和"结束"第二个时间叙事序列的"主体叙事"。请看"引子"开头的第一句话：

> 那是秋里的一个日子，离今天整已十余年。

在这里，"秋里"是作家精心选择的一个富有多重意味的神秘"词汇"。从时间上看，"秋里"是一个季节名词，在文本叙事中，它点明了故事叙事时间。从人物命名来看，它暗示了叙事主人公的名字及其由来。文本报道叙事的主人公"余秋里"，即是"秋里"出生，当时父母就以"秋里"给儿子命名。从叙述事件来看，"秋里"对于叙述主人公也是一个神秘的时间节点，余秋里就是在1994年的"秋里""倒下"成为植物人的。作家何建明从被叙述报道的主人公余秋里"倒下"的那天起笔，那天离何建明2004年5月开始撰写《部长与国家》已经整整十年。从作家开笔写作时间到叙事起笔时间，表明本文本叙述是一个典型的"回顾叙事"。而在这"回顾叙事"的主体事件"倒下"过程叙事之中，作家又穿插回顾叙述了主体对象历史上两次"倒下"的事件，即主人公在井冈山战斗中头脑被打伤和长征途中左胳膊被打伤的事件，以此彰显主人公余秋里的传奇经历和人格特色。在长达8页的"引子"叙述中，作家精心构造了三重回顾叙述，一是2004年5月作家何建明开始回顾叙述主人公余秋里一生的传奇故事；二是回顾叙述主人公余秋里1994年回到"后海"家中躺在床上回顾自己一生的"工作和战斗"及其意外的"倒下"过程；三是借管理员视角回顾叙述余秋里"倒下"之前"吃饭"的异常细节和"倒下"后的抢救过程。在这三重前后相连的线性回顾叙事中，叙事主体身份的演变和身体的巨变得到了蒙太奇般的集中简要的概括叙述：

> 之前，他的职务是中共中央政治局委员、书记处书记、国务院副总理、人民解放军总政治部主任……突然有一日他倒下了，……1500余天，白色的病榻上他一言不发，生命就像一串忘了收笔的休止符号……

从一个战士到国家党政军各界领导人，到一个"植物人"，这种传奇的人生，这种指涉而非评价的"摘要"叙事，不仅构成了"引子"叙事的传奇"奇点"，同时，又为文本第二个时间叙事序列制造了"叙事悬念"——这个"植物人""之前"有着怎样的传奇人生？他成为"植物人""之后"能被唤醒吗？《奠基者》文本的阅读叙事动力和叙事结构就在这种精选的叙事时间"节点"和人物传奇"奇点"的构造中得以生成。

在《奠基者》结尾部分，作家再次聚焦了叙事时间问题：

> 1999年2月3日晚11时24分，拖了近四年半的余秋里将军的心脏停止跳动，终年85岁。
> ……
> 将军秋里来，将军春里去。
> ……

《奠基者》文本就这样在建构第一个时间叙事序列中生成了本文的外层叙事框架。

再看《奠基者》文本第二个时间叙事序列叙事及其功能。

从文本篇章内容安排来看，《奠基者》的叙事内容共分十章411页。其中第一章至第八章共335页，主要叙述作为"将军部长"的余秋里与新中国石油工业建立的关系叙事，其主要叙事时间为1958～1964年。这是文本《奠基者》中的第二个时间序列的主要部分，它构成了《奠基者》的主体叙事。第九章和第十章分别叙述了余秋里在"文革"十年中和打倒"四人帮"进入新时期后到1994年"倒下"之前两个特殊历史时期与国家关系的重大叙事。相对于前八章的"将军部长"的国家叙述，作为国家"计委主任""国务院副总理"和"中共中央书记处书记""中国人民解放军总政治部主任兼中央军委副秘书长"等党政军领导人身份的余秋里，其"国家叙述"较为简略，局限于"梗概叙事"，但其间与主人公余秋里相关的个人"私事"叙述却不乏具体叙述。如叙述将军与家乡吉安的关系，叙述将军与儿子余浩、与身边秘书李晔的关系，在看似无情的叙事中，彰显了余秋里晚年作为共产党的高级干部，永葆本色的"大情大义"。

下面我们具体分析作为"将军部长"的余秋里的"国家叙述"。它由第一章至第八章组成。根据叙事学的"叙述语法"，从叙述主人公余秋里与石油关系的"行动素"来看,《奠基者》前八章的主体叙事由"临危受命,出任部长""首度出征,情况不妙""松基三井,初现旭光""亲赴松辽,发现大庆""调兵遣将,石油会战""艰苦卓绝,战天斗地""临危坐镇,指点江山""科学开发,初见成效"8个"行动素"组成主体"叙事串"。这八章结构的建构基本按照因果关系和时间先后来"剪辑安排"主人公的行动,同时与国家的大背景结合在一起叙述。如,第一章叙述主人公"临危受命,出任部长",是个开篇的行动素,作家先叙述共和国崛起的危难时刻,毛泽东一锤定音:我看余秋里能当好石油部长。此人人才难得,是个将才。第二章是个低回的行动素,叙述主人公"首度出征,情况不妙","玉门、克拉玛依、川中会战,反右、'大跃进'、插红旗……首度出征的将军如同风里踩浪,颠簸跌坠,忽热忽冷"。将一系列叙事场景串联在一起,再现主人公余秋里出任石油部长之初,为共和国寻找石油的艰难复杂的历史情景。第三章是个转折的行动素,主要叙述新中国找油的分工布局,"三国四方"会议之后,"松基三井,石破天惊,从此石油革命呈现东方旭光"。第四章是个发展的行动素,首先铺叙1959年9月26日"松基三井"出油的意义、石油工人捧着油样上天安门、"大庆"命名等激动人心的场景,然后铺叙余秋里"众人皆喜我独醒",在冰天雪地时亲赴松辽,"三点定乾坤",确定新中国大庆石油工业开采的战略布局。第五章、第六章和第七章浓墨重彩地铺叙大庆石油会战的史诗情景:五万余人会战队伍挥师北上,松辽荒原石油会战迎来了"上甘岭"式的"苦战"和"大干"。作家何建明从石油开采的战略、战役和战斗三种方式中叙述主人公石油部长和石油工人队伍的志气、壮气和豪气。第八章是个结束行动素,叙述大庆这个世界级大油田的开发过程及其理念、意义。至此,作为"将军部长"的国家叙事得到了一个圆满的叙述。

作为"军人"的余秋里的叙事,是文本叙述的最内层,从文本结构安排上看,作家何建明将之镶嵌在第一个时间叙事序列和第二个时间叙事序列之中,以回忆、类比、联想的方式依附于主体叙事之中。如,第五章叙述大庆石油会战余秋里调兵遣将,解决"战斗人员"的难事问题,其间穿插叙述了余秋里作为毛泽东和几位元帅的"爱将"的战斗经历,以及余秋里在解放大西南中"征粮"细节,彰显余秋里指挥大庆大会战取得胜利的精神之源:"老农民打仗"的精神。

综观全文叙事结构，作家何建明将叙事主人公余秋里分为三种身份：军人、将军部长和植物人，以回顾叙述的方式，通过三个叙述时间序列的套装叙事，来叙述主人公余秋里的生命传奇故事，并以国家历史人物传奇体的叙事来建构国家历史的叙事。

二、国家语境、国家声音与国家叙述代码

《奠基者》在建构国家历史叙事方面除了采用人物传奇体叙事外，还有一个特点，就是精选国家叙述的代码，如国家语境、国家声音，来与人物传奇一起生成国家叙事。

众所周知，历史人物总是生活在一定的历史语境中。因此，传奇体的历史叙事往往将传奇人物置于其生活的历史语境中加以表现。《奠基者》在叙述将军部长余秋里为新中国石油工业奠基这一伟大历史时，往往将主人公的叙事行为置于复杂的国内外历史语境中展开叙述。因而，国家语境叙述成为《奠基者》国家叙事的不可或缺的一个要素。《奠基者》第一章起笔即从"石油立国"论开始：

> 世界工业史一次又一次地证明石油立国的理论。……任何一国的领袖如果谁忽略对这一来自地心深处涌发的"地球之血"的重视，谁就无法驾驭代表现代文明的本国工业社会的前进巨轮……
> 老牌帝国的首相丘吉尔是这样。
> 新兴霸权帝国的总统罗斯福是这样。
> 东方的人民共和国领袖毛泽东也是如此。❶

这是国际语境中石油重要的理论。再看国内语境：1956年、1957年，取得政权七八年的人民共和国，经过农村土地改革和城市工商业的社会主义改造，摆在共和国领袖毛泽东面前的"内参"——"情况反映"却出现了要饭、饿死人的现象。正是在这正反对比的语境叙述中作家推出了一个

---

❶ 何建明：《奠基者》，北京：作家出版社，2010年，第11页。

共和国核心领导人毛泽东和周恩来闭门会谈的事,一个事关中国社会主义事业重大主题的叙事:中国的石油问题和中国的石油部长的人选问题。因为共和国的第一个五年计划,只有石油部"未完成任务"。在长达31页的首章叙述中,有25页的篇幅是聚焦叙述毛泽东对石油问题的关注和对新任石油部部长的挑选。在如此漫长而有点烦琐的国家语境叙述铺排之后,才有本书叙事主人公余秋里出场:1958年"立春"后的一个日子,一个"独臂军人"应邀出现在毛泽东的书房——"丰泽园",接受毛泽东与其他几位领导人的谈话,受命担任新中国第二任石油部长。那人就是余秋里,43岁,中将军衔。余秋里在1958年褪下军装,接掌石油部,是党和国家最高领导层的信任和希望,希望这位军人出身,擅长打硬仗,而且能打出新局面的余秋里,能为新中国的石油工业打开新的局面。

《奠基者》在叙述主人公余秋里接管石油部,全力打开新中国石油工业新局面的历史过程中,时时插入与之相关的国内政治、经济和军事方面的大事,如1958年的"大跃进",1959年的庐山会议,1960年准备打仗的估计及三年的自然灾害。这些事关共和国生存与发展的国家大事,为余秋里全力寻找石油、开采石油和炼制石油产生了不少的阻力、压力和动力。作家何建明正是抓住这些国家语境叙述来彰显主人公余秋里在应对外在环境,克服外在压力,变压力为动力时的卓越领导力、指挥力和人格魅力。如第七章叙述余秋里领导大庆石油大会战的语境叙述:

> 三年自然灾害,几乎窒息了当时新中国的全部生机和士气。那三年中,国之上下,只有收紧裤腰带忍辱负重、喘息吁吁的力气。然而独有大庆油田会战那儿充满了气壮山河、突飞猛进的凯歌高旋。[1]

《奠基者》在编织全书叙事结构、刻画主人公传奇经历和行为时,还精选了国家语境叙述的声音代码——最高国家领导人的声音,适时插入文本之中,强化文本的国家叙事。例如,在叙述成为"植物人"的余秋里的"引子"叙事结尾,作家何建明叙述了余秋里的家人和工作人员不停地呼唤余秋里,希望能唤醒主人公余秋里。

---

[1] 何建明:《奠基者》,北京:作家出版社,2010年,第294页。

晓红一直这样喊着。喊了一年、二年、三年、四年……她的爸爸依然一直不动，只有呼吸，只有心跳，却没有知觉，没有意识，直挺挺地躺在床上，如同出征前的一名全神贯注的战士——大地突然一阵颤动。

一个夹着浓重湖南口音的声音在空中回荡……❶

《引子》结尾出现的"声音在空中回荡"，与其说是虚拟的叙述，不如说是应特殊的叙事结构需要发展的自然延伸。因为，从叙事功能来看，叙事主人公余秋里一生最钦佩毛泽东，无论革命和建设时期，毛泽东的声音对于叙事主人公余秋里最为重要，影响最为深远。现在，这位毛泽东的爱将，在革命生涯的晚年，不幸成为了一个"植物人"，亲人和身边的工作人员一年又一年，都不能唤醒。能唤醒主人公的，在作家何建明看来，只有最高领导人毛泽东了。因此，虚拟的"毛泽东的声音"的出现，无论在为叙事主人公的治疗上，还是在全文国家叙事结构的串联方面，都是一个必然而富有创意的神来之笔。

在紧接"引子"叙事的第一章、第二章和第五章，有三次出现"毛泽东的声音"叙事。第一次出现"毛泽东的声音"是在第一章开头的概括叙述，在共和国崛起的危难时刻，毛泽东一锤定音："我看余秋里能当好石油部长。此人人才难得，是个将才。"此时是1958年。第二次出现"毛泽东的声音"是在第二章开篇："余秋里同志，四川的情况怎么样？"此时是1959年，发生在上海第一次锦江会议上，距离余秋里接管石油部长才一年零两个月。第三次出现"毛泽东的声音"是在第五章开篇概括叙述："余秋里，你那边有没有点好消息呀？"此时是1960年，在上海召开的第二次锦江会议上。这三次"毛泽东的声音"叙事，对于余秋里来说，第一次是信任与赞扬，第二次是询问与激励，第三次是期待与希望。余秋里确实不负毛泽东的厚爱与希望，在上任不到两年的时间内，当毛泽东第二次过问时终于有了肯定的回答，找到了一个大油田——大庆油田，打开了新中国石油工业的新局面。

综上，《奠基者》就这样通过精选的"国家声音"和"国家语境"的

---

❶ 何建明：《奠基者》，北京：作家出版社，2010年，第9页。

叙述代码,与主人公的"行动素"一起,互相交融,生成了"国家叙事"的模式结构。

三、时代精神需求、意识形态再生产与国家叙事主旨

中国自古就有"文章合为时而著"的创作传统。具有新闻性、时效性的报告文学,其创作与传播更要注重时代的需求与时代的效用。在文化消费主义的时代,文化产品的生产、传播不仅要考虑市场消费的需求,还要考虑政治意识形态再生产的需要。明乎此,我们将转向分析决定《奠基者》叙事主旨定向、提炼的时代政治因素。

在《奠基者》原著《部长与国家》结尾,作家何建明附录了一个"作者补语"。

> 在我总有一个愿望:为什么不能把中国的许多"红色经典"故事写成人们传颂的文学作品呢?为什么不能把老一代革命家和领导人的事写得更生动、传神而传播于广众之中呢?在人民共和国成立五十五周年前夕,我有机会创作了这部反映中国石油工业的开拓者和领导者、无产阶级革命家和中国经济工作、军队政治工作的卓越领导人余秋里同志丰功伟绩的作品。当我走近"独臂将军"余秋里时,我深深地被这位传奇人物那火一般的革命激情、火一般的革命干劲、火一般的革命性格所征服!尤其是余秋里在任石油部长时领导举世闻名的大庆石油会战那段艰苦卓绝、气吞山河的"红色经典"事件中所表现出的卓越才能和"巴顿将军"式的风采,令我常常沉浸在创作的喜悦和激动之中。大庆会战,是新中国历史上可称得上是和平建设时期的长征式的一部伟大史诗,它所创造的大庆精神即使在今天仍然闪耀着的不朽光芒。无疑它是中华民族精神的重要组成部分,也是我们党的重要精神财富。

> 在写这部作品时,我才发现:过去我们对大庆会战和大庆油田的发现过程了解得实在太少。电影《创业》和铁人王进喜可能是我们以前了解大庆的主要来源与主要印象,但那与整个大庆石

油会战的史诗相比，它们仅是几个闪烁的亮点而非全部。大庆会战那波澜壮阔和鲜为人知的许多事，是我在写作这部作品时才被发现和挖掘到的。它令我兴奋，令我感叹，令我永远难忘那些为共和国摆脱贫穷、繁荣富强的前辈们不惜英勇牺牲、"宁愿少活二十年，拼命也要拿下大油田"的伟大气概和壮志，这种伟大气概和英勇壮志，正是今天我们仍然十分需要的可贵民族精神！

　　写出革命领袖人物的人情、人性和人格来，这是我在本部作品创作过程中力图想完成的事。

我之所以不厌其烦地摘引上述"补白"，意在以此探寻作家的创作意图与文本叙事主旨生成的关联性。

从上述"补白"，我们可以看到作家何建明创作《奠基者》的三个"创作意图"，一是文学传播意图，二是意识形态再生产意图，三是时代精神呼唤意图。而且，这三个意图是随作家采访的深入、写作的深化而依次展开，逐渐滋生的。当它们最终形诸于文本时就逐渐转化成文本的"叙事主旨"了。下面我们分别对应描述。

1. 文学传播意图与领袖人物传奇体叙事

2000余年前孔子就说过："言之无文，行而不远。"中国历史源远流长，二十四史，哪一部史书，不是借助（或带有）文学的方式撰写而成，并流传后世的？司马迁《史记》不是因首创纪传体而成为"史家之绝唱，无韵之离骚"吗？20世纪中国共产党领导中国人民进行革命和建设的伟大历史和故事，如何转化成为红色经典的文学作品，是摆在当代中国作家面前的一项伟大工程。在中华人民共和国建国55周年之际，何建明推出红色经典长篇报告文学《部长与国家》，在建国60周年之际，又将其增订为《奠基者》，以革命领袖人物传奇体的方式来叙述红色中国和平建设年代开发大庆油田的一段长征式的史诗。《奠基者》的获奖和改编成28集电视连续剧，作为2010年新年开年大戏，在中央电视台热播，终于圆了何建明的夙愿："在我总有一个愿望：为什么不能把中国的许多'红色经典'故事写成人们传颂的文学作品呢？为什么不能把老一代革命家和领导人的事写得更生动、传神而传播于广众之中呢？"

显然，《奠基者》的可传播性，首先得之于其文本叙事结构的传奇体方式的匠心独运的创造。这一点前文已有分析，不再赘述。其次，得之于作家对"革命领袖人物的人情、人性和人格"等细节因素的深入采写。如作家在《奠基者》文本中不同场景对"独臂将军"余秋里的那只空荡荡的"左衣袖子"的描写，虽然没有左臂了，但给人的感觉却是虎虎有生气，令人可敬可佩可畏。第三，得之于作家"气场"串起的"场景描写"。曹丕在《典论·论文》中曾说，"文以气为主"。"文气"是文本中的精神力量和结构力量，它来源于作家的主体精神与客体对象深度交流对话而生成的一种"文化创造力"。阅读《奠基者》，无不感觉"文气"激荡，即是这种创造力的显现。

> 当我走近"独臂将军"余秋里时，我深深地被这位传奇人物那火一般的革命激情、火一般的革命干劲、火一般的革命性格所征服！尤其是余秋里在任石油部长时领导举世闻名的大庆石油会战那段艰苦卓绝、气吞山河的"红色经典"事件中所表现出的卓越才能和"巴顿将军"式的风采，令我常常沉浸在创作的喜悦和激动之中。

正是由于有了作家主体与创作客体精神气质上的深度交融默契，才有了《奠基者》文本对于主人公一生"精神之光"的发掘，对于大庆会战历史体现的大庆精神的发掘，以及由此而来的对于整个文本叙事主旨"国魂、军魂、石油魂"精神的发掘。

2. 意识形态再生产意图与《奠基者》叙事主旨

《奠基者》因再现人民共和国建设史上的一段已逝的历史而受到追捧和热播，与其致力于意识形态再生产的意图是分不开的。就《奠基者》的国家叙事功能来看，无外乎指涉和评价两种功能。如果说，《奠基者》文本的前七章着重于"国家叙事"的指涉功能，那么，从第八章开始的后三章，则着重于叙事的"评价功能"。《奠基者》前七章的叙事内容，以将军部长余秋里为叙事聚焦点，从1958年的临危受命找油，到1959年9月松基三井出油，再到1960年、1961年大庆石油大会战发现大油田，其前后3年的历史故事却生成了长达七章的文本叙述，其叙事主题即在再现和发掘大庆油田发现、开采的艰难复杂的历史，以及这种历史与余秋里的历史关联。显然，其叙述重心在再现历史、发掘历史，其叙事功能在于指涉历史。后三章叙事内容，其历史事件时间从1964—1994年长达30余年，却只采用了三章的篇幅，相对于前七章叙事，其历史叙事的指涉功能的压缩，其评价功能的凸显，无论从文本篇幅还是文本的表达方式，都是不难发现的。

例如，《奠基者》第八章叙述的主题是大庆这个世界级的大油田，在一群多为农民出身的将士手中是如何开发出来的问题。作家在叙述解决大庆油田开采"集输流程"的这一关键的技术问题时，插入了大量的非叙述性的议论话语，对中国人靠自己的力量和智慧，从"咖啡豆"引出了"萨尔图流程"，解决炼油问题的道路、方法和意义进行评价和总结。这些评价性的话语不仅串联起文本历史素材，而且激活了历史素材的精神之光，赋予了文本叙事主旨的思想内涵。在《奠基者》第八章开篇的叙事要点提示中：作家何建明将大庆油田的开发之路——从实际出发，走自己的路子，上升到中国特色社会主义事业的开始实践之路，认为这条路业已初见成效，即是将国家建设历史实践与改革开放以来国家意识形态建设理论相对接的思考和努力。这种用文学的方式对当下意识形态理论进行确证和演绎，从文本生产和传播的角度来看，又在进行意识形态的再生产。在本章中，作家何建明还将余秋里在制定开发大庆油田"留有余地"的思想战略，上升为当下主流意识形态——科学发展的思想高度，并总结为这是将军余秋里一生高举的经济发展理念。对历史事件价值的当代发现和阐释，无疑是史志报告文学创作不可或缺的要素。正如意大利著名历史学家克罗齐所说，一切历史都是当代史。历史与编年史和历史档案文献的不同，正在于历史是活的，而编年史和档案文献是死的。历史之所以是活的，就在于当下历史学家的主体精神对于过往历史文献的激活和洞察。这些主体性的创造与灌注正是一个历史作家的创造性的体现。

《奠基者》第九章主要叙述"文革"语境中作为国家"小计委"主任的余秋里在艰难岁月中支撑着风雨飘摇的国家机器。作者何建明抓住"文革"时期的新闻经典语"还有余秋里"，对本章叙事功能进行评价：

> "还有余秋里"，是"文革"十年和毛泽东晚年时期的一个特殊的政治现象，有着深刻的含义。本身便足可以写一本政治经济

学的，因为自大庆油田之后，是周恩来和将军使"余秋里"三个字成为了中国和平建设时期的一种道路、一种方法、一种经验和一种有中国自己特色的社会主义的象征。❶

上述国家历史叙事中包含的国家意识形态再生产方式的评价，与历史叙事的指涉功能一起逐渐彰显了全书国家叙事的主旨。

3. 时代精神呼唤意图与《奠基者》叙事主旨

《奠基者》第十章是全书的最后一章，主要叙述主人公余秋里在打倒"四人帮"之后的新时期，位列党和国家领导人之时所做的两件大事和几件事关人格、人情的小事。这两件大事，一件是余秋里作为国务院副总理期间主抓的国务院所属的工业部门的机构改革；一件是余秋里在 20 世纪 80 年代初重返人民解放军领导岗位，出任"总政"主任后主抓的"百万大裁军"。这样两件事，往上关乎国家和军队的前途命运，往下关乎势力集团的具体利益，是最得罪人的事。然而，为了党和国家的长治久安，又是不得不执行的事。几件小事是关于余秋里作为国家领导人的人格、人情和人性的问题叙事。如，余秋里工作中抽烟很凶，但他决不抽公家的"接待烟"，可见其人格的高尚；余秋里对亲人和身边工作人员要求极严，将唯一的儿子赶上"对越自卫反击战"的前线。本章末尾，作家何建明借与将军的秘书李晔的访谈，叙述了将军一生未了的"石油情结"。最后，文本在主人公余秋里作为"植物人"拖了四年半终于停止心脏跳动的悲壮氛围中卒章明旨："将军给中华大地上留下一个永不散去的国魂、军魂、石油魂……"全书的叙事主旨通过主人公的传奇叙述，穿越历史的云障，在现实的天空中放射出耀眼的光芒。

弗洛伊德曾将艺术的功能视为对现实生活缺乏性的替代性满足。《奠基者》在当下文化消费主义的时代受到追捧，是与《奠基者》以历史精神的辉煌反映出了对当下缺乏的一种时代精神的呼唤分不开的。还是让我们看看《奠基者》改编成 28 集电视连续剧热播后网络民众的几段留言评论：

感人、感动。之所以感人是它真实地复原了历史的真相，看

---

❶ 何建明:《奠基者》，北京：作家出版社，2010 年，第 386 页。

到了我们工人身上的"气",这个"气",是志气、意气、勇气,凭着这股气,国家甩掉了贫油的帽子。之所以感动是看到我们的部长、局长、总指挥身在一线,没有官气、没有傲气、没有贵气;有的是与工人一样的一身土、两脚泥,有的是与工人的同甘共苦作风。现在的官还那样的平易近人吗?现在的官穿着西服的多、吸高级香烟的多、坐高级轿车的多、盛气凌人的多、自以为是的多、听不得不同意见的多。

王进喜,我向你敬礼、向你鞠躬,我们今天的富强是你用命换来的。你们不愧为祖国的奠基者,你们自觉自愿、吃苦耐劳是我们学不完的。余秋里部长,向你致敬,你是建国的功臣、你是强国的模范,是真正的英雄。祖国不会忘记你们、人民不会忘记你们,你们用心血换来今天的强盛,忘记你们就意味着对祖国的背叛。

建议把这部片,拍成电影,让干部、党员都受教育,这是最好的题材,比空洞的学习报纸文件好。❶

上述三段网络评论都注意到了《奠基者》反映出的历史"气场"对当下时代精神某些方面缺乏的替代性满足和呼唤。作家,之所以被称为时代灵魂的工程师,就因为他们不断地以其创新的作品,满足了人们对时代精神的需要和呼唤。何建明就是这样一位不可多得的报告文学作家。进入新世纪以来,何建明的每一部国家叙事的报告文学作品,都是应时而生,表现时代精神,引领时代精神,呼唤时代精神的产物。在改革开放奔小康的物质主义时代,我们似乎丢掉了艰苦奋斗的英雄主义精神和气概,我们在物质上富裕了,然而在精神方面,我们似乎越来越贫穷。正是在这样的历史语境中,何建明以其军人作家的禀赋和敏锐,通过《奠基者》这部历史题材的报告文学作品,来呼唤我们国家和人民逝去不久的革命和建设的英雄主义。在《奠基者》叙述总结余秋里指挥大庆会战的领导理念时,何建明这样叙述:

他(余秋里)一生坚持认为,一个民族要有民气,一支队伍要有士气,一个人要有志气。而要树立这三气,一要靠领导以身

---

❶ 以上三段文字来源于 http://user.movie.xunlei.com/witking520.

作则，带头往前冲的精神，二要靠有个好典型来带动大家。

"硬骨头六连"和"铁人王进喜"就是余秋里分别在革命和建设年代带动和树立起来的两个典型代表，在这两个典型身上凝聚着我们民族、军队和国家克服千难万苦，成就事业的英雄主义精神和气概。正是这种精神和气概锻造了我们的国魂、军魂和石油魂，作家何建明以《奠基者》感人的英雄主义叙事，来呼唤我们当下的英雄主义精神，以充满英雄主义精神的"气场"场景描写和叙述来表现文本的叙事主旨。

综上所述，从《奠基者》的叙事主旨来看，影响国家历史叙事主旨生成的因素有国家叙事文体方式的选择、作家创作时的时代精神需求以及国家意识形态再生产的需要等要素。

【写作反思】

本文初稿完成于 2012 年暑假，首发于《云梦学刊》2013 年第 3 期，后收入《何建明评传》。

本文细读批评有三个特点：一是细读立意旨在以文本个案揭示作家风格。论文以《奠基者》为个案，从叙事结构、叙事代码和叙事主旨三个角度探讨了何建明历史题材报告文学"国家叙事"的纪撰特点。以人物传奇体叙事来建构国家历史叙事，精选"国家声音"和"国家语境"等叙述代码，与主人公的"行动素"一起，互相交融，生成"国家叙事"的模式结构。

二是细读展开以问题意识建构论文框架。本文开篇即提出三个问题，第一，国家历史事件、故事如何转化为国家历史叙事？第二，国家历史叙事如何处理历史背景与主要人物的关系？第三，哪些因素影响国家历史"叙事主旨"的生成？对这三个问题的回答，构成了本论文主体部分三个标题的结构框架与逻辑思路。

三是细读评论紧扣文本内容与时代语境的契合需求。本文标题《〈奠基者〉："气场"串起的"国魂·军魂·石油魂"》的凝练，即抓住了批评对象文本的精神呼唤与文本产生时代的精神需求的契合来提炼，指出作家创作时的时代精神需求和国家意识形态再生产的需要，以及国家叙事文体方式的选择等因素，影响了批评对象主旨立意的选择。

1.4 《我的天堂》：苏州 30 年发展报告的里程碑

摘　要：《我的天堂》是一部叙述苏州 30 年发展的史诗性报告文学作品，其报告特色有三：一是"究天人之际"的"区域发展叙事"，二是"通古今之变"的"三合力"的发展史观，三是"成一家之言"的"大赋体式"。

关键词：《我的天堂》；发展报告；区域叙事；发展史观；大赋体式

2009 年 5 月，何建明推出长篇报告文学《我的天堂》（凤凰出版传媒集团、江苏教育出版社出版），同年 7 月 30 日《文艺报》刊出关于《我的天堂》系列评论，其中有著名评论家雷达的评论《史的气魄和诗的情思》、著名报告文学研究专家丁晓原的《国家叙事中的史诗建构》、报告文学资深编辑田珍颖的《坚守与渴望的岁月纪实》、报告文学"大管家"李炳银的《人间是如何连接了天堂的》四篇文章。通读这四篇评论，《我的天堂》文本呈现的特色要素、特色叙事、特色精神和特色意义等诸多特点得以点评。然而，从《我的天堂》用近 50 万字的篇幅表现苏州 30 年发展史的"大历史、大手笔和大体制"的报告文学书写特色来看，关于《我的天堂》的评论还有待于深入、系统和全面的评说。

《我的天堂》报告的对象是苏州改革开放 30 年发展史。如何在选材、立意和表达形式方面来建构一个区域 30 年来的发展历史，在报告文学的表达形式上，这是没有前人具体的文本书写经验可供借鉴的。在笔者看来，何建明在《我的天堂》书写中，创造性地化用了伟大历史学家司马迁撰写《史记》"究天人之际，通古今之变，成一家之言"的写作指导思想，结合自己与写作对象的特殊关系，历经三年的采访、思考和写作，终于完成了这部被称为苏州 30 年发展报告的"扛鼎之作"。苏州自古被称为"天堂"，最近 30 年来苏州在中国改革开放的大历史语境中又是如何再次成为"人间天堂"的?苏州建造"天堂之路"有什么经验、模式和规律?其背后的原因是什么?该用什么样的文学体式来表现苏州的"天堂之美"?这些问题,不仅是作家何建明创作之前要考虑的问题,而且也是一个研究型的读者在阅读《我的天堂》时要深入思考的问题。

一、"究天人之际"的"区域发展叙事"

如何"叙述"苏州30年发展历史?这个叙述学的问题与如何"看待和评价"苏州30年发展历史这个本体论的问题是分不开的。何建明在《我的天堂》第23章"江水、河水、湖水、塘水……"中有这样一段表述:

> "我觉得如果总结苏州发展的意义,也还要跳出苏州来看苏州,这就和我们跳出苏州发展苏州是一个涵义。"李源潮的这句话,画龙点睛地道出了苏州科学发展之路所具有的经验价值和精神价值的核心所在。[1]

"跳出苏州发展苏州"和"跳出苏州来看苏州",这是对苏州30年发展历史经验的主流概括和总结。何建明在关于苏州30年发展的众多文献中敏锐地意识到它们是"苏州科学发展之路所具有的经验价值和精神价值的核心所在"。受此本体论观点的启发,何建明在《我的天堂》中创造性地形成了他的"跳出苏州叙述苏州"的"苏州区域发展叙事"策略和叙述体制。

何谓"跳出苏州叙述苏州"呢?在笔者看来,它不是坐井观天,就苏州发展叙述苏州发展,而是从苏州之外的国家和世界视野来叙述苏州的发展。具体而言,《我的天堂》在叙述苏州30年发展历史这一具体叙事对象时,自觉地将苏州30年这一区域发展史与中国这一整体发展史联系起来叙述,从宏观上凸显苏州区域发展与国家整体发展的相互关联性。通过这种相互关联的叙事,《我的天堂》呈现的历史叙事,就不仅是苏州30年历史

---

[1] 何建明:《我的天堂》,南京:江苏教育出版社,2009年,第566页。

发展的叙述，而且是中国 30 年改革开放的历史叙述。"国家"和"世界"这两个"天"与"苏州区域"的"人"有机结合，来展开"苏州区域发展"的历史叙事。苏州区域的历史发展叙述，就不是孤立的、静止的一个个历史事件的编排与组合，而是与国家的历史发展，与世界形势的风云变幻相联系的立体的、变化的鲜活的历史。这样，《我的天堂》呈现的苏州"区域发展叙事"在学理层次上已经触及到了司马迁所谓的"究天人之际"的史学书写境界。

《我的天堂》通过"跳出苏州叙述苏州"的叙事策略形成了何建明"国家叙述"的另一种模式。这种模式不同于《奠基者》(《部长与国家》)采用的"人物传奇体国家叙述"的模式，也不同于《破天荒》采用的"纪事体国家叙述模式"。《我的天堂》呈现了"国家叙述"的第三种叙事模式——区域发展叙事与国家发展叙事相统一的"区域发展叙事"模式。

从宏观结构来看，《我的天堂》彰显了作家何建明"跳出苏州叙述苏州"的叙事策略。《我的天堂》叙事结构极为宏大。单从目录结构上就分为"序篇：'苏'字里的学问""'人间天堂'史第一部异军突起""'人间天堂'史第二部园区革命""'人间天堂'史第三部'五虎争雄'""'人间天堂'史第四部苏州人的哲学"和"后记：我的、你的、我们的……"。"序篇"用 4 个篇章来探讨"'苏'字里的学问"——"苏州"与外界的关联问题，以此总领和概述苏州作为"人间天堂"的表现和原因。第 1 章"'苏'是涂金的中国"，从历史文化角度梳理了苏州区域经济发展的状况与原因，凸显了苏州这个"人间天堂"自古迄今作为"涂金的中国"的历史必然性。它可以视为一部苏州经济发展简史。第 2 章"'苏'是邓小平梦中的'小康'"，概述了中国最近 30 年"小康"发展蓝图与苏州 30 年发展的历史关联。正是苏州在 20 世纪七八十年代率先发展的乡镇企业实践伟绩，为邓小平的"翻两番"和"小康"社会发展蓝图的提出提供了现实经验和依据。第 3 章"'苏'是一对父子之间的生命传承"，作家现身说事，以自己这个走出苏州的游子与父亲之间的"生命传承"叙事，来表述苏州人特有的"苏州情结"。本章叙述父子之情，感人之处与朱自清美文《背影》相比，有过无不及。何建明的超越之处在于，不是仅仅将父子之深情定位于感人的细节描写与回忆之中，而是还将这父子血脉之情放置于对故乡坚守与否的父子冲突之中，并将这父子冲突的解决放置于儿子最终决定回归苏州，回归故乡，回归祖训。第4章"'苏'是地球人的向往"，从苏州城市之美——宜居角度叙述苏州成为中国的苏州、世界的苏州。

综上可见，序篇4章的总主题"'苏'字里的学问"，都是从苏州之外来叙述苏州，在苏州与国家、苏州与世界的关系视野中来探讨苏州何以成为"人间天堂"的问题的。接下来，作家从时间和空间角度分为"四部"，具体叙述苏州30年来是怎样建成"人间天堂"的。这是《我的天堂》的主体叙事，作家采用了"跳出苏州叙述苏州"的叙事策略。如，在"人间天堂"史第一部"异军突起"，叙述苏州在20世纪七八十年代乡镇企业发展历史，就从邓小平视察苏州后提出的"国家要实现翻两番的目标，农村必须走社队企业之路"说起。"人间天堂"史第二部"园区革命"，叙述苏州城区经济的发展历史，就从"上海浦东开发冲击波"下笔。总之，《我的天堂》对苏州30年历史发展与国家改革开放的宏观政策的相关性有着明确的认识：

> 苏州的发展30年，其印痕非常清晰：第一个台阶是在邓小平同志构架的"翻两番"和"小康"思想的影响下，通过乡镇企业走上了工业化道路；第二个台阶是紧紧抓住上海浦东开发开放的历史机遇，大力发展开放型经济，极大地推进了本区域的经济国际化和城市现代化，率先实现了"内转外"的历史性跨越；第三个台阶是本世纪以来，尤其是党的十六大以来，坚持以科学发展观为统领，率先按照江苏省委制定的建成小康社会的新目标而全面发展。30年，三个大台阶，使苏州的发展进入了中等发达国家的水平，这样的速度和进步，创造了世界发展史上罕见的奇迹。[1]

正是这种对叙述客体历史关联性的本体认识，支配和主宰了作家对苏州30年区域发展历史叙述的题材选择、立意安排和叙述结构的组织，从而形成了《我的天堂》"跳出苏州叙述苏州"的叙事策略和叙述体制。

---

[1] 何建明：《我的天堂》，南京：江苏教育出版社，2009年，第567页。

二、"通古今之变"的"三合力"的发展史观

苏州30年发展，上了三个台阶，使苏州进入了中等发达国家的水平，成为中国乃至世界的"人间天堂"。苏州30年来建造"天堂之路"有什么经验、模式和规律吗？其背后的原因是什么？何建明在《我的天堂》中通过序篇4章"'苏'字里的学问"的探索叙述和主体部分"人间天堂"史4部史实的"完全公平"的形象呈现，为读者展示了苏州30年发展之路的历史过程、历史经验和历史原因，并由此形成了何建明叙述苏州30年发展的"通古今之变"的"三合力"的发展史观。

"通古今之变"是《我的天堂》书写苏州30年发展史，探索苏州区域经济30年发展和苏州人奋发创新成就的思想灵魂。在《我的天堂·序篇第1章"苏"是涂金的中国》，何建明这样写道：

> 铸剑与丝织，这一硬一软，成就了吴国的霸业，也孕育了这个地区的文化与民风的精髓。今天的苏州人不也是靠这干事的硬气和成事的和气开创了新的历史辉煌和伟大纪元吗？
>
> 钢的坚硬与水的柔性，是苏州人的性格，是苏州昨天和今天的全部内涵所外溢的最简单而形象的表达形态。这二者写就了苏州的历史。❶

开篇叙事即展现了作家雄视古今、洞察表里的大视野、大胸怀。"变则通，通则久。""变通"成为作家叙述苏州区域经济30年发展历史的总主题。《我的天堂》通过故乡苏州20世纪七八十年代发展乡镇企业"异军突起"之变、20世纪90年代苏州城区"园区革命"之变，以及苏州下辖五县市30年来"五虎争雄"之变的具体史实的书写，全方位多层次地展现了大苏州区域经济发展的变革历史。不仅如此，《我的天堂》还将苏州现实变革的视角，延伸到苏州区域的历史变革之中（见《序篇第1章"苏"是涂金的中国》），延伸到苏州的自然山水、物产民风之中（见"人

---

❶ 何建明：《我的天堂》，南京：江苏教育出版社，2009年，第6~7页。

间天堂"史第四部苏州人的哲学），从而建构起古今变通、物人相通的苏州 30 年发展变革历史。

《我的天堂》不仅书写了苏州 30 年"通古今之变"的变革史，而且还写出了贯穿于 30 年苏州变革历史之中的历史合力，形成了"人民创造力、政府推动力和区域文化软实力"有机结合的"三合力"发展史观。

何谓"人民创造力"？即人民创造历史的力量。这是马克思主义关于人民群众创造历史的历史观的体现。何建明从故乡苏州 30 年发展奇迹的历史中得到了印证，并予以文学的形式加以具体的表述记录，从而形成了《我的天堂》关于苏州 30 年发展，人民群众创造力是第一动力的发展思想。

作家在《我的天堂》中明确表示：苏州 30 年发展水平和速度，绝非神话，是苏州人民实实在在干出来的。❶ 是怎么"干出来"的呢？何建明说：苏州人清楚，苏州以外的人后来也清楚——"人间天堂"并非上帝给的，天堂同样得靠人的奋斗与辛勤的劳动。❷ 是的，靠苏州人的奋斗和辛勤劳动。因此，《我的天堂》不惜洋洋洒洒近 50 万字的篇幅，精心建构"四部人间天堂史"来全面展示最近 30 年苏州人民群众建设"人间天堂"，创造历史的伟力。

苏州"人民群众的创造力"集中体现在"'人间天堂'史第一部异军突起"和"'人间天堂'史第三部'五虎争雄'第 20 章常熟的'品牌'故事"等篇章中。何建明将苏州乡镇企业的发展史作为他的"人间天堂"史的第一部，并将之概括为"异军突起"，即是对故乡人民群众冲破"文革"政治阻力，发展社队企业，铸造乡镇集体企业，最终形成所谓的"苏南模式"，这一自发创造历史行为的肯定。苏州乡镇企业的异军突起，在人的因素方面，与苏州出现了一批懂经营善管理的乡镇企业家和敢抓敢干，具有示范和表率作用的乡镇党委书记们，是分不开的。对于故乡民众的这一具有历史性的创造伟力，何建明在《我的天堂》中给予高度重视，他援引历史学家的话这样表述：

---

❶ 何建明：《我的天堂》，南京：江苏教育出版社，2009 年，第 567 页。
❷ 同上，第 551 页。

历史学家在考察苏州乡镇企业的发展史时这样指出：从20世纪七八十年代发展起来的苏州乡镇企业所积累的财富和人力资源，为20世纪末苏州的飞速发展及新世纪之后的富裕强大，奠定了不可撼动的基础。❶

对于故乡人民群众在苏州30年发展中创造历史的"奠基"作用和伟大力量，何建明在'人间天堂'史第三部'五虎争雄'第20章常熟的'品牌'故事"中通过"故事个案"再次给予具体印证。

常熟是苏州所辖一个县级市，是作家笔下苏州所辖县域经济"五虎争雄"之一。常熟，也是何建明"生于斯，长于斯"19年的故乡。作家在书写故乡大苏州30年发展史时，对于常熟这个小故乡的发展史，给予了特别的感情，特别的视野，特别的书写。这就是对于故乡特色经济的崛起与故乡底层群众的奋发图强的历史关联性的集中表述和耐心书写。在第20章《常熟的"品牌"故事》中，何建明精选四个主题来书写常熟30年发展的精彩故事。"裁缝和绣娘同唱好一朵茉莉花"，叙述小裁缝和绣娘在常熟特色经济服装业和纺织业上显现的特殊光芒。"马路地摊垒出的市场模式"，叙述了常熟老百姓创造市场、发现市场的历史功用："办一个市场，兴一方产业，活一片经济，富一方百姓"。"烽火小市，燎原天地"叙述故乡小市场的大魅力：市场可以改变人的观念和行为方式，市场更能改变和推动一个地区的社会发展，并形成自己的经济形态。"南国文章叹倒澜"集中叙述常熟小百姓创造大品牌的故事。何建明通过常熟的品牌经济，热情讴歌了故乡人民群众创造历史的无限伟力：

常熟的一个"波司登"、一个"梦兰"、一个"隆力奇"，把中国的服装、日用床被、日用化妆品市场带到了五彩缤纷、惊天动地的美丽世界，仅这三个品牌所拥有的无形资产价值超过400亿元，每年它们创造的市场销售额也在400多亿元，三个企业为社会直接消化和连带消化的劳动力也有几十万人……而常熟，又

---

❶ 何建明：《我的天堂》，南京：江苏教育出版社，2009年，第120页。

何止一个"波司登"、一个"梦兰"、一个"隆力奇"!❶

而上述三个世界著名品牌的创始人和老板却都是出身于常熟底层的人。"波司登"的老板高德康是"小裁缝"出身,"梦兰"创始人钱月宝出身"绣娘","隆力奇"的老总"蛇王"徐之伟出身于木工。作家就这样通过常熟的品牌经济的传奇故事具体鲜明地展示了苏州人民创造历史的伟力。

《我的天堂》在叙述苏州人民创造历史的伟力之中,还着力于表现苏州各届市委、市政府领导在苏州发展转型、发展决策和发展定位中的"政府推动力"。苏州30年的发展走出了一条具有中国特色的社会主义市场经济道路,其中"政府推动力"是一个非常重要的不可或缺的因素。而这"政府推动力"就集中表现为政府在城市经济和社会发展过程中的决策、定位和转型等重大发展环节的推进力和黏合力。苏州经济形态由20世纪七八十年代的乡镇企业占半壁江山走向21世纪的外向型多元经济形态,其中"政府推动力"是一个关键因素。《牵"牛鼻子"让姑苏光芒四射》具体叙述了苏州市委、市政府在80年代中期抓住沿海经济开放地区和外贸进出口经营权的机遇,大力走"外向型经济"发展道路,促进苏州从"乡镇经济"形式,走向"县区经济"形式、"市级经济"形式的重大历史性的转变。这一转变持续了十年,使苏州的发展成为中国改革开放发展历史的时代史诗。

"'人间天堂'史第二部园区革命"则集中表现了1990年以来苏州历届市委、市政府领导在发展苏州"城区经济"的决策和定位等方面的"推动力"。"苏州是永远保住原有的古城文化与古城经济——那种小桥流水般的自安自得,还是跟上世界的发展潮流,再造苏州新城?这是摆在苏州人民和苏州领导面前的一个大课题。谁敢破解这个题目,谁或许是历史的功臣,同样也有可能是历史的罪人。"面对苏州城区发展结果的悖论式的选择,苏州市委市政府领导班子,毅然决策,在古城姑苏东西两侧各造一个"新苏州"和"洋苏州",即古城西侧的高新园区和古城东边的工业园区。正是姑苏古城文化经济加两侧的"园区经济"的比翼齐飞,奠定了苏州城

---

❶ 何建明:《我的天堂》,南京:江苏教育出版社,2009年,第478页。

区经济在世纪末的起飞和在新世纪以来的辉煌。苏州古城"城区经济城外发展"的大战略格局确定后,如何建造"新区",又是摆在领导决策和执行者面前的大事。"开放战略,科技战略,人才战略,繁荣战略"构成了"新苏州"发展的四大战略。而苏州新城的苏州太湖国家旅游度假区的创办,又成为新苏州的一个特别的经济增长点。"苏州新加坡工业园区"经济是苏州城区经济的最大亮点,它从项目落户苏州,到先期开办,到股权调整,到深化建设,凝聚了从中央高层到江苏省和苏州市数届领导的关怀和推动。可以说,没有"政府推动力",就没有苏州工业园区,也就不可能有苏州经济的耀眼光芒。

《我的天堂》在展示苏州人民创造力和政府推动力的同时,还表现了一个更为基本的力量,那就是支撑和推进苏州30年发展的文化软实力。为此,何建明特别安排了"'人间天堂'史第四部苏州人的哲学"来具体探讨在"苏南模式""苏州精神"与"苏州之路"背后的文化因子。

在第23章"江水、河水、湖水、塘水……"中,作家认为,苏州之美乃是天造之物的江湖河溏之水,水的贯通性养育了苏州和苏州人的哲学,苏州人的本事在于他们能够将断裂的碎片连接起来。比如,苏州经济从其亮点乡镇企业到开放型经济的过渡,苏州人将两者的对立和断裂统一起来,只用了几年时间,如同他们祖先传承下来的治水本领一样,很快将两股不同的江与河之水融合在一起,形成巨大的蓄水,为整个地区的社会发展积蓄了冲浪般的力量。苏州经济的奇迹在于合力,靠苏州各种经济形式、各个县市的城乡经济体的合力,靠苏州社会各界和各个层面的共同奋斗精神与提升素质的合力。所谓"苏南模式"其实质在于容纳各种经验,吸收各种先进技术,聚集各种力量,并从本地实际出发,将其汇成一种合力,推进苏州整个地区的发展和向前。"张家港精神""昆山之路"和"园区经验"等苏州发展的三大法宝成为推进全市经济发展的"合动力"。苏州人恪守中庸之道,凡事绝不会太过分。这,就是江河湖塘交融、混合的水性文化。

在第24章"小桥、流水、人家……"中,作家叙述了苏州之美,美在"小桥""流水""人家"间。因为,何建明认为,苏州的小桥和流水似乎可以比作城与乡之间的关系,而"小桥""流水"加"人家",就是这片美丽富饶的沃土上构架起的整个社会。

在第 25 章"苏绣、乱针绣、双面绣……",何建明叙述了苏州人自豪的特产苏绣之美。他认为,苏绣是苏州的一张名片,也是苏州人的一种性格形象。她双面玲珑光亮,表里如一,既体现了一种高超的工艺,又渗透了一种为人处世之道。苏州人的特别之处在于讲究面子和夹里的统一,讲究"味道"——这来自心底和生命源头的美。这就是苏州人的生活哲学,这也是苏州人与生俱来的文化素养。

在第 26 章"园林、园区、圆融……"中,何建明叙述了苏州园林的特点,认为它不仅是历史文化的产物,还是思想文化的载体。园林带给我们的视觉观感是精美与雅致的风物;园林带给我们的思想意识是深邃与完美的文化。苏州人性格中的圆融、包容等看似静境、貌似保守的精神形态,其实骨子里是一种强烈而炽热的追求、向上、发力和最终为了成功的彻底张扬与燃烧。苏州工业园区的一座标志建筑,起名"圆融",即是东方文化与西方文化融合与交流的象征,寓意着苏州的开放与世界对接的时代景象。圆融,其实就是一种心境,一种胸怀。

特别可贵的是,何建明还将上述苏州人的文化哲学思想之软实力渗透到苏州 30 年的发展叙事历程中,使苏州地域文化魅力具体化为苏州 30 年发展和变革的强大精神推动力和无形的吸引力。

三、"成一家之言"的"大赋体式"

苏州 30 年的发展奇迹,不同的学者已经有了不同的表述。作为一个报告文学作家,如何用报告文学的文体来叙述苏州 30 年的发展史,对于像何建明这样的资深报告文学作家来说,也是一个新的问题和挑战。这挑战表现为:一是作家自己写出的东西对于父老乡亲来说,是不是那么回事?像不像?画鬼神易,画普通人难,绘形易,写神难。写一个人的历史易,写人民大众创造的历史难。二是自己是否完全公正、客观地书写出了故乡 30 年的大历史?三是自己写出的东西有没有自己的风格,是否有读者愿意看,是否值得看?

手拿一块砖一样厚的《我的天堂》文本,从第 1 页读到最后第 604 页,确实考验着读者的阅读耐心和耐力。这对于一向注重报告文学的可读性和可传播性的作家何建明来说,如何处理大部头的区域历史叙事与作品的可阅读性，是他下笔、布局、选材、立意都要处处考虑的问题。通读《我的天堂》，反思全文的构架和表达，笔者认为，何建明采用了一种类似中国文学史上的汉大赋体文体样式来建构他心目中的"人间天堂"的历史，由于以"我的"视角来叙述、来结构、来选材、来立意，因而，何建明的《我的天堂》在众多关于苏州30年发展史的文献中，能够自"成一家之言"。下面结合文本具体探讨《我的天堂》采用大赋体式的表现与功能。

第一，歌颂为主的立意。

《我的天堂》叙述苏州30年改革开放的历史，作家心目中的苏州30年与他笔下的苏州30年是有所不同的。这点作家在《我的天堂·后记》"我的、你的、我们的……"中明确指出来了："我应该明白清楚的告诉世人：尽管我用了洋洋近50万文字来记录苏州的30年改革开放发展史，写了那么多正面的东西，但并不意味着苏州现在没有问题和缺点。"但是，在作家看来，由于那些问题和缺点是发展转型期难以逾越和必须面对的客观问题，因此，他在建构《我的天堂》辉煌的四部历史时，是忽略了苏州30年发展过程中出现的问题的，为了显示客观叙事，何建明在后记中做了补充说明。因而，我们看到的《我的天堂》表述的历史，都是正面的东西。这要归因于作家选择的大赋体式，立意以歌颂为主的文体传统。

《我的天堂》以歌颂为主的立意选择，使作家在书名用语、目录标题提炼、叙述语气、选词造句等表达方面都充满了歌颂、赞扬和肯定的主观性成分，以便更好地吸引读者，增强文本的阅读吸引力和感染力。如书的标题《我的天堂》，核心词语"天堂"作为对书写对象的隐喻所指，就大大超越了其指涉物——苏州，加上"我的"这一具有隐私性的私人性定语修饰，因而，一瞥书名《我的天堂》，就有一种阅读冲动，撞击着陌生的读者的阅读神经，使读者突然无端产生了一种阅读欲望。再看目录标题，序篇四章采用四个判断句式："苏"是涂金的中国，"苏"是邓小平梦中的"小康"，"苏"是一对父子的生命传承，"苏"是地球人的向往。在历史、政治、人伦和理想等不同维度指出苏州的历史魅力和现实吸引力。至于主体部分"人间天堂"史四部的标题，作家分别选择了"异军突起""园区革命""五虎争雄""苏州人的哲学"这些富有冲突性和思想性的语汇，既表述了苏州30年发展历史本身的冲突、矛盾、竞争和神秘，又增强了全书形式上的阅读吸引力和感染力。在叙述语气方面，《我的天堂》一改作家先前报告文学作品中或忧思（如《共和国告急》）、或悲壮（如《生命第一——汶川大地震纪实》）、或庄重（如《破天荒》）的叙述语气，而是像一个家藏奇珍异宝的收藏家如数家珍，娓娓道来，舒缓的语气中包含着无限的赞美和自豪。

第二，拟赋对话体的历史叙事。

赋体文章在围绕主题叙事说理方面，一般假借主客双方对话的方式来进行，如枚乘《七发》、司马相如《上林赋》、班固《两都赋》、张衡《两京赋》、欧阳修《秋声赋》、苏轼《前赤壁赋》……报告文学作为非虚构叙事的文体，在对历史叙事的追述中，作家往往以一个采访记录者的身份角色出现在文本中，与被叙述的历史事件的主人公对话的方式，来叙述历史事件，建构历史文本。笔者将报告文学文本中出现的这种叙述主体与叙述客体对话建构历史叙事的方式，称之为拟赋对话体的历史叙事。与古代赋体散文单一的主—客体对话不同，《我的天堂》采用了一主体—多客体的多重主客体对话方式，以求多层面、全方位的记录苏州30年改革开放的历史。如"人间天堂"史三部曲，从"异军突起"到"园区革命"到"五虎争雄"，叙述苏州改革开放30年经济形式从乡镇企业到县市经济到城区经济的变革历史，作家即采用了"我"作为采访者与多个历史当事人的访谈对话，以此来梳理和记录苏州30年经济发展变革的历史。这种拟赋对话体的历史叙事方式，既保持了历史叙事的来源可信性，又具有历史叙述的可读性，增强了历史叙事的张力。如"人间天堂"史第二部园区革命第12章"狮岛上的较量与握手"叙述苏州市争取苏州新加坡工业园区项目的内幕历史，即由"我"——作家本人，采访事件当事者周志方、高德正两个关键人物，通过拟赋体对话的方式加以建构出来的。

第三，"我的"视角的两种叙述身份。

《我的天堂》就其书名来说是以"我的"视角来建构故乡苏州30年的发展历史的。就叙述者"我"与叙述对象苏州来说，作家之于故乡苏州是一个典型的"游子"身份。因为，尽管作家出生于苏州常熟的何市，生于斯，长于斯，是一个典型的苏州人。但当苏州进入改革开放的年代，迎来苏州大发展的30年期间，作家却去参军，走出了故乡，走向了更大的天地。30年后，作家受故乡人委托，要为故乡苏州写一部改革开放30年的发展史。"我"——故乡游子——"入乎其内出乎其外"的特殊叙述身份，使作家建构的苏州30年发展史打上了鲜明的作家自我的印记。《我的天堂》"跳出苏州叙述苏州"的叙事策略和叙述体制，这种"出入叙事法"即来源于作家自我的"出入叙事身份"。国学大师王国维在《人间词话》中写道："诗人对宇宙人生，须入乎其内，又须出乎其外。入乎其内，故有生气；出乎其外，故有高致。"诚哉，斯言！《我的天堂》在叙述故乡历史文化、山水风光、民风民俗时，作家化身为第三人称叙事，娓娓道来，如数家珍。《我的天堂》在叙述苏州30年改革发展的奇迹时，作家则以游子回访的身份，以"我"作为记者与当事人的采访、对话、思索来建构历史，事件叙述跌宕起伏，人物形象刻画虎虎有生气，历史的经验总结朴实到位。"我的"双重身份叙事，使《我的天堂》文本在叙事话语与非叙事性话语之间、叙事性与抒情性之间、可信性与可读性之间转换自如，富于变化，增强了文本语言的表达力，最终使《我的天堂》在文体形式上自"成一家之言"。

【写作反思】

本文初稿完成于2012年暑假，后收入《何建明评传》。

本文细读评论有三个特点：一是切入点，二是问题点，三是展开点。

文学批评切入点很重要，它是立论的起点与生发点。本文开篇在交代评论对象后，即概述对评论对象已有的相关评论，引出本文批评的切入点：从《我的天堂》用近50万字的篇幅表现苏州30年发展史的"大历史、大手笔和大体制"的报告文学书写特色来看，关于《我的天堂》的评论还有待于深入、系统和全面的评说。

文学批评的问题点是批评展开的思维起点，是批评紧扣文本，有的放矢的指南针。本文开篇第二自然段，即提出问题：《我的天堂》报告的对象是苏州改革开放30年发展史。如何在选材、立意和表达形式方面来建构一个区域30年来的发展历史，在报告文学的表达形式上，这是没有前人具体的文本书写经验可供借鉴的。

文学批评的展开点属于批评表述的逻辑框架问题，是批评写作的骨架，在文学批评具体写作前应该有个明确的定位表述。本文开篇第二自然段就开宗明言：在笔者看来，何建明在《我的天堂》书写中，创造性的化用了伟大历史学家司马迁撰写《史记》"究天人之际，通古今之变，成一家之言"的写作指导思想，结合自己与写作对象的特殊关系，历经三年的采访、思考和写作，终于完成了这部被称为苏州30年发展报告的"扛鼎之作"。

1.5 《罪童泪》：留守儿童预警教育学的问题与出路

摘　要：阮梅《罪童泪》聚焦留守儿童的一个异类——"罪童"，在 11 个"罪童"自述沉沦之路的基础上，以采访手记的形式，探讨 11 名"罪童"形成的原因与出路，为当下留守儿童预警教育敲响警钟，成为一部"成人与孩子共读"的留守儿童预警教育学指南书籍。

关键词：《罪童泪》；预警教育学；问题；出路

　　打工经济，让中国城乡数亿家庭处于离散状况。父母亲外出打工，子女留守在家，形成所谓"留守儿童"，成为中国经济转型期一个特殊人群，留守儿童的成长与教育问题，成为中国社会转型发展中出现的一个特别引人关注的问题。湖南作家阮梅的新著《罪童泪》（中国少儿出版社 2014 年 10 月出版）聚焦留守儿童的一个异类——"罪童"，在 11 个"罪童"自述沉沦之路的基础上，以作家采访手记的形式，分别探讨 11 名"罪童"形成的原因与出路，为当下留守儿童预警教育敲响警钟，成为一部"成人与孩子共读"的留守儿童预警教育学指南书籍。

　　《罪童泪》暴露出的留守儿童成长的教育问题是多方面的，比如家庭暴力问题、外物诱惑问题、单亲家庭教养问题、精神抑郁问题、不良朋友问题、网络游戏问题。这些问题的症结有的来自家庭，有的来自社会，有的来自学校，有的来自留守儿童自身。但是，归根结底，其核心要素来自家庭的离散、不和。

　　家庭的稳定与和谐是中国社会 3000 年稳定不变的基石，而维系传统家庭稳定的基础是小农经济与宗法伦理。如果说，20 世纪以来的外来个人主义思潮的传播导致中国传统家庭伦理的瓦解，那么，20 世纪 90 年代以来席卷中国的打工经济，则从经济基础方面瓦解了中国家庭的超稳定性、和谐性。市场中国的打工经济，带来家庭结构的四分五裂，家庭成员一般只有在传统春节才能相聚。这种家庭形态已经成为当下中国底层大多数家庭的常态。

家庭离散带来的直接社会问题是留守儿童的成长与教育问题。《罪童泪》以鲜活的纪实故事，呈现了中国家庭离散导致的一代未成年人心灵变异、行为乖张，其中的异类甚至于铤而走险、违法犯罪而沦为"罪童"。《罪童泪》的第一篇《父亲》，讲的是2004年一个年仅14岁的儿子以自家铁锤砸死亲生父亲的故事。这个故事中的儿子杀父之因，不是弗洛伊德所发现的"俄狄浦斯情结"，而是传统家庭暴力的报应。父亲殴打儿子是传统家庭遗留的暴力陋习，而儿子砸死父亲，则是现代家庭伦理异化的苦果。《父亲》中儿子的"家"建立在移动的"行船"上，它本身是变动不居的，使这个家庭处于不稳定的状况。《父亲》中的父亲"教子经"是："谁打你，你必须回打赢""是儿子就要会喝酒"。《父亲》中的父子"打骂"是常态，夫妻"争吵"是常事。这种充满暴力的不和谐的家庭关系，催生这样的儿子杀父的家庭悲剧，也就不难理解了。《父亲》的悲剧提醒成年读者，我们该怎样做父亲？我们该怎样教养儿子？我们该怎样给儿子一个和谐的家庭？

家庭离散的一个极端表征是单亲家庭的增多。而生活在单亲家庭的留守儿童的成长环境与教育问题，更是全社会要特别关注的一个重要问题。《裂爱》讲述了这样一个单亲家庭儿童成长的悲剧故事：余成，15岁，因父母离异，生活陷入困顿，他在遭到继父殴打、继母侮辱后，一时冲动持刀抢劫。原本想抢个做生意的本钱养活自己与生母，结果一刀致命，使一个五岁男孩永远失去了疼他爱他的母亲。据作家狱中调查，像余成这样的重刑犯，九成来自单亲家庭。可见，完整而和谐的家庭，对于孩子，特别是留守儿童的健康成长是多么重要。

家庭离散不仅给留守儿童一个虚无的家庭空间，而且给留守儿童心理健康带来影响，那就是患精神抑郁症的孩子增多。留守儿童精神抑郁，不仅影响其身体健康成长，而且还可能滋生出意想不到的社会犯罪问题。《心障》就讲述了这样一个案例："在当时，我以为考试成绩不好，一切都完了，一心想结束自己的生命，想过割腕，想过服毒，恰恰就在我的情绪不稳定的这段时间，我碰到了那个受害者。"——魏文，农村留守儿童，17岁入狱。因养成好斗恶习，又身陷严重抑郁症不能自拔，用一把水果刀刺死同校男生，被判 15 年。

　　家庭离散，缺乏亲情的慰藉与物质的支持，还往往致使留守儿童极容易受外界不良影响，交上一些不良朋友而走上违法犯罪之路。《骨刺》中的未成年犯钟原，16 岁，中专文化，父母在外地鞋厂做高管，系城市留守儿童，典型的叛逆，盗窃、抢劫、打架、性游戏、网络成瘾"五毒"俱全。2011 年 5 月因抢劫罪进看守所，2012 年 3 月进未成年犯管教所。《留守》中的未成年犯的故事更耐人寻味："我妈妈每次回来都对我说，要我交友慎重，心思放在学习上，可我那时听不进。到了这里我才明白母亲的良苦用心，可是，已经迟了！"——鹏程，14 岁，一个从小有着工程师梦想的留守男孩，只因为假期一个人在家很孤独，三次出门看"朋友"怎样抢的士司机的钱，结果把自己"看"进了看守所。

　　留守儿童的成长异化乃至犯罪，与当下网络环境的色情暴力等不良影响是密不可分的。相当多的留守儿童长期与父母生活分离导致亲情匮乏，情感孤独。而网络上泛滥的虚拟情感互动、色情影视、暴力游戏等不良信息，逐步占领留守孩子空虚的心灵与孤寂的行为。网络色情暴力对于留守儿童的不良影响胜于毒品海洛因。不少留守儿童沉迷于网络游戏不能自拔，不仅荒废学业，而且毁灭身心，错误的把虚拟的网络游戏打杀空间搬演到现实生活中来，上演出一系列真实的暴力犯罪案件。《游戏》中的少年吴用军即是一个典型个案。吴用军，小学四年级辍学，父母浙江打工，为了逃避家庭的贫困与亲情的冷漠，与一些不三不四的少年交往，陷入网络游戏之中，成瘾不能自拔，被网络控制，逐步滋生了一种荒谬的真实生活的虚无感与虚拟中的自豪感。2008 年 10 月 25 日，吴用军与团伙一起在国道上持枪抢劫入狱，年仅 14 岁。在狱中归罪其原因时，吴用军说，网络占 70 分，自己 20 分，家庭 10 分。

　　《罪童泪》不仅以 11 个"罪童"的故事呈现了当下留守儿童成长教育的种种问题，而且还以采访手记的形式，理性地分析了这些未成年人犯罪的原因，探讨了解决留守儿童犯罪问题的出路。

　　预防未成年人犯罪是一个系统的工程，需要与未成年人相关的家庭、学校、社会和国家等社会组织，以及家长、教师、社区工作人员和国家公职人员等相关人员的齐抓共管。《罪童泪》以诗性正义的姿态深入各个"罪童"的内心世界，在家庭层面上的父母与子女关系的维度，为留守儿童预警教育指明方向。这就是，一要强化家庭的教育功能，二要强化家庭的沟通功能。

留守儿童沦为"罪童",在作家看来,最根本的原因是家庭教育功能的缺失与不当。因此,强化家庭对孩子的教育功能,使孩子在家庭中学会适应社会,学会参与社会所需要的技能、知识、价值观和道德观,就极为重要。而要避免留守儿童沦为"罪童",更要强化家庭的沟通功能。这种沟通表现为父母与子女的双向理解。一方面,做父母亲的要设身处地想孩子所想,要知道孩子的心理,要宽容孩子的失败,要在孩子成长路上给予更多的精神鼓励与物质帮助。另一方面,做子女的要理解父母的心,学会自己管理自己,自觉抵制来自内心与外界的不良诱惑,与父母保持心灵的交流,平安度过人生花季的"叛逆期"。

家之于人为何物?我们该如何做父母?做子女?如何给子女一个温馨和谐的家庭?如何教养子女?在我们传统文化特别重视家庭伦理的国度,上述家庭问题,现在竟然成了一个个迫切需要解决的认识问题。作家阮梅继承中华文明传统家庭家教爱的哲学,为我们描述了一幅充满诗意的家庭伦理自然生态关系图:

家是社会的细胞,是孩子成长的摇篮,更是孩子一生中不可缺少的爱之树。而父母,就是家庭这棵爱之树上懂得开枝散叶的生命主干。孩子从这里吸收营养,承接风雨,终将走向自己的枝头,开自己的花,散自己的香,实现自己的梦想。

【写作反思】

本文初稿完成于 2014 年 8 月,以标题《阮梅〈罪童泪〉:用爱擦干"罪童泪"》首发于《文艺报》2015 年 3 月 11 日文学评论版头条。随后,中国社会科学网、中国作家网、湖南作家网及网络博客予以全文转载。

本文细读批评的特点是立足文本主题探讨问题与出路。本文标题《〈罪童泪〉:留守儿童预警教育学的问题与出路》的凝练,就是本文立论的主旨所在。本文细读即围绕《罪童泪》书写的 11 个罪童的故事,揭示当下留守儿童成长教育的种种问题,同时,指出作家以采访手记的形式,理性地分析了这些未成年人犯罪的原因,分析探讨了解决留守儿童犯罪问题的出路。

本文批评传播得到中国社会科学网转载,得力于本文批评介入了当下中国社会的一个热点问题。

1.6 《华威先生》：权威的建构与主体的颠覆

摘　要：《华威先生》是张天翼著名讽刺短篇小说，其经典性在于借助人物言行塑造了一个喜剧人物"华威先生"。借助20世纪西方语言批评的思想：福柯的"话语权力论"、奥斯汀的"言语行为理论"、巴赫金的"对话独白论"，挖掘文本语言背后的深层文化底蕴，即权威建构与主体的颠覆。

关键词：言语与止语；在场与缺席；建构与颠覆；对话与独白

张天翼的短篇小说《华威先生》作于1938年，发表后一直受到广大读者喜爱。原因是什么呢？本文拟从文学文本语言批评角度入手，试图揭示《华威先生》文本结构的深层文化内涵。

一、言语与止语

法国当代思想家福柯认为：文本作为话语总是权力运行的场所。小说《华威先生》文本的话语由叙述者语言和人物言语两大类组成。在文本中叙述者语言除讲述故事、推进故事演进这一叙述功能外，还具有通过描述人物在故事中的行为、体态，参与故事表现的功能。而人物行为与体态在文本中是一种无声的语言，是人物言语开始前或终止后一种辅助语言手段，有学者称之为止语。[1] 据此，我们对《华威先生》文本话语的分析将循着华威先生的言语和止语两条途径进行。

英国语言学派代表人物奥斯汀在《论言有所为》一文中精辟论述了"言语即行为"理论。他认为人们每说一句话的时候，一般总涉及三种不同的行为：第一种是表现行为（the locutionary act），即说出有意义话语的

---

[1] 于根元等：《语言能力及其分化》，北京：北京广播学院出版社，2002年，第33~35页。

行为。这些话语有音,其中的词按照一定的规则组织起来,并且整个话语有一定的意义和所指。第二种为非表现行为(the illocutionary act),是说话者想通过说话做某种行为,如"警告""吓唬""道歉""侮辱""判断""建议""推荐""提供""招呼""请求""感谢""安慰""赞扬""咒骂""确认""抗议""否认""接受"等行为。非表现言语行为涉及人与人之间的社会关系,随着语境不同而表达的行为不同。第三种是收言后之果行为(the perlocutionary act),即指说出的话对听话者或其他人产生影响从而取得某种效果的行为。把"表现行为""非表现行为"和"收言后之果行为"串联起来,能概括成一句话,即说话者运用语言,可以说出有意义的话语(表现行为),这话语具有某些特殊的力量(非表现行为),并且能影响听话者,从而收到一定的效果(收言后之果行为)。这样,奥斯汀的"言语行为"理论把"说话"看作"做事",把"话语"看作行为,也就是把"行为"(主要是"非表现行为")看作话语所包含的必不可少的意义部分。"[1] 下面我们据此理论来考察《华威先生》文本中华威先生的言语行为。

二、在场与建构

小说《华威先生》中心叙事是华威先生忙于开会。为此,文本将华威先生言语置于三个不同场景下,即会议前华威先生与叙述者"我"的谈话,会议上华威先生的讲话,会议后华威先生的训话。小说开端叙述会议前华威先生与我匆匆话别。起笔华威先生对"我"称他为"先生"不满意:"为什么一定要个'先生'呢,你应当叫我'威弟',再不然叫'阿威'。""先生"在中国文化史上自古以来是对年长有学问的人的尊称,华威先生为什么不满意他人称其为"先生"呢?原来华威先生作为文化官僚寄身于官场,其文化人身份意识日益淡化,其官僚身份日渐凸出,他已经习惯人们称呼他官衔。然而华威先生毕竟是精通中国官本文化的,他一方面对"我"称其为"先生",用"为什么""应当"等词语表示了不满;另一方面又顺水推舟,转而对"我"故作亲热状,自称"威弟""阿威"。

---

[1] 于根元等:《语言能力及其分化》,北京:北京广播学院出版社,2002年,第113~115页。

然而在这称兄道弟的平易亲近称呼中却隐藏一个深不可测、貌不可犯的"威"字。"威"字在中国文化中是一个内涵丰富的字眼,《辞源》释"威"有四义:(1)尊严。《尚书·洪范》:"唯辟作威"。(2)权势、力量。《韩非子·诡使》:"威者所以行令也。"(3)震慑、欺凌。《战国策齐一》:"吾三战而三胜,声威天下。"(4)畏惧,通"畏",《诗·小雅常棣》:"死丧之威,兄弟孔怀。"像华威这样的文化官僚对名字称呼的个中三昧是深有讲究的。叙述人对华威先生这简单的称呼之辨包含有《春秋》般的微言大义。接着是华威先生赴会前与"我"话别。

"我们改日再谈好不好?我总想畅畅快快跟你谈一次——唉,可总是没时间。今天刘主任起草了一个县长公余工作方案,硬叫我参加意见,叫我替他修改。三点钟又还有一个集会。"

"王委员又打了三个电报来,硬要请我到汉口去一趟。这里全省文化界抗敌总会又成立了,一切抗战工作都要领导起来才行。我怎么跑得开呢,我的天!"

这里华威先生言忙的同时,一个"硬叫"、一个"硬要",充分显示其作用重要,不可缺少,能干。

如果说会议前的华威先生的话语还只是粗线条显示其尊严与威仪,那么会议中的华威先生的话语则具体运作其权势与力量、震慑与欺凌。在会议场景中,文本设置了四个会议,让华威先生一天穿梭于"难民救济会""通俗文艺研究会""文化界抗敌总会""宴会"四个不同语境中,在充分展示其忙于开会的叙事中揭露其争夺领导权的内在动机。在叙事详略安排上,作者正面详写"难民救济会"和"文化界抗敌总会",侧面略写"通俗文艺研究会",至于"宴会"则一笔带过。

在"难民救济会"和"文化界抗敌总会"两个语境叙事中,作者将华威先生的言行即言语和止语两个方面结合起来对比叙述,使我们看到华威先生在两个不同场合表现出两副不同面孔和两套不同话语及其背后的权力追求。华威先生出席难民救济会和文化界抗敌总会,都迟到了,但叙述人叙述华威先生进入会场的行为体态(止语)却各不相同,饶有趣味。前者描述为:

华威先生的态度很庄严，用种从容的步子走进去，他先前那副忙劲儿好像被他自己的庄严态度消解掉了。他在门口稍为停了一会儿，让大家好把他看个清楚，仿佛要唤起现场的一种信任心，仿佛要给同志们一种担保——什么困难的大事也都可以放下心来。他并且还点点头。他眼睛并不对着谁，只看着天花板。他是在对整个集体打招呼。

很客气地坐到一个冷角落里，离主席位子顶远的一角。

嘴角闪起一丝微笑。

后者描述为：

这回他脸上堆上了笑容，并且对每一个人点头。

还笑着伸了伸舌头，好像闯了祸怕挨骂似的。他四面瞧瞧形势，就拣在一个小胡子的旁边坐下来。

腰板微微地一弯。

华威先生在两个会场的体态语一静一动，前者可称为无声的静姿，后者可称为无声的动姿。前者目中无人与集体打招呼，后者弯腰一一问候。前者欲显重要故坐冷角落、后者小心谨慎坐在熟人旁。前者"一丝微笑"如蒙娜丽莎深不可测，后者"笑着伸了伸舌头"，有如小学生胆怯。前者在听报告时"不停地括洋火点他的烟"，并粗鲁地对"那正在哇啦哇啦的"主席摆摆手要求先发表意见；后者递上纸条请求主席要求先发言。这里叙述者运用鲜明对比的体态语生动地传达了华威先生内心的傲慢与谦卑。在弱者面前，傲慢无礼，威不可测；在强者面前，趋炎附势，谨小慎微。而这两者背后显现的都是权力的运作与表达。

如果说会议上华威的体态语是一种无声有形的权力运作方式，那么会议上华威先生的讲话则是有声无形的权力显现。请看在难民救济会上华威先生的讲话：

"我不能当主席……我想推举刘同志当主席。"

此"不能"是"非不能也,不为也",表明还有更重要的事等待华威先生去领导,其"推举"言词已行使领导作用。

"我提议!……我希望主席尽可能报告得简单一点。"
"好了,好了。虽然主席没有报告完,我已经明白……"

这里话语"我提议""我希望""好了,好了"是一种领导评决式的非表现行为。

"我的意见很简单,只有两点……第一点,就是——每个工作人员不能够怠工,而是相反,要加紧地工作。这一点不必多说,你们都是很努力的青年,你们都能热心工作。我很感谢你们,但是还有一点——你们时时刻刻不能忘记,那就是我要说的第二点……"
"这第二点呢就是:青年工作人员要认定一个领导中心。"

这里华威先生的两点意见通过"不能……要……""要……"的句式无可置疑地强加给听众。

"你们工作——有什么困难没有?"
"唔、唔、唔。我知道,我知道,我没有多余时间来谈这件事。以后——你们凡是想到工作计划,你们可以到我家里去找我商量。"

这是文本中华威先生唯一的一个听取民意的问句,显示其关心下属,解决实际问题的倾向。然而当受话者一提到需要解决的实际问题时,华威先生马上用"无时间来谈这件事"避开,并永远地避开——"我只谈工作计划",而"计划"的核心无非是领导权的运作和显现而已。

在通俗文艺研究会上,华威先生同样发表了他的两点意见:第一,应当加紧地做去。第二,应当认清一个领导中心——面对文化人会议语境,华威先生用两个"应当"表明自己参与领导的意见。而在文化界抗敌总会这个领导层的语境里，华威先生发表意见之前，先道歉："对不住得很，对不住得很：迟到了三刻钟"，"兄弟首先要请求各位原谅：我到会迟了点，而又要提前退席"。这里在道歉的话语背后是"我的地位重要，不得不这样"。随后，华威先生说出了他的意见：应该时时刻刻起领导中心作用，"群众是复杂的。工作又很多，我们要是不能起领导作用，那就很危险，很危险。……我们的担子，真是太重了。但是我们不怕怎样的艰苦，也要把这担子担起来。"这里华威先生面对文化界抗敌常务委员这一群受话者，使用了"自下而上"的言说方式，从而将一群应该起领导作用的常委们约束起来，在这无形的约束话语中，华威先生的领导作用发挥出来了。

三、缺席与颠覆

从以上文本言语分析中，我们看到华威先生话语的一个特殊表现形式：独白而非对话。在会议上"独白是一种一元论、凝固化的、排他性的表述，以为自己最正确、最权威，不同别人对话，不承认第二种声音、第二种意见"。❶ 巴赫金认为，独白型思想的存在，在相当程度上是同等级和权力的存在相联系的。❷ 华威先生一天到晚忙于开会，就是通过在场的独白将其权力强加于受话者，从而建构起自己的权威。

小说文本一方面通过人物的在场建构起权威，另一方面通过人物的缺席，颠覆人物主体性，解构其权威。

妇女界有些人组织了一个战时保婴会，竟没有去找华威先生。华威先生知道后吃惊之余设法把一个负责人找来训斥：

> "你们委员是不是能够真正领导这工作。你能不能够对我担保——你们会内没有汉奸，没有不良分子？你能不能担保——你们以后工作不至于错误，不至于怠工？你能不能担保，你能不能？你能够担保的话，那我要请你写个书面的东西，给我们文抗会常委理事会。以后万一——如果你们的工作出了毛病，那你就

---

❶ 程正民：《狂欢式的世界感受——巴赫金文化诗学的哲学层面》，转引自首都师范大学中文系：《文学前沿》，北京：首都师范大学出版社，2000年，第284页。

❷ 同上，第284页。

要负责。"

"如果我刚才说的那些你们办不到,那不是就成了非法团体了么?"

这里华威先生咄咄逼人连用四个"你能不能担保",采用威逼加上恐吓的手段迫使受话者心理上就范。接着又声明:这并不是他自己的意思。他不过是一个执行者。这个"执行者"是权力意志的执行者,表明华威先生背后还有更大的权力支撑。华威先生又配合手势语,用"食指点点对方胸脯"说:"如果……那不就成了非法团体了么?"这样推理上纲上线,将受话者推进死胡同。就这样,华威先生的话语收到了言后之果的行为:华威先生当上了战时保婴会的委员。在委员会开会时,华威先生去坐这么五分钟,发表一两点意见。

为了避免缺席,华威先生包车"闪电一样快"地奔走于各个会场,但还是感到时间紧,"恨不得取消晚上睡觉制度,还希望一天不止二十四小时"。尽管如此,还是有华威先生缺席的会议,还是有青年人不去听他的演讲。更令华威先生可怕的是有些青年人敢于在自己家里与自己顶嘴,对华威先生独白话语提出质疑,不再理会华威先生的恐吓那套语言把戏,显示了与华威先生平等对话的胆量与挑战。然而华威先生对于青年人的反叛还没有觉醒,在咒骂青年之余,他念念不忘的还是"明天十点有个集会"。

华威先生为什么"苦死累死"地忙于开会呢?真的是"许多工作都要他去领导"吗?会议作为议事场所是话语权力集中的显现,正如陈晓明指出的,在人类的文化中,对权力的恐惧正是权力作用的结果,权力本身产生于屈从,话语的权力只不过寄寓了人们对意义的终极性探求,只是当话语的"在场"被设想为是真理的存在时,话语的权力才是不可动摇的。华威先生奔走于各个会议场所,通过"在场",借助话语权力控制听众,显示其权威。而华威先生自身又在一次一次地争夺话语权力的过程中失去了自我,成为话语权力的奴隶。

在文本中,会议为会议主体华威先生和听众设定角色位置,使主体无条件置于话语规范及其体现的意识形态的重复控制之下。正如杰姆逊所评论的,这种自动重复结构"把一种结构化权力施加于在某个时间里占据这些位置的主体身上"。这表明话语结构既可以建构主体,也可以颠覆主体,恰如中国古语水能载舟也可覆舟一样。❶ 从文本来看，华威先生通过话语权力获得了世俗的权力。那么这话语的权力又来自哪里呢？卡西尔认为：语言的权力是"隐喻的权力"，来自人类原始的"简单感性体验的中心化和强化"。❷ 小说标题《华威先生》正是一个隐喻，即中华民族的官僚先生。这一点也可从张天翼小说创作受鲁迅小说创作影响的事实得到证明。

【参考文献】

[1] 于根元，等. 语言能力及其分化［M］. 北京：北京广播学院出版社，2002.
[2] 毛茂臣. 语义学：跨学科的学问［M］上海：学林出版社，1988.
[3] 程正民. 狂欢式的世界感受——巴赫金文化诗学的哲学层面［A］. 转引自首都师范大学中文系. 文学前沿［C］. 北京：首都师范大学出版社，2000.
[4] 王一川. 语言乌托邦［M］. 昆明：云南人民出版社，1994.

【写作反思】

本文初稿完成于2004年10月在华中师范大学文学院读博二年级期间，刊发于《孝感学院学报》2005年第1期。

本文细读批评写作的完成有三个背景值得交代。一是笔者在华师文学院读博，文艺学专业文学批评博士生课程训练时，特别对语言批评感兴趣。二是当时在某高校打工讲授《大学语文》课文《华威先生》备课需要。三是读博前笔者在宜昌市公安局工作5年，遇到了很多与华威先生类似的官员。三者结合促成笔者完成了本文的细读写作。

本文细读方法是语言批评。宏观援引的理论基石是法国后结构主义大师福柯的话语权力理论，本文通过对小说《华威先生》文本话语分析，揭示了一个超文本的文化内涵：即权威的建构与主体的颠覆。本文微观分析，援引了英国语言学派代表人物奥斯汀的言语行为理论，以此逻辑具体展开对小说文本言语的分析。具体展开分析时紧扣四组对立统一的关键词，即言语与止语、在场与缺席、建构与颠覆、对话与独白，来探寻文本的微言大义与文化内涵。

---

❶ 王一川：《语言乌托邦》，昆明：云南人民出版社，1994年，第74~75页。
❷ 同上，第85页。

1.7 《警察和赞美诗》：无奈的选择与冷漠的叙事

摘　要：《警察和赞美诗》是美国著名短篇小说家欧·亨利的代表作，其标题关键词"警察"和"赞美诗"，作为语言符号充斥在文本中，决定着主人公苏贝的生存选择和命运转机，行使它们各自在文本世界中的功能。从主题意蕴看，《警察和赞美诗》是一篇存在主义小说，而全知视角和客观展示的综合运用强化了文本叙事的冷漠。《警察和赞美诗》主题上的无奈和叙事上的冷漠，二者相辅相成表里如一，构成一个完整的艺术整体，成为20世纪存在主义小说的先声。

关键词：存在；无奈；叙事；冷漠

美国小说家欧·亨利的代表作《警察和赞美诗》自传入中国以来就受到中国人喜爱，多年来作为教材选入大、中学语文课本。然而，对于这篇世界著名的短篇小说的解读，往往局限在其"语言风格上的幽默""结构布局上的出人意外"和"意蕴上的社会学批判"。这些传统的解读虽然不乏一定的真理性，但那种画地为牢、只见"树木"不见"森林"的"操作"和"洞见"，大有"买椟扔珠"的资源浪费之嫌。为此，本文试图从存在主义和叙事学角度对《警察和赞美诗》的意蕴和叙事作一整体性的解读。

一

欧·亨利将其小说命名为《警察和赞美诗》与其创作意图和文本意蕴有什么关系呢？中国的圣人孔子说过"名不正则言不顺"，这种"正名说"虽然是对"人事"而言，但对于作为"人事"书写的小说的分析，又何尝没有方法论上的指导意义呢？所以，我们不妨从"解题正名"入手，"警察"和"赞美诗"各自有什么含义？它们在显示小说主题时起怎样的作用?稍有社会学知识的人都知道:"警察是国家的暴力机器","一个国家可以没有军队,但不能没有警察"。可见警察在社会生活中具有不可或缺的作用。而"赞美诗"对于不信宗教的人,可能比较陌生。在像美国这样的西方社会里,宗教是人们社会生活中的一件大事。宗教"赞美诗"之于信教者无异天国福音,抚慰着这尘世男女失意焦虑的心,引领着人们去恶从善,回归原我。可以说,在西方,"警察"代表着世俗的政权,"赞美诗"代表宗教天国的精神牵引。在小说文本中,"警察"和"赞美诗"作为语言符号充斥在文本中,决定着主人公苏贝的生存选择和命运转机,行使它们各自在文本世界中的作用。

文本中的主人公苏贝是一个睡在露天广场长凳上的流浪汉。面对一年一度"严冬"的来临,苏贝和天空中高飞的大雁一样开始寻觅过冬的场所。他低下的社会地位使他"在冬季蛰居方面并没有什么奢望"。他没有美国富人一般到南方或地中海"消寒"的计划,他只想到他多年来"避寒"的冬季寓所布莱克尔监狱去。小说作者起笔即将人与雁群并置面对"严冬",生物为了生存,本能的选择开始了。不同的是大雁凭其天赋的翅膀在天空翱翔,世间的人们凭他们的社会地位、财富选择各自的消寒方式。在这里,生存的自由选择主题主宰了小说文本,也主宰了主人公苏贝的心灵和行动。去监狱避寒,对于苏贝来说,是"自由"的选择。在苏贝生存的美国纽约社会里,可以解决像他这样的流浪汉"食宿"的"场所多得是"。但是"对苏贝这种性格高傲的人来说,慈善的恩赐是行不通的",在苏贝看来"还是做法律的客人来得痛快"。在这里,主人公苏贝的选择,在我们正常的逻辑看来,是一个充满悖论的选择。因为监狱的存在,就是约束人的自由,正常的人都是极力避开监狱的。但是,苏贝为了尊严的自由却选择了监狱,就像鲁迅笔下的孔乙己为了读书人的尊严不愿脱下那件破旧的长衫。因此,对于生活中的苏贝来说,进监狱避寒是一种无奈的没有选择的选择。这对于鼓吹自由的美国来说,无疑是一种鲜明的反讽。表面自由而实际不能自由,这种无奈的选择就是苏贝这类穷人的生存现状。对于文本来说,这种选择的无奈才刚刚开始。因为标榜法治的美国,去监狱也不是苏贝想进就进得了的。何况,还有不可知的命运在冥冥中主宰着人类呢!

为了进监狱避寒,苏贝想尽了办法,吃尽了苦头,屡败屡战,屡战屡败。可以说，苏贝进监狱的行动史就是他自由选择的无奈史。苏贝首先想到最愉快的办法是去一家豪华饭店吃上一顿，然后被安安静静地送解到监狱。然而，他刚一踏进百老汇一家饭馆门口时，就被侍者利索地推转身，沉默地"搡到人行道"。苏贝"到那想望之岛去，要采取满足口腹之欲的路线看来是行不通了"。在这里，贫富的鸿沟已经将苏贝这样的流浪汉排除在上等社会之外，不可能有涉足的自由。金钱已经将社会的人无形地分层，人们只能在各自的消费圈里自由地选择消费。苏贝不知道他生活的文明社会的文明选择，所以他被文明地搡走了。

为了进监狱，苏贝再一次行动了。他捡起一块大圆石，砸穿了一家商铺的玻璃橱窗，笑着等警察来抓捕。可是，匆忙赶来的警察，看着傻站着的苏贝，"心里根本没把苏贝当作嫌疑犯"。因为，据警察的常规逻辑——"砸橱窗的人总是拔腿就跑，不会傻站在那儿跟法律的走卒打交道的"。这使"苏贝大失所望，垂头丧气地走开了"。看来，理性的法律在不理性的人物行动面前有时不管用，命运捉弄了苏贝，苏贝只好自认倒霉。

两次不顺，教育了苏贝。苏贝决定选择一个更切实的办法，他走进一家不怎么堂皇的饭馆，饱饱地吃了一顿，然后声明无钱，要求侍者快去找警察。两个侍者看看苏贝，轻蔑地嚷了一声："对你这种人不用找警察"，就干净利落地"把苏贝叉出门外，摔在坚硬的人行道上"。不远站着的警察看着苏贝慢慢地"撑起"，"掸去衣服上的尘土"，笑了一笑，走了。苏贝以身体被殴打换取被捕的行动计划又一次落空了。苏贝卑微的地位使他承受了法律之轻。法律似乎是不适用于他这样的流浪汉的。他选择冒犯法律，法律却不屑于他，在世俗人的眼里，苏贝已经沦落为法治之外的人了。

当苏贝走过了五个街口之后，才有勇气再去追求被逮捕。苏贝看到一个少妇站在一家店铺的橱窗前，"出神地瞅着刮胡子用的杯子和墨水缸"，一个大个子警察正站在附近。他心里暗忖这次有了十拿九稳的被捕机会。在警察眼皮底下，苏贝上前对那文雅的少妇色胆包天的调情、纠缠。谁知那少妇却"像常青藤攀住橡树般地依偎在苏贝身旁"。苏贝，一个分文不名地流浪汉，一个为解决食宿追求被捕的人，哪里能消费皮肉之乐呢！女人的浪情捉弄了苏贝感情的游戏，卑微命运的巧合注定了苏贝追求被捕的行动再次失败，"他似乎注定是自由的"。

苏贝甩掉了同伴,他开始反思自己的命运,他"突然感到一阵恐惧,是不是一种可怕的魔力使他永远不会遭到逮捕了呢"?他来到了一家灯火辉煌的戏院门前,看到正在巡逻的警察,"他忽然想起了那个穷极无聊的办法——扰乱治安"。他当着警察的面,故意酒醉醺醺地尖声大叫,搅得天翻地覆。警察却掉过身去,背对着苏贝向市民解释"不碍事"——那是耶鲁的大学生在庆祝赛球的胜利。偶然的巧合再次捉弄了苏贝。苏贝停止了白费气力的嚷嚷,那个监狱对于他"简直是可望不可即的世外桃源了"。

命运的不济使苏贝铤而走险,为了实现进监狱的选择,苏贝决定采取更明显的违法行为。苏贝当着一个正在点烟的人的面,公然拿起他的伞"扬长而去",还侮辱伞的主人是小偷,要不,为什么不叫警察?警察好奇地注视着眼皮底下两个男人的争执。然而命运再次开了苏贝的玩笑。伞的主人退却了,承认伞是捡来的。

苏贝公然"拿伞"的行动胜利了,但是,他"拿伞"追求被捕的动机却失败了。苏贝"忿忿地把伞扔进一个坑",开始诅骂那些警察——"他一心指望他们来逮捕他,他们却把他当作一贯正确的帝王"。

苏贝为了进监狱避寒,连续六次不停地追求被捕,其行为在读者看来一次比一次荒唐,然而,对主人公苏贝来说,却是一次比一次"伟大的冒险"。因为对苏贝来说,有什么比生存的需要更值得去追求的呢?因此,我们在苏贝看似荒唐的选择中,看到的是海明威笔下的"硬汉"性格,是塞万提斯笔下不屈的战士形象。苏贝的选择是一种生物生存的选择,对于人来说是一种无奈的选择,这种"无奈"不是"流水落花春去也"的富贵不再的无力和青春不再的伤感。它是社会的人面对生存的底线充满悖论的选择。这种选择表面上是个人自由的选择,然而,人之为人的尊严与本能俱为一体的混合体使人作出为了自由却违背自由的选择。更重要的是,造成这种无奈的选择的不仅是低下的社会地位,还有冥冥中不可知的命运,无以理喻的逻辑,无以言说的偶然巧合。在这里,苏贝的无奈是一种生存状态,是一种没有选择的选择。更为要命的是社会的暴力机器——警察横亘在苏贝的面前,苏贝想经过正常的法律之手实现自己的选择,可是,命运却让这个无奈的选择一而再,再而三的失败。正像有人解读的:苏贝需要警察逮捕时,他不被逮捕;不需要警察逮捕时,他被逮捕了。小说文本结尾,苏贝在赞美诗的感化下决心重新做人时,警察带走了苏贝,第二天宣判："在布莱克尔岛上监禁三个月。"

面对世俗政治的暴力，苏贝有什么可以抗议的呢？他除了有一种无奈的满足外，他还能有什么无奈的选择？！由此看来，在苏贝无奈的生存选择中，警察扮演了一种荒谬的角色。文本中的警察似乎注定是要捉弄苏贝的。因此，在流浪汉苏贝和世俗的警察的对抗关系之中，我们不难看出苏贝这样的弱势人群的生存境况及其根源。这点或许就是欧·亨利欲表达的小说主题和创作意图。

二

小说标题中的"赞美诗"又该怎么理解呢？我们注意到文本中的苏贝是个信教的青年。苏贝在寻求被捕的过程中，唯一引以自豪的东西是他的脖子衣领上扣着"女教士送给他的活扣领结"——那是感恩节得到的。在苏贝连续六次追求被捕失败后，他来到了一座古色古香的老教堂旁边，里面"风琴师弹奏的赞美诗音乐把苏贝胶在铁栏杆上了"，使他忆起了失落的"母爱、玫瑰、雄心、朋友、纯洁的思想和体面的衣着"。苏贝敏感的心情和老教堂的环境融为一体使他的灵魂突然起了变化。他"突然憎恶起他所坠入的深渊，堕落的生活，卑鄙的欲望，破灭了的希望，受到损害的才智和支持他生存的低下的动机。""一股迅疾而强有力的冲动促使他向坎坷的命运奋斗。他要把自己拔出泥淖；他要重新做人；他要征服那已经控制了他的邪恶；他要唤起当年那热切的志向；他要去找工作；他要做一个顶天立地的男子汉。他要……"

在这里，我们看到了宗教之于苏贝的神秘的力量。它能使浪子回头，庸人自立。但是，宗教的感化，毕竟是精神的。在世俗的暴力面前，宗教精神的力量立即受到抑制而消退。在警察粗暴的干预下，苏贝被"赞美诗"唤起的自立自强的心灵立即又跌入了生存的深渊。看来，"赞美诗"之于苏贝的命运只是一种精神的作用，在强大的政治暴力面前，它也无力改变苏贝无奈的选择。

根据以上分析，我们看到小说的标题《警察和赞美诗》尽管是并列的表达式，但是，两者作为文本中支配主人公苏贝的生存选择的两股力量是不对等的。因此，就小说主人公苏贝生存的选择来说，小说的主题与其说是对主人公生存的社会的对比批判，不如说是主人公面对生存选择的无奈。

三

从上述关于小说文本存在主题的分析中，我们觉得欧·亨利的《警察和赞美诗》是一篇不折不扣的存在主义的小说。与其对主人公苏贝生存处境的关注相适应，欧·亨利在小说文本的叙事方面又有什么特色呢？

现代文学理论告诉我们：现代主义小说与传统现实主义小说的区别在叙事形式上就是作家"立场的中立""情感的零度"和"声音的消失"。如果说以上关于现代主义小说的叙事特征典型地体现在沙特和加缪的存在主义小说中，那么早在半个世纪之前的欧·亨利在其小说《警察和赞美诗》中业已开始自觉地探索了。

《警察和赞美诗》在叙事上的整体特征是第三人称全知视角和客观展示的综合运用。作者为小说文本的叙事设置了一个全知全能的上帝般的叙述者。这个叙述者不仅知道故事主人公苏贝要做什么，而且知道主人公做事的动机和结果及其心理反应。然而，这种全知叙事的运用又不同于传统现实主义小说对故事情节刻意营造。相反，作者在文本中极力淡化故事情节，强化人物的心灵体验。在苏贝追求被捕的六次行动中，作者着墨的重心在于行动前的欲望和行动后的体验，人物行动的本身只是成为叙事的道具。这种弱化人物行为的外在冲突，凸显人物心灵矛盾的叙事手法，更好地表现了主人公苏贝生存选择无奈的境况，体现了早期存在主义小说"存在就是自由选择"的主题。

叙述者在文本中虽然是全知全能的，但是作者却让他的叙述人像体育赛场上的摄影师只是运用镜头客观摄取展示，对于苏贝的生存挣扎，叙述人又像上帝一样保持沉默。正是在这种全知视角和客观展示的综合运用中我们看到了文本叙事的冷漠。

这种冷漠表现在对故事主人公命运的客观展示上，也表现在对读者阅读接受的距离设置上。面对苏贝的生存境况，作者严守立场中立，面对读者的阅读期待，作者不像传统小说作家介入议论，而是让自己的"声音消失"在客观的心理描述之中，绝不置一丝半点人道同情和道德评判，如小说结尾主人公苏贝突然被警察带走，宣判监禁三个月。

文本叙事的冷漠还表现在语言运用上的自然主义。这就是抑制情感语言的运用，致力于客观描述性的语言。虽然文本通过拟人、夸张、隐喻、反讽等修辞手段制造了一系列幽默的"笑"。但是，这种"笑"绝不是鲁迅先生在《阿Q正传》表现的"哀其不幸，怒其不争"的"笑"，而是一种冷漠的"笑"。它是一种服从小说表现主题需要的艺术手段。它弱化人物外在冲突的尖锐性，忽略对故事人物、事件是非的褒贬，消解了社会历史的不平，赋予小说高度的平民性、大众性。

《警察和赞美诗》叙事的冷漠来自作者欧·亨利对其生活环境体验的冷漠。欧·亨利（1862~1910年）出生在美国北卡罗来纳州一个普通医生家庭里，生活之路崎岖、艰苦而又不幸。他三岁丧母，15岁就走向社会，从事过牧童、药剂师、办事员、制图员、出纳员等多种职业。19世纪80年代至20世纪初的美国，随着资本主义逐渐向垄断发展，各种社会矛盾日益显露突出。欧·亨利长期生活在下层，对美国社会自由竞争导致的物质繁荣、贫富分化、人际关系冷漠感同身受，对生活在社会底层的小人物的命运、挣扎、选择尤其有切身体验。因而，在对生活的艺术表现上，欧·亨利继承美国文学幽默传统，注入自己独特的"存在"体验，使生存就是不停的选择，选择的难以把握性、荒唐性等这些所谓存在主义的特征蕴涵在其与众不同的幽默中——充满了辛酸的笑声，在夸张、嘲讽、风趣、诙谐、机智的幽默之中，含有抑郁、凄楚的冷峻情绪。

综上所述，《警察和赞美诗》主题上的无奈和叙事上的冷漠，二者相辅相成表里如一，构成一个完整的艺术整体，成为20世纪存在主义小说的先声。

【参考文献】

[1] 徐中玉. 大学语文 [M]. 北京：高等教育出版社，2000年.

【写作反思】

本文初稿完成于2004年寒假，刊发于《湖北教育学院学报》2005年第4期。

本文的写作属于读博期间学习的文学理论运用于文本细读的实践训

练。那时，在华师桂子山一方面接受中西文学理论的系统学习，另一方面在外兼职讲点大学语文课程。教学文本分析的需要激励笔者做了大量文本细读的训练。

本文细读类型属于主题分析与叙事分析的结合，这点集中体现在论题的提炼与关键词的选择上。

1.8 《岳阳楼新景区散文诗词集》：原创与再创

摘　要：《岳阳楼新景区散文诗词集》是岳阳楼新景区建成后集湖南全省文化名人采风观光后奉献给世人的又一文化风景。与范仲淹《岳阳楼记》相比，《岳阳楼新景区散文诗词集》之"新岳阳楼记"呈现了三个特色，即有实景无虚景，有喜情无悲情，有小义无大义。这反映了当今历史文化名城在软件建设上面临的一个矛盾现象，即"文化再创"如何超越"文化原创"的关系问题。

关键词：《岳阳楼新景区散文诗词集》；文化时评；原创；再创

一

历时两年、费资 1.3 亿精心打造的岳阳楼新景区于 2007 年秋天建成并对外开放了。这项由岳阳市人民政府作为"名城工程""民心工程"和"21 世纪文化遗产"精心打造的文化工程，不仅在景区硬件上扩容增点，而且在文化软件上再创辉煌。《岳阳楼新景区散文诗词集》就是岳阳楼新景区建成后集湖南全省文化名人采风观光后奉献给世人的又一文化风景。游走在新建如旧的岳阳楼新景区，品味着绵延不绝的岳阳楼诗文华章，你不由得不生感慨：此地物华天宝，人杰地灵。

文化之于城市如同血脉之于躯体。城市的和谐发展离不开文化的开发再造。城以文传，文以楼传。古老的岳阳城因范仲淹《岳阳楼记》名传千古；今人的"岳阳楼新记"诗文又有多少会因岳阳名楼而流传千古呢？这不是一个文人文章的问题，而是一个文化传承与创新的问题。

我以为，欲游岳阳楼新景区，不妨先读《岳阳楼新景区散文诗词集》。该书收录了湖南省内和岳阳本地文化名人关于岳阳楼新景区的散文 32 家 32 篇、诗词 27 家 38 首，还附录岳阳楼新景区诗词碑廊影印 115 幅。书首配有岳阳楼新景区照片 13 张（其中包括岳阳楼在唐代、宋代、元代、明代、清代和当代的六幅建模图）。可以说，《岳阳楼新景区散文诗词集》是岳阳人奉献给中外旅游者与留给历史的一份图文并茂的文化大餐。

二

捧读今人名家笔下的"岳阳楼新记"32 篇散文，谁都会自然想起范仲淹笔下的《岳阳楼记》。范仲淹的《岳阳楼记》区区 300 余字，将叙事、写景、抒情和议论融为一体，起承转合，浑然天成，非文章高手、道德超人不能也。今人有资金就可以翻新再现滕子京岳阳楼，然而，今人有才华能够超越范仲淹再写出新的《岳阳楼记》吗？！与范仲淹《岳阳楼记》文本相比，我以为，今人笔下的"岳阳楼新记"呈现了三个特色，即有实景无虚景，有喜情无悲情，有小义无大义。

所谓"有实景无虚景"，是说新的"岳阳楼记"散文在题材上大都注重对岳阳楼新景区景点本身的实写，突破了范仲淹《岳阳楼记》对岳阳楼本身书写——"增其旧制，刻唐贤今人诗赋于其上"——一笔带过的写法。李元洛的"新岳阳楼记"《无边光景一时新》和刘祖宝的《无限新景入眼来》，都紧扣一个"新"字，详细叙述了岳阳楼新景区的新景点。比如，新景区面积扩大到 500 亩，平添大家气象。新立的诗词碑廊，翰墨流香。新建的范公、滕公"双公祠"，古色古香。新辟的"民本广场"，游客络绎，老少怡然。仿古汴河街，再现岳阳市井历史风情。重建的"瞻岳门"，巍然镇守南城门。这些新景点的书写突出了岳阳楼新景区的看点，是实写；但无虚景——岳阳楼临湖背景——的点缀，就缺少了气势和灵气，因而就少了范公《岳阳楼记》关于洞庭湖背景虚写的气势恢弘、气象壮观。由此看来，新的《岳阳楼记》在题材上超越了范公《岳阳楼记》，而在气势上却没有超越，而精妙的文章往往是以气为主的。

所谓"有喜情无悲情"，是指今人的"新岳阳楼记"抒发的主体情怀几乎都是单一的"因物而喜"，缺乏范公《岳阳楼记》"览物之情得无异乎"的悲喜交集。陶少鸿的《惊诧岳阳楼》和梁瑞彬的《岳阳楼纪胜》，可以看作是这批"新岳阳楼记""报喜不报忧"的代表作。而"喜剧"往往只能引人发笑，不如"悲喜剧"能更生活化、更艺术化地打动人。

所谓"有小义无大义"，指的是新的"岳阳楼记"抒发的往往是作家一己的个人感受，缺乏范公《岳阳楼记》所抒发的"先忧后乐"的大义。罗成琰的《千秋岳阳楼》、彭见明的《大气与闲情》、叶梦的《岳阳楼：文字的盛宴》等名家名作试图沟通历史与现实，撰成所谓的文化散文，然而他们几乎都以"一己感受"贯之，即使有所感，也是所谓的"悟大气，养闲情"之小义，在千年古楼文字的盛宴之前，"我等作家"几乎都不敢发出声音了，哪里还有宋代知识分子"为生民立命，为天下立心，为万世开太平"的理想和抱负。我国古典散文往往追求"义理、考据、辞章"完美合一，范仲淹在《岳阳楼记》末尾探寻"古仁人之心"，演绎出"先忧后乐"的民族精神的大义，使他的《岳阳楼记》上了一个新的境界，这个境界超越了"小我""览物之情得无异乎"的情怀，达到了"不以物喜，不以己悲"的超人境界，抒发了主体心系天下、"先忧后乐"的人格追求。这结尾的点睛之笔，或许就是范公《岳阳楼记》脍炙人口、留芳千古的原因所在吧！

三

将今人新的"岳阳楼记"与范公《岳阳楼记》比较解读，不是要厚古薄今，也不是要以古衡今，而是要指出当今文化建设面临的一个矛盾现象，即原创与再创的关系问题。

今天新的文化精神，无论是物质文化还是精神文化，往往都有其原点或元典。就拿岳阳楼新景区文化建设来说，在景点新建方面，以原岳阳楼历史风貌为原点，本着"建新如旧"的原则"扩容增点"，这种思路充分考虑了文物翻新与文化积累的关系，较好地处理了硬件上的原创与再创的关系问题。而精神文化的原创与再创的问题似乎没有这么简单。关于岳阳楼的楼记散文文化，自范公《岳阳楼记》开始，历来登楼者似乎都面临"眼前有景道不得，范公楼记在上头"的矛盾心态。在宋以来的近千年里，范公《岳阳楼记》似乎成了一篇登楼者的"圣经"，只可诵读，不可改写、翻写、再写。明代散文大家袁中道写过《游岳阳楼记》散文，当代散文大师汪曾祺写过《岳阳楼值得一看》美文，然而，一般的读者有几人能知晓、会诵读呢？难怪丁玲女士面对故乡人请求再写"岳阳楼记"时，不得不说：再过一千年，也无人敢写"岳阳楼记"。有趣的是，不仅文人墨客望范公《岳阳楼记》而止步，就是伟大的政治家，如开国领袖毛泽东也不轻易给岳阳楼题匾，胡耀邦同志几次登岳阳楼，除了口诵范公《岳阳楼记》，从不肯留任何墨宝。大约范公《岳阳楼记》所体现的人类主体的"神力"不是任何人想作就可以企及的。这或许就是文化元典的不可超越性。

然而，创造新的物质文化，势必要创作新的精神文化与之相配。岳阳楼增添新景，也得要有新的"岳阳楼记"为之添风增采。由湖南省作家协会和岳阳市文学艺术界联合会组织全省知名作家采风撰写的32篇新"岳阳楼记"，确实为21世纪岳阳楼新风景区谱写了新的风姿，为岳阳楼楼记文化增添了新的风采。然而，两相比较，新旧《岳阳楼记》就呈现出明显的原创与再创的问题。这不是写作时间的先后差异的问题，而是写作技术、写作主体情怀的差异问题。范仲淹应朋友滕子京之邀为新修的岳阳楼作记，据说，范公并没有亲临岳阳楼和洞庭湖，只是凭着滕子京600余字的"求楼记"书信和一幅"洞庭晚秋图"素材撰写而成。这似乎暗示了范公在作《岳阳楼记》为什么避实就虚，不详写岳阳楼本身，而是发挥想象力大写岳阳楼的背景——洞庭湖的朝晖夕阴，浩浩汤汤。其实，范仲淹写作《岳阳楼记》也面临着前人关于岳阳楼的经典描写"影响的焦虑"，范公以"此则岳阳楼之大观也，前人之述备矣"一句概述，巧妙地避实就虚，引出自己写作的重心"览物之情得无异乎"，自然就超越了前人的经典描述。文中"霪雨霏霏"和"春和景明"两段物景描写，充分发挥主体的想象，对照运笔，由景生情，真是文中有画，画中有人，把岳阳楼大观之壮美、优美刻画得淋漓尽致，无以复加。

这就是范公《岳阳楼记》写作技术的独创性问题，今人撰写新的"岳阳楼记"是否考虑范公《岳阳楼记》的这种超越而力求超越范公呢？我们欣然看到今日名流的新"岳阳楼记"超越了范公"避实就虚"而着重"实景"下笔，他们的文章内容几乎是实物摹写加上主体"诧异"。写作题材是超越了，但主体情怀似乎没有超越，没法超越。

这似乎就是原创经典与采风再写的区别。这区别还不仅是写作方式的问题，更与写作主体的写作背景有关，或者说是贬官文化与体制文化的区别所在。这种区别来源于写作主体不同的身份和写作动机。范仲淹应滕子京修建岳阳楼之求作记，范、滕两人同属于被贬的政治义人，他们的写作借物遣怀，借文明志。写作主体与对象之间息息相通，没有王国维所谓的"隔"。而今天"新岳阳楼记"的写作主体几乎都来源于体制内国家一级作家、省市两级作协、文联和文化界的头头脑脑们。他们被组织起来采风写作，尽管八仙过海各显其能，但无不成为应景之作，自然是报喜不报忧了。这似乎注定了今日"新岳阳楼记"无法超越范公《岳阳楼记》的命定因缘。

【写作反思】

本文初稿完成于2008年暑假，一直放在电脑里，后应广东东莞美塑集团内刊主编李凌先生约稿而刊发于《美塑》第5期（2012年12月）。

本文属于地域文化时评，其写作结构采用读感—比较—评论三部曲。第一部分简介岳阳楼新景区落成及其散文诗词集面世，凸显岳阳楼文化的再创问题。第二部分比较分析"新旧岳阳楼记"，分析新岳阳楼记诗文的三个特点：有实景无虚景，有喜情无悲情，有小义无大义。第三部分挖掘"新旧岳阳楼记"差异的深层文化原因，彰显当今文化建设面临的一个矛盾现象，即原创与再创的关系问题。

第二章
文学现象批评

文学现象批评导引

这里所谓的文学现象批评，是基于某种文学现象为对象的文学批评。对于初学文学批评的学者来说，文学现象批评是文学批评写作的第二阶训练。

作为文学批评对象的文学现象，是基于文学理论观点而主观建构出来的一种文学存在现象，是基于多个文学文本根据某种角度整合而成的一种文学存在现象。

文学批评常见的批评角度有，从作家角度来看，同一作家的不同作品文本的文学现象，如本章案例《论贾平凹美文中的禅味》；不同作家作品的比较现象，如本章案例《"三农问题"叙事的两种路径与效果——〈根本利益〉与〈中国农民调查〉比较论》。

从文学文本构成要素来观察不同文学文本现象也是文学现象批评常见的角度，如文学文本的主题、人物形象和文学功用等常见的文学要素。本章的案例《打工文学的精神引擎》就是从主题特色来观察评论的；案例《"打工诗歌"与和谐文化建设》就是从文学功用角度来评论的；案例《共产党人的文学镜像：从浮雕式群像到多声部变奏》就是从文学形象的角度来评论的。

从文学史角度看文学也是一种常见的文学现象批评角度，如本章案例《被遗忘的现代性：二三十年代美文小品的重新评价》。

学者论也是一种文学现象批评形态，如本章论文《"血性批评"的崛起与崛起的"血性批评家"》和《淡泊中的执着——评作为藏书家的余三定》。

2.1 论贾平凹美文中的禅味

摘 要：贾平凹美文融禅境、禅理、禅趣与禅语于一体，生成独特的艺术神韵禅味。静观默察的生活方式与艺术观照方式，为贾平凹感悟自然与人生，张扬天地感应与人生体验提供独特的窗口与路径，也为他美文禅味奠定生命基因。贾平凹美文禅味还得益于作者在审美趣味上对禅的自觉追求。作者柔静内向的个性与禅宗般的艺术趣味两方面的默契融汇，生成了作家独特的美文禅味。禅体美文使得贾平凹和他的美文在中国 20 世纪散文史上具有不可替代的地位。

关键词：贾平凹美文；禅味；禅体美文

一

在当代屈指可数的美文大家中，贾平凹以其丰厚而隽美的精品在世纪末的散文园地里独秀一枝。贾平凹美文的独到韵味有别于 20 世纪 90 年代风行一时的余秋雨式的"文化苦旅"散文的苦味，也不同于而今从海外传回再度流行的梁实秋、林语堂式的充满英美绅士风度的机智幽默小品的洋味，甚至与首倡美文并率先示范的一代美文大家周作人式的地道中国士大夫的闲适味也泾渭分明。阅读贾平凹的散文大系，一股禅宗味扑面而来，禅宗般的清静空幽的艺术境界令人物我两忘；寓于娓娓叙述与描写中的禅理、禅趣，掩卷而思，让人幡然了悟；追求本色与象喻的选词造句又使他的美文有禅语般的素朴与神秘。正是这些禅境、禅理、禅趣与禅语的水乳交融、相互激荡生成了贾平凹美文的独特神韵，我们姑且称之为禅味。

贾平凹美文中的禅味首先体现在禅定式的意境上。这种意境表现为阴柔冷寂的意象选择与清静空幽的境界营造两个方面的水乳交融。贾平凹美文常见的意象有明月、白云、白夜、空山、风竹、潭水、冬花，这些意象前的定语无不指向一个共同的审美趋向：阴柔冷寂。单就贾平凹许多散文以月命名，如《月迹》《对月》《月鉴》《一个有月亮的渡口》《山石·明月和美中的我》等，就可以看到这一点。这种对月亮意象的嗜好，显示了作者内心深处的秘密和创作的美学风貌。我们不妨略举几例来品味品味：

> 我念得忘我，村人听得忘归；看着村人忘归，我一时忘乎所以，邀听者到月下树影盘腿而坐，取清茶淡酒，饮而醉之。一醉半天不醒，村人已沉睡入梦，风止月暝，露珠闪闪，一片蛐蛐鸣叫。我称我们村是静虚村。
>
> ——《静虚村记》❶

这是作者最钟爱的静境。他的早期美文大都是在这"清茶淡酒""风止月暝"的静虚村写成的。

> 月亮已经淡淡地上来，那竹在淡淡地融，山在淡淡地融，我也在月和竹的银里、绿里淡淡地融了。
>
> ——《空谷箫人》❷

这里叠词"淡淡"连用四次。前一个"淡淡"是实写月光色彩清淡，不明不暗。后三个"淡淡"是从感觉上虚写，月光清辉笼罩下竹、山色彩由暗到明，及自我心灵的微波，主体与客体，色彩与感觉在月光清辉中"融"为一体，可谓"清"的天籁佳境。

> 四面空洞，月光水影，不可一辨。桨起舟动，奇无声响，一时万籁静寂，月在水中走呢，还是舟在湖山移，我自己早已不知身到了何处，欲成仙超尘而去了。
>
> ——《夜游龙潭记》❸

---

❶ 贾平凹：《贾平凹散文自选集》，桂林：漓江出版社，1987年，第10页。
❷ 同上，第36页。
❸ 同上，第498页。

这个龙潭"四面空洞"、上下一色、"奇无声响",是一个现实的空旷之境,人游其中,感觉要"成仙超尘而去";又是一个超现实的空灵之境,现实之境与超现实的感觉共同营构了一个空空洞洞、神神秘秘的艺术境界。

> 那水静静的,星月就在水里,鱼儿就在天上。他坐在这天上地下,盯着那浮子,浮子不动,人也不动,思想已经沉在水里了,那文章呢,满河里流着哩。
>
> ——《钓者》❶

只有水的幽深澄静,才有"星月就在水里,鱼儿就在天上"的感觉错位;也只有人的幽远宁静,才有"文章满河"的收获。好一个人幽幽、水幽幽的艺术化境!

从以上四例我们可以看到:叙述主体居住的是"静虚村",迷恋的是清茶淡酒,陶情的是淡山、淡水、淡月,得到的是物我两忘、满河文章,好一个清静空幽的迷人境界!这里主体对客体的聚神凝想,物我两忘,是艺术的境界,也是禅定的境界;是顿悟的前奏,也是禅境的第一境界。

贾平凹美文的禅味更体现在禅理、禅趣的把握中。这种把握不同于佛经通过寓言故事阐述佛理,也不同于某些散文通过形象图解人所共知的哲理,而是叙述主体在自己营造的客体中突然了悟。"仅在一瞬间,一切事态一变,人就得到了禅。但自身仍是原样,完全是普遍人,然而同时又得到某种全新的东西"(参阅《禅学入门一悟——新见解的获得》)。这里所谓全新的东西,指的是与平时截然不同的心理感受,它不再执着我与非我之别,一切浑然失去区分,人世间的种种烦恼荡然无存,于是也就从人生苦海中解脱出来,获得了绝对自由。因为我已经使自己直接返回到自己的根源所在,实现了个体之心与宇宙之心的合一,此岸与彼岸的合一,现象与本体的合一。一句话,我与佛的合一。这种禅理的获得在贾平凹美文中没有现成的结论,而是寓于美文的叙述与描述之中,正如禅家宣扬佛法主张"不立文字""以心应心"一样。因而贾平凹美文的禅理价值不在具体

---

❶ 贾平凹:《贾平凹散文自选集》,桂林:漓江出版社,1987年,第88页。

的结论终点,而在引发这一结论的艺术过程。这样便使他的美文具有更多的禅趣。请看他的小品《游寺耳记》末尾一段话:

> 饭毕,付钱一元四角。主人惊讶,言只能收两角。吾曰:清静值一角,山明值一角,水秀值一角,空气新鲜值八角,余一角,买得吾之高兴也。❶

贾平凹美文中的禅趣得之于禅定式的艺术思维。禅学那种非理性的直觉体验和沉思瞑想中的梵我如一、物我如一的禅境,那种在入禅时的大跨度跳跃联想和感觉挪移,陶冶了贾平凹的艺术思维,使他的美文中的禅理禅趣贯穿于字里行间,如同羚羊挂角,无迹可寻。

贾平凹美文的禅味还体现在语句的素朴与神秘上。请看下面一段文字:

> 女人都白脸子,细腰身,穿窄窄的小袄,蓄长长的辫,多情多意,给你纯净的笑,男的却边塞将士一般的强悍,大块吃肉,大碗喝酒。
>
> ——《黄土高原》❷

从这段描写可见贾平凹美文语言上对白描技法的刻意追求。形容词喜用本色的叠词,比喻句爱用明喻,以物喻物,给人一种淡而浓,拙而雅,言有限而意无穷的感觉。这种语感颇有禅家宣扬佛性"不立文字"之意味。以"具象"显示"抽象",而这个具象亦即"意象",它贵活、贵空、贵灵、贵透。这种选词造句的技法与禅家的"二道相因"的思维方式不无关系。《坛经·付嘱品》载慧能语曰:"若有人问汝义,问有将无对,问无将有对,问凡以圣对,问圣以凡对。二道相因,生中道义。"❸北宋的苏轼深得这种思维方式,因而论风景,则"水光潋滟晴方好,山色空濛雨亦奇";论美人,则"淡妆浓抹总相宜"。

---

❶ 贾平凹:《贾平凹散文自选集》,桂林:漓江出版社,1987年,第441页。
❷ 同上,第121页。
❸ 张伯伟:《禅与诗学》,杭州:浙江人民出版社,1992年,第108页。

纵观贾平凹新时期美文创作轨迹，不难发现他在思想内容上与当时文学思潮存在同步共振的现象。早期小品式的美文，在对自然之悟中有对自我心灵的反思，与伤痕文学、反思文学暗相呼应。这些美文通过故乡山石明月、一花一草的清静空幽的禅境，冰释他初涉世道时的孤独与烦恼，使他感悟了自我生命的真谛、存在的价值与归宿。如果说《月迹》那批散文面对自然万物个体心灵得以感悟超脱的自我救赎方式体现了佛禅小乘的精义，那么贾平凹20世纪80年代中期以《商州初录》《商州又录》《商州再录》为代表的风情类散文则于"天文地理，风物人情"的寻根描摹中体悟了我们民族，尤其是农民在艰难困苦的境界中生生不息的精神奥秘。其认识功能不是体现了佛禅大乘普渡众生的要义吗？同时在一定程度上也为当时勃兴的寻根文学推波助澜。随着作家阅历的丰富，多灾多病的自我，坎坷的人生道路又令他了悟了人生的尴尬与荒诞，于是有了后期所谓世相类散文。贾平凹在《四十岁说》里特别提到张爱玲说过的一句漂亮话：人生是件华美的睡袍，里面长满了虱子。他感悟人生的美文可以说大都是这一主题。《笑口常开》[1]中的荒诞，《人病》[2]中的尴尬，《名人》[3]中的异化，《闲人》[4]中的无聊，《关于父子》[5]中的因果，这些现代人日日面临的生存境况在一种近于黑色幽默的叙述之中纤毫毕现，从中我们感到作者历经万般人情冷暖，天堂地狱般的反差，于无可奈何的现状中升华到一种涅槃的境界，从而达到了人生了悟的极致。这些美文的创作是否汇入了当时形形色色的现代派文学探索的洪流中呢？

二

贾平凹在《新时期散文创作》"总论"中说："散文是飞的艺术，游的艺术，它逍遥自由。"这"自由"指"心灵"与"形式"两方面自由。心灵的自由就是说"要高扬个性"，即"通过你的心灵来审视要写的人、

---

[1] 贾平凹：《贾平凹自选集·散文卷"闲人"》，北京：作家出版社，1992年，第123页。
[2] 同上，第127页。
[3] 同上，第134页。
[4] 同上，第145页。
[5] 同上，第168页。

事","通过人、事来张扬你对天地之感应,张扬你对生命之体验"。❶那么,作者的个性是什么呢?贾平凹19岁之前一直生活在僻陋、拙朴的祖籍商州。封闭的山区,苦难的童年、少年,多病而孱弱的身躯,共同塑造了一个孤独而敏感、压抑而细腻的灵魂,铸成了一种阴柔内向的气质,秉性恬静,酷爱幻想。正如作者在《静虚村记》中所说:"而我,是世上最呆的人,喜欢静静地坐,静静地思想,静静地作文。"静观默察是他喜爱的生活方式,也是他酷爱的艺术观照方式。这种生活与艺术合二而一的个性为他感悟自然与人生,张扬天地感应与人生体验提供了一个独特的窗口与路径,也为他美文的禅味注定了生命的基因。

贾平凹美文的禅味还在于作者在审美趣味上对禅的自觉追求。这种追求表现为三点:(1)"平常心";(2)"悟";(3)"蹈大方而行之"。所谓"平常心",即不执不固,不躁不厉,阅尽万象,汇于一心。平常心是一种人生境界,也是一种艺术境界。正如贾平凹在《黄宏地散文集·序》中说:"平常心是参禅用语,如果引进散文创作必然会有新的境界","一种不经意的疏庸的,似乎无为的状态。"❷可惜的是许多文人在做"文人"时失落了人固有的平常心,因而其文往往缺乏真情实感,显得矫揉造作。而贾平凹的美文则相反,他的山水散文"看雾聚雾散,观花开花落,浪迹山水,乐得悠然"。好一个面对自然的静观默察者!他的世相散文,隽语迭出。"名第一,人第二"(《名人》),"我们是病人,人却都病了"(《人病》),"中国的象棋代代不衰恐怕是中国人太爱政治的缘故"(《奕人》),这些话语中又包含了多少自我反思与人性的深究啊!没有那种面对身外之物的静观默察与对自我身心的潜心反省,没有一颗平常心,他的美文能达到这般"行到水穷处,坐看云起时"的境界吗?

关于散文如何写,贾平凹极力强调一个"悟"字。他说:"悟性便是天才,人皆有悟性","文学艺术的创作,靠讲授只能获得一般知识,其精髓,其微妙之理只能去悟","有了悟性方能穷极物理。"❸这种对悟性的强调与禅家"佛性自在""顿悟成佛"是何其相似乃尔。贾平凹这种禅悟散

---

❶ 贾平凹:《贾平凹自选集·散文卷"闲人"》,北京:作家出版社,1992年,第228页。
❷ 同上,第203~204页。
❸ 同上,第231页。

文观来源于古人的"以禅喻诗"理论。"学诗深似学参禅","禅宗者流,乘有大小,宗有南北,道有邪正。学者需从最上乘,具正法眼,悟第一义"。悟,可以说是贾平凹美文最重要的美学特征。他的散文按"悟的对象"可分为山水散文、风情散文、世相散文三类。面对自然客体,主体心灵感悟静的美妙,孤独而抑郁的心灵得以慰藉;面对风情客体,主体心灵体悟社会历史现状,民族的精魂;面对世相客体,主体心灵了悟人生事态,万法皆空。

至于散文创作技巧,贾平凹强调的是"蹈大方而行之"。他说:"不要技巧,永远不要追求技巧,到时技巧自然而来。技巧如浅薄之女人,越讨好她越远离你,越疏远她倒随你而来。"❶ 这种无技巧的技巧观体现在他的美文白描写作实践中,与禅家的"以无法为有法""以有限显无限""得意忘言"思想是遥相呼应的。总之,正是作者柔静内向的个性与禅宗般的艺术趣味两方面的默契融汇,生成了作家独特的美文禅味。

三

中国是散文的国度,散文创作源远流长,散文佳品灿若明星。一部《古文观止》可谓集2000年古典散文之精华,虽然其中不乏性情与理趣的抒写,但在"文以载道""明道"的规范羁绊下,其情已扭曲,其理已枯槁,其文化底蕴是儒家伦理文化观,古典的散文似乎成了儒家伦理的吹鼓手。与这种传统的儒家伦理式散文相比,贾平凹的美文没有丝毫伦理道德说教味。随着"五四"新文学运动的兴起,个性在文学里得以张扬,我国20世纪二三十年代出现了周作人、朱自清、林语堂、梁实秋等一批美文大家,中国散文创作出现了类似法国蒙田小品、英国培根随笔式的个性化写作倾向。然而自20世纪30年代后,散文开始走下坡路;60年代我国散文创作曾一度热热闹闹,出现了杨朔、秦牧、刘白羽等为代表的散文作家。然而其中某些篇章似乎成为一种应景之作,创作主体失落于客体的假大空描述之中,散文曾一度沦为政治的传声筒。与这种弘扬时代主旋律的散文时尚相比,贾平凹的美文没有政治使命感。正像他在《四十岁说》一文中

---

❶ 贾平凹:《贾平凹自选集·散文卷"闲人"》,北京:作家出版社,1992年,第231页。

写道的:"我可能不是一个政治性强的作家,或者说不善于表现政治性的作家。"❶那么贾平凹的美文到底体现了什么文化精神呢?通过前文对禅味的分析,我们感觉到贾平凹的美文体现的是释教与老庄相结合的中国禅宗文化底蕴。其中既有老庄思想中的虚无恬淡、寂寞无为、养气守神、逍遥自在的审美精神,又有释家以宗教精神为主的人对自然的爱好,达到了中国禅宗人与宇宙冥合的智慧。这种智慧是主体解脱后,心随所欲的明镜般的透彻和宁静状态。正是这种禅宗文化底蕴使贾平凹的美文达到了一种独到的境界。正如朱光潜先生说:"诗虽然不是讨论哲学与宣扬宗教的工具,但是它的后面,如果没有哲学和宗教,就不易达到深广的境界。"❷中国的散文大致可分成"言志"与"载道"两类,中国的散文创作亦似乎一直在这种二元对立的两极格局中走高跷。贾平凹美文的出现在某种程度上或许打破了这种二元格局,因为无论怎样区分也不可能把贾平凹的美文单纯地归入"言志"类,或者"载道"类。可以说,贾平凹是将传统的"言志"与"载道"融为一体,而且通过美的形式,无迹可寻地创立了一种新的禅体美文。仅仅因为这,使得贾平凹和他的美文在中国20世纪散文史上具有不可替代的地位。

【参考文献】

[1] 贾平凹. 贾平凹散文自选集 [M]. 桂林:漓江出版社,1987.

[2] 张伯伟. 禅与诗学 [M]. 杭州:浙江人民出版社,1992.

[3] 贾平凹. 贾平凹自选集·散文卷"闲人" [M]. 北京:作家出版社,1992.

【写作反思】

本文撰写于1997年暑假,原载《湖北大学学报》(哲学社会科学版)1998年第2期,中国人民大学报刊复印资料《中国现当代文学》1998年第5期全文转载,笔者当时系湖北大学人文学院1995级中国现当代文学专业硕士研究生。

---

❶ 贾平凹:《贾平凹自选集·散文卷"闲人"》,北京:作家出版社,1992年,第3~4页。

❷ 转引自中华书局《文史知识》编辑部:《儒释道与传统文化》,北京:中华书局,1990年,第206页。

批评的踪迹 ▶▶▶▶▶▶▶

本文是在湖北大学读硕期间的一篇课程论文，承蒙王敬文先生推荐到《湖北大学学报》发表，不料竟被人大报刊复印资料转载。正是这篇论文的反响冥冥中牵引着笔者重返学术之路，辞去公职，考博三载，读博三年，于不惑之年再选职业，进入高校开始学术生涯。

重新整理20年前的习作，感觉文学批评就是心灵与心灵隔着文本的交流。唯有如此，批评才能超越文字的沉默、时空的隔离，直抵心灵，流传绵延。

从批评技术层面来看，本文写作属于文学现象批评。在批评对象方面，它超越了第一章特定可感的具体文本的批评，把同一类型的文本聚合为一个现象整体来观照，是一种批评视域的扩展整合。文学现象批评需要批评者立足一定的文学理论知识背景，运用一定的学科学理来分析、衡量。本文的论题"论贾平凹美文中的禅味"，即抓住了"美文"这一文学文类概念作为论述的对象，"禅味"则从禅宗宗教教义角度，挖掘论述对象的独特美学风格。

文学现象批评，较之于文本细读，属于一种宏观批评。

2.2 "三农问题"叙事的两种路径与效果
——《根本利益》与《中国农民调查》比较论

摘　要："三农问题"报告文学如何既真实全面呈现主要问题又热情传播主流正能量？论文以"三农问题"报告文学代表作《根本利益》和《中国农民调查》为个案，梳理了两书的传播简史，揭示了两书反映的共同主题，分析了两书为农民代言的不同命运，认为两书作者在"三农问题"上介入的方式不同导致两书客观上产生的社会文化效能的不同。

关键词："三农问题"报告文学；传播简史；学理性介入；建构性介入；正能量；负能量

"三农问题"作为中国跨世纪的一个主流话语，即农村、农业、农民问题。新世纪以来，中国作家以满腔热情创作出了一系列反映"三农问题"的报告文学，比如，李昌平的《我向总理说实话》、何建明的《根本利益》、陈桂棣和春桃合著的《中国农民调查》、梁鸿的《梁庄》，等等。报告文学作家面对"三农问题"如何既真实全面呈现主要问题又热情传播主流正能量？本文以《根本利益》与《中国农民调查》为个案，试图探讨"三农问题"中国化叙事的不同方式与不同效能问题。

一、两部"三农问题"报告文学的传播简史

何建明报告文学《根本利益》首载于《中国作家》杂志2002年第7期，作家出版社2002年7月出版单行本。全书由1序和6章及"结束语·生活没有尾声"组成，书后附何建明《创作手记：寻找灵魂与信仰之强者的痛苦和愉悦》以及何西来的评论文章《为"百姓书记"立传——评何建明报告文学新作〈根本利益〉》。为了向其主人公梁雨润学习，《正气》杂志刊发根据何建明原著缩写的《梁雨润的故事》，在该杂志2002年第11、

12期和2003年第1～6期连载。2003年《廉政瞭望》杂志第1～10期连载《根本利益》全书。2004年5月北京新世界出版社出版《根本利益丛书·何建明获奖报告文学集》，将《根本利益》作为首部收入出版。2005年5月人民文学出版社将《根本利益》作为"中国当代报告文学精品书系"出版，印书5000册，6月重印5000册。2008年作家出版社出版《根本利益》增订本，将《根本利益》和《为了弱者的尊严》分为上下两部合订出版。

长篇报告文学《根本利益》面世后不仅反复出版，而且获得巨大社会反响。该书2003年获第六届"国家图书奖"，并被改编成电影《信天游》。在笔者看来，《根本利益》的影响力源于作家对"三农问题"现象隐含的执政危机的透视与机智表达。

《中国农民调查》由安徽合肥市文联作家陈桂棣和春桃合著。最初作为重头文章以节略版形式刊于2003年第6期《当代》杂志，其翔实的一手调查资料、直面现实的严谨态度引起了读者的强烈关注，刊载该文的当期杂志迅速脱销。2004年1月，人民文学出版社发行单行本，月销量几近十万册，成为年初的畅销书。2004年的初期，《中国农民调查》成为整个中国大陆的一个关注热点。网络上、各大网站均有此书的评论文章。1月13日陈桂棣和春桃受中央电视台邀请赴京，参加春节特别节目的录制。然而在2004年3月后，出版界传出《中国农民调查》停止再版的消息。至2004年下半年，已不见正版《中国农民调查》出售，同时盗版书市则继续广为流传、翻印，网络上或各大学BBS上也不难找到其电子版阅读。2004年，《中国农民调查》在德国柏林获得世界报告文学尤利西斯奖一等奖，其德文版在德国出版后引起了巨大反响。主办单位在声明中表示，由中国作家陈桂棣与春桃夫妇所合著的《中国农民调查》一书，第一次全面性地调查了西方人几乎一无所知的中国九亿农民，有关他们在经济、社会与政治生活上的现况。[1]

2011年4月，国务院前总理朱镕基返回其母校清华大学，到他曾任职院长的经济管理学院出席活动，向学生赠送《中国农民调查》。他指此书引致很多对他的攻击，指税改政策让农民陷于贫穷。"这本书受到很多国外异见分子的追捧"，送书的目的是让同学们有批判意识，去认真地思考，

---

[1] 参阅"中国农民调查百度文库"。

不要被异见分子的话所迷惑。

二、"三农问题"与警示长钟

中国问题本质是农民问题。中国最宏大的叙事就是农民问题叙事。农民问题又因时代不同而内涵不同。何建明 2002 年推出报告文学《根本利益》，是应时而生的，其主题是外显的、双重的，也是引人深思、饶有兴味的。有心人从 2002 年 7 月作家出版社出版该书的封面设计，可见一斑。该书正封面红色背景右边竖排着"根本利益"四个正楷大字，"根本"两字为黑体加粗字，"利益"两字为白色加粗字。正封面左下边竖排着三行小字："事关国家今天的生死命运和十三亿人的明天。"而在扉页背面深绿色背景上又再次横排着"事关国家今天的生死命运和十三亿人的明天"白色正楷字体。这些文字，虽然不免带有书籍促销广告意味，然而，确实道出了本书主题意义的重大。接着，在版权页之后的内封二正面书写着摘自江泽民在中央纪委第七次全体会议上的讲话：

> 如果长期执政以后，我们的干部丧失了当年夺取政权和建设初期那样一种蓬勃朝气，那样一种昂扬锐气，那样一种浩然正气，而变得明哲保身，事不关己，高高挂起，官僚主义、形式主义严重，以至滥用权力，使党和人民的利益受到损害，那么最后必然失去最广大人民的拥护和支持。这是历史兴亡的规律，古今中外，概莫能外。

而在内封二的背面书写着：

这世上，什么人最低微，也最善良？
是农民。是中国农民。
可这些年，中国的农民怎么啦？
○为一块宅基地，她从风韵少妇一直告到白发苍苍，上访时间长达 32 年！
○儿子冤死，13 年不能入土为安！漫漫申诉路，丈夫又猝死，两具装尸的棺材伴着一个活人苦熬至今。

○靠政策致富，却横遭镣铐棍棒，倾刻间一贫如洗，全村人哭天不应，叫地不灵……

村霸、地霸，加官霸，实乃罪不可赦！

但一次次的领导"批示"，一叠叠的"红头文件"，终在半空飘荡，难以落地……

农民们在干裂的田野里呼唤春风吹拂，雨露滋润，更呼唤今天的党员和干部们改变作风，为广大人民的根本利益办实事、办真事！

本文主人公的所作所为给了我们一个满意的答案。

这内封二的正面与背面的文字是颇耐人寻味的，它对于文学批评家和文化研究学者来说，是一则可以进行文学政治意识形态分析的典型文本。对于先进文化建设工作者来说，它是文化意识形态完美建构的典范。而对于党务工作者来说，它所宣传的《根本利益》，对于8000余万共产党员是一部活生生的教科书。

报告文学《根本利益》从话语层面来看，是一个典型的为农民代言的文本。中国是一个农业文明历史悠久的国家，农民自古就是这个国家的大多数，处于社会的底层，史称老百姓。在中国文化史上不乏为农民利益和命运代言的人和事及其文本。然而，正如有学者研究后指出的一个现象：为农民代言是要付出代价的。在新中国历史上，有重大影响的大人物，如知名学者梁漱溟、革命元帅彭德怀先后为农民代言，不是都付出了代价吗？2000年春天全国人大和政协"两会"期间，一个叫李昌平的乡镇党委书记含泪给朱镕基总理上书："农民真苦，农村真穷，农业真危险"，虽然引起高层从上而下地高度重视"三农问题"[1]，李昌平本人因此而成为《南方周末》评选的2000年"感动中国的十大新闻人物"，而现实生活中的李昌平却不得不辞职离乡，外出打工。2002年7月，中国作协的何建明推出

---

[1] 时任总理朱镕基曾动情地批示："'农民真苦，农村真穷，农业真危险'，虽非全面情况，但问题在于我们往往把一些好的情况当作全面情况，而又误信基层的'报喜'，忽视问题的严重性。"见李昌平：《我向总理说实话》，北京：光明日报出版社，2002年，第77~78页。

为农民利益代言的长篇报告文学《根本利益》，却打破了"为农民代言是要付出代价的"这一预言现象，相反，何建明和他的《根本利益》受到了中共中央高层领导和中纪委、中国作协领导以及首都文学界批评界的一致肯定和赞扬。是何建明胜利了，还是为农民利益代言胜利了？历史在追问，文本在追问。

三、学理性介入与建构性介入

为身处社会底层的农民利益鼓与呼是新时期以来有良知的知识分子的一个自觉的文化使命。20世纪90年代中期以来中国文坛兴起的底层写作及其讨论就是这一文化自觉的表征。尽管以关注"三农问题"为话语核心的底层写作成为跨世纪的新中国文坛的一大文化潮流，唤起了知识分子和国人对于农村现状和农民处境更多的关注和关怀，然而我们的文学对于身处急剧变革中的社会的介入与影响的力度和现实效果，似乎没有20世纪80年代那样所谓的"轰动效应"了。新世纪以来，一些作家以高度的党性和人民性立场，关注底层，关注民生，出现了一批深受党和人民重视、产生巨大社会反响的力作，如山西作家张平的《抉择》和何建明的《根本利益》等。有趣的是，两位有影响力的作家都不约而同地把创作的聚焦点投向在山西这块热土上生存的人民大众，都从山西这块贫瘠而又富饶的热土上获取创作的素材和灵感。与张平选择小说虚构叙事不同，何建明选择了他擅长的报告文学这一纪实性非虚构文体，来表达他对中国农民利益的关注和关怀，对中国社会现实的介入。

然而，何建明对于中国"三农问题"的文学介入，不同于以往报告文学知识分子立场的批判性介入，他选择了一条与之相反的具有自我特色的建构性的介入。那么，何为批判性的介入？何为建构性的介入？两者的区别何在？让我们以新世纪以来同是关注"三农问题"的报告文学的两个经典文本《中国农民调查》和《根本利益》为例，比较说明之。

长篇报告文学《中国农民调查》2004年1月由人民文学出版社出版，首印3万册，作者是安徽合肥市文联的作家陈桂棣和春桃。他们是一对伉俪，带着对中国9亿农民生存现状的忧虑，从2000年10月1日开始对安徽50多个县市的农村进行地毯式的调查，同时走访从中央到地方一大批从事"三农"工作研究和实践的专家及政要，历时两年的艰苦调查，三易其稿的艰苦写作，于2003年10月杀青付印。何建明的《根本利益》写作受命于上级领导。2001年何建明在中央党校学习，一天，中纪委的有关部门同志找到何建明，希望他把山西纪委战线的一名先进典型写成报告文学。经过2002年春夏的采访、写作，《根本利益》于2002年7月面世。值得注意的是，两书付印前都请当代资深评论家、年逾花甲的中国社会科学院文学研究所的长者何西来审读。何西来对两书都做了极高的评价和热情的推介。在《中国农民调查》一书中，何西来的评论作为"序"放在书首。在《根本利益》中，何西来的评论作为跋，置于书尾。现从学术史角度，将何西来对两本同主题的书的评价做一番梳理比较。

何西来对两书的评论是建立在对两书的阅读感受基础上的社会学批评和政治批评。关于《根本利益》，何西来的感评是"选材好，立意好，人物事迹好，也写得好；""是何建明创作中的上好之作，也是当前报告文学创作中难得的好作品"。接着何西来用了三个小标题来分别评论。一是"直面黑恶势力之下的苦难"，二是"何建明笔下梁雨润的执法如山和爱民如父"，三是"何建明报告文学的创作方向"。第一感点是从文本内容层面来评价作品的社会学价值，饱蘸评论者个人的社会阶级出身感情和一个高级知识分子居安思危的忧患意识。这是一个生于农村，未忘根本的农裔评论家心与心的交流。第二感点是从文本的主人公形象入手来评价作品的政治价值，认为《根本利益》"写活了"一个纪检干部作为"百姓书记"的高尚品质和精神境界。第三感点是从文本的价值取向来评价作品的重大现实意义，指出《根本利益》体现了何建明创作方向的战略性的转移。

关于《中国农民调查》，何西来的感评是"精心结撰"之作，是一部"大书、好书和及时的书"。对于"精心结撰"之评，何西来是从《中国农民调查》的叙述风格和叙事结构上讲的。就叙述风格来看，何西来指出，该书两位作者拥有当今中国作家少有的"热情与冷静"，"热情"说的是两位作者作为来自农村的农民的后代，对农村的眷念、关切和深爱；"冷静"说的是作者持有的科学态度和理想精神。前者保证了作者"以平民的感同身受的心态，目睹并体验中国农民真实的生存状态和生存环境"；后者使作者"保持清醒的理性，从而不为各种表象所阻滞，并进而探究到事物的内在联系及其本质"❶。进而,何西来指出了《中国农民调查》书名标示"调查"的"深意"和"寓意",是与中国古代"秉笔直书"的史书传统,与20世纪70年代末以来中国报告文学直面社会热点问题的现实精神相一致的,是对毛泽东主席早年大兴调查之风的实事求是精神的传承和发扬。

就叙事结构来看,何西来将该书分为三大部分来看。第一章至第四章为第一部分,由"殉道者""恶人治村""抗税案件始末""漫漫上访路"四章组成,以一系列恶性案件的发生为中心,具体展开农民在税费重负的压制下生存的窘迫,村官乡霸的暴行,农民的上访与抗争。第五章至第八章为第二部分,由"古老而沉重的话题""天平是怎样倾斜的""达标,形象工程及其它"和"弄虚作假之种种"四章组成,对农民税费过重问题进行多方面的调查、探寻和分析,让读者看到了三农问题的全部复杂性和严峻性。第九章至第十二章为第三部分,由"寻找出路""天降大任""破题""敢问路在何方"四章组成,是作者叙述解决"三农问题"的实践和出路,寄托着作者的济世情怀。

总之,就《中国农民调查》叙述的主题、文本的结构和作者的主体情怀,以及出版面世的时代语境来看,何西来说的"是一部大书、好书和及时的书",这一评价是非常恰当的。

以上是从中国社会科学院文学研究所的一个资深评论家的角度看,21世纪以来为农民代言的两部报告文学《根本利益》和《中国农民调查》都受到肯定和赞扬,而且都由人民文学出版社出版发行。但一个细微的信息是,人民文学出版社是在2004年1月出版《中国农民调查》的,在2005年5月推出"中国当代报告文学精品书系"11部时,最后两部分别选择了何建明的《根本利益》和陈桂棣的另一部偏重环保主题的《淮河的警告》,没有选《中国农民调查》。这是否在主流所谓的"精品"上,《中国农民调查》与《根本利益》不能等同视之呢?笔者在此试图寻找决定两书"精品"认定的细微差异。

第一,"两书"作者采写动机不同。笔者注意到,何建明撰写《根本利益》是带着"为了寻找灵魂和信仰的强者"这一政治信仰动机去深入农

---

❶ 陈桂棣、春桃:《中国农民调查·序》,北京:人民文学出版社,2004年,第1页。

村调查、采访农民的,寻找政治上坚定的信仰者是何建明调查、采写的显性动机。❶陈桂棣和春桃撰写《中国农民调查》是带着作家面对严峻"三农问题"不该缺席的创作信念,坚守"文学应该时刻保持与现实生活对话"的创作动机,深入农村,展开调查采写的。❷尽管"两书"客观上都为农民利益问题代言了,但是由于采写动机的不同,决定了两书在立意、叙述角度和叙述效应上的差异。何西来称赞《根本利益》是一部及时的"为'百姓书记'立传"的书,就一语道破了该书立意上的政治性建构旨归。而《中国农民调查》履行的是纯正的学者性的采访、学理性的调查进程和学术性的叙述,因而显现的是一种学术性的调查报告建构。这正如何西来指出的,这不是一本"报喜"的书,更不是一本粉饰升平的书、贴金的书,而是一本把严酷的真实情况推向读者,推向公众的书,是一本无所隐讳地把"三农问题"的全部复杂性、迫切性、严酷性和危险性和盘托出的书。❸

第二,"两书"叙述立脚点不同。《根本利益》叙述"三农问题",何建明选择了一个解决"三农问题"的共产党的纪检干部梁雨润作为贯穿叙事的主人公。作家作为叙述者、报道者,站在所叙事件之中,一边采访,一边热情参与叙事,建构叙事,为事件的解决鼓与呼。《中国农民调查》叙述"三农问题",作者是站在事外,追寻事实真相,探寻原因,寻求解决办法。虽然作家本人"热情"地参与调查,但叙述风格是"冷静"的学理性叙述。正如何西来评论《中国农民调查》,作者"以总体把握中国的'三农问题'为目的,按照问题本身的逻辑关系,渐次展开他们的叙述和描写",也即"问题是经,是纲纪,而人物命运、性格、心理的展示,细节的选用,事件的梳理等,则是纬,在总体上服从于'三农问题'的深入把握和揭示"。❹尽管《中国农民调查》在结尾,以"并非尾声,大幕正在拉开"展现了新一届党中央领导集体解决"三农问题"的新思维、新战略、新举措,显示了两位作者并非是悲观主义者,给读者指出了"三农问题"解决的希望,但是,文本主体部分正面叙述暴露的黑暗面客观上产生

---

❶ 何建明:《根本利益·创作手记》,北京:作家出版社,2002年,第233~242页。
❷ 陈桂棣,春桃:《中国农民调查·引言》,北京:人民文学出版社,2004年,第4页。
❸ 同上,第5页。
❹ 同上,第5页。

的社会文化效应也是不容忽视的。

第三,"两书"介入"三农问题"显现的文化效应不同。《根本利益》出版后,被看作是向党的十六大献礼的书,是忠实地体现了江泽民总书记的"三个代表"重要思想的文化创造。《根本利益》揭露"三农问题",为农民利益代言,是在讴歌中揭露问题,揭露问题是旨在解决问题,是从解决问题的角度去揭露问题,因而,《根本利益》展现的"三农问题"越严重,党的书记梁雨润的形象也越高大。因为,《根本利益》给读者显现的报告理念是维护农民利益就是维护党的利益,就是维护我们国家的根本利益。与何建明为农民代言、叙事重在解决农民具体问题,由具体问题的解决来显示农民的具体问题就是党的根本问题这一接受理念不同,《中国农民调查》显现的为农民代言叙事重在学理性的解决"三农问题"。其暴露的"三农问题"之严峻,与之相关的原因之复杂,解决之路之艰难,对习惯了报喜不报忧的主流阅读神经,是一个严峻的挑战。

《中国农民调查》真实呈现了"三农问题"的严峻性,同时,其传播的负面效应也是不可忽视的。曾经含泪上书总理反映"三农问题"的李昌平,在接受媒体对《中国农民调查》专题采访时说:"说实话,《中国农民调查》这本书我看起来很艰难,说艰难,是因为每看一部分我负面情绪就增加一部分,以至于我只能在充分消化这种负面情绪后才有勇气继续翻看。"[1]

报告文学作为一种文体引入中国就具有鲜明的无产阶级党性原则,中国当代作家作为有机知识分子,以满腔忧患之心真实呈现现实问题时,如何处理好报告文学作品传播的文化"正能量"与"负能量"的关系,不仅是一个创作原则的问题,也是一个创作技巧的问题。这方面,何建明的《根本利益》与陈桂棣和春桃的《中国农民调查》给予了中国作家鲜明的启示。

---

[1] http://www.weste.net/html/200402/20040226SOFT135415.html.

【参考文献】

[1]李昌平. 我向总理说实话［M］. 北京：光明日报出版社，2002.
[2]何建明. 根本利益［M］. 北京：作家出版社，2002.
[3]陈桂棣，春桃. 中国农民调查［M］. 北京：人民文学出版社，2004.

【写作反思】

本文初稿，作为《何建明评传》部分内容完成于2013年暑假，后整理修订刊发于《南方文坛》2016年第4期。

作为文学现象批评写作，本文对两部报告文学作品从同一主题——"三农问题"角度进行比较评论。这是本文论题提炼的特色所在，或者说是本评论的"文眼"。

本论文微观论述的特色有三。一是主题表述与背景概述结合论述，这集中体现在本论文的第二部分：三农问题与警世主题；二是围绕关键词叙事"动机""路径"与"效果"横向比较论述，这集中体现在本文的第三部分：学理性介入与建构性介入；三是从传播学视野对报告文学现象进行跨学科的评论。

2.3 打工文学的精神引擎
——从《纪念碑》到《城市，也是我们的》

摘 要：打工文学的精神主题及其审美表达是一个未被充分阐释的话题。优秀的打工文学文本蕴含的对打工现场苦难的超越与对理想的执着追求，展示了最近 20 年来打工文学健康发展的精神引擎。批评家对打工文学应抱同情之批评、理解之欣赏、厚爱之研究。

关键词：打工文学；精神引擎；何真宗

继 5 年前因打工诗歌《纪念碑》获得"首届全国鲲鹏文学奖"诗歌类唯一一等奖之后，2010 年国庆期间，著名打工作家何真宗再次推出自传体长篇励志小说《城市，也是我们的》（宁夏人民出版社，2010 年 9 月第 1 版），将农民工题材的打工文学创作推向一个新的思想与艺术高度。

中国打工文学应和着中国社会的转型在最近 30 年潮起潮落。从 20 世纪 90 年代初打工文学的代表"安子"的《青春驿站》在全国的隆重登场，到 2005 年 1 月"首届全国鲲鹏文学奖"的评定，中国打工文学迎来了跨世纪的两个高潮。其间，对进城务工青年的情感世界和文化艺术创造的关注成为主流社会对底层文学扶持和加冕的共同主题。如果说何真宗的诗歌《纪念碑》的加冕代表了主流社会对进城务工的农民工体力劳动价值和精神创造价值的认同和认定，那么，《城市，也是我们的》的出版，则标志着何真宗对农民工题材的打工文学的精神向度的新总结、新探索。

正如老诗人柯岩对何真宗诗歌《纪念碑》获奖的评价："既看到苦难，也展示了希望，既描写了血泪人生，也表现了人间温暖。不但反映了民工生活，而且提炼到艺术的美感，使读者看到他们生活的原生态。因为他有理想，有希望，所以他进入文学的层次，它就有艺术的美。"❶ 何真宗的《城市，也是我们的》也体现了他的打工文学创作观察与表现的辩证法风格特色。这部长达260页26万字的长篇小说，将"底层自传""职场励志""恋爱婚姻""社会问题"和"文学梦"等诸多元素艺术地融为一体，成为具有多重审美价值和社会认识价值的文学大众读物。

一、底层自传："70后"底层人生的历史书写

正如一位"70后"诗人《献给70年代人》的诗作所言："你不给我位置／我们坐自己的位置／你不给我历史／我们写自己的历史。"❷ 何真宗的长篇小说《城市，也是我们的》，就是一个"70后"农民工在广东18年的奋斗史。

这部带有自传性质的长篇小说，既是何真宗从1992年开始的长达18年在广东打工谋生发展的历史书写，也是第一代农民工在广东打工奋斗的历史缩影。作为自传，作者精选了与人生相关的11个节点，按照时间先后顺序依次结构篇章："01 我的少年时代""02 漂亮女友带我闯广东""03 我流浪我悲伤""04 亲历：疯狂的暂住证""05 东莞寻工记""06 打工，我们是越磨越亮的镰刀""07 在交警队当文书那些事儿""08 文学梦想书写辉煌人生""09 策划，其实很简单""10 异乡的爱情没有家""11 没有城市户口的'蛙'"。在这11个人生大节点后，作者又分若干个小节点展开叙述。如对第一个大节点"我的少年时代"的描述又分为"出生地，读书耕田一般苦""跟着武侠电影学武德""骑在父亲肩膀上学背古诗""考上重点中学""辛酸的书学费""一个文学社三个文学梦""高考落榜，我选择了另一种坚强"等小节点。这第一个大节点精选的若干个小节点包含了"苦""德""诗""文学梦"和"坚强"等人格元素，既构成了自传主人公的少年生活特征，又预示着传主成年后闯天下的基因素质和人生轨迹演化的性格必然性，彰显了自传体小说结构推进的内在一致性，显示了作者相当高的小说结构经营能力。

---

❶ 何真宗：《城市，也是我们的》，银川：宁夏人民出版社，2010年。
❷ 潘漠子：《献给70年代人》，《外遇》（民刊）第4期，转引自 http://mzsk.5d6d.com/thread-152-1-1.html.

就内容来看，这11个节点故事是传主真实人生历史的记录，是底层"70后"闯天下的原生态历史的书写。它见证着我们这个社会转型时代底层的血和泪、爱和恨、屈辱和尊严、苦难和辉煌、抗争与思考、情感与智慧等心灵史迹。"70后"这一代人目前正处于人生的青壮年时期，他们是我们社会建设发展的中坚力量，对这一代人的生活、情感世界的关注、引导应该成为今天我们建设和谐社会的重要课题。作为三亿农民工的代表，何真宗的自传小说《城市，也是我们的》的出版，可以说是一部非常及时的关注"70后"的书籍。

二、职场励志：从"蓝领"到"白领"的精神指南

21世纪10年来，中国图书市场上的畅销小说经历了由《国画》开启的"官场小说热"到《杜拉拉升职记》带来的"职场小说热"的转变。作为一种大众消费文化，无论是"官场小说"还是"职场小说"，他们满足了社会大众的对"官场"和"职场"的"窥探"和"寻觅"的欲望。在此背景下，何真宗推出带有职场励志性的小说《城市，也是我们的》，将关注的对象定位在从"蓝领"到"白领"的转变过程之中，参与到当今畅销小说的博弈之中，显示其独到的文化生产眼光和文化艺术抚慰情怀。

《城市，也是我们的》可以作为职场小说来看。与《杜拉拉升职记》聚焦都市"白领"女性自我奋斗的故事视野不同，何真宗的《城市，也是我们的》将关注对象定位在底层青年从"蓝领"向"白领"奋斗的职场进程中，使他的小说面向更大的受众对象，赢得更多的文化消费市场。

然而，《城市，也是我们的》不能简单地看作一部关于底层自我奋斗的职场小说，它在职场故事的演绎中，倾注了传主更多的职场经验总结和思考，成为一部底层从"蓝领"向"白领"过渡的精神指南秘籍。比如，小说文本"06打工，我们是越磨越亮的镰刀"和"07在交警队当文书那些事儿"，为读者讲述了传主从蓝领"水磨工"到白领"交警队文书"长达13年的打工故事。一个没有文凭、没有背景的外省男青年如何在东莞这个"世界工场"打工谋生立脚？如何应对"被炒"和"炒老板"？如何在排外思想严重的东莞挤入"交警队"当一名打工的"文书"，一干就是9年，而且年年被评为"先进"和"东莞优秀青年"？如何在激烈的职场竞

争和微妙的体制歧视中维持个人的尊严？作者以故事说法，以亲历的职场故事传授职场应对秘诀。比如，在外企打工、应聘如何维护作为弱势的劳动者的尊严，作者精选了两个故事，即"老板打了我一耳光"和"面试时，我给老板一个耳光"。两个细节，一个"被老板打耳光"，一个"打老板耳光"，看似相反的异常举动，却对传主职场生涯产生深远的影响。前者，"被打"使传主永远记住了打工应有的精神，那就是负责任。后者"以打应打"的面试回答，传奇般让传主应聘成功，受到肯定，获得了工作。从中我们不难看出，在外打工、求职，打工者要维护个人尊严，必须要有勇有谋，有担当精神。正是对工作的敬业与负责，才使传主在激烈的职场上能不断地上进、提升，由"蓝领"走向"白领"。

三、爱情婚姻：底层青年"爱情乌托邦"的重建

爱情婚姻问题是打工文学的一个重要书写层面，然而，以往的打工文学作品，无论是诗歌、散文还是小说，对爱情婚姻的表现往往是残缺的、畸形的、悲剧性的。何真宗的小说《城市，也是我们的》的出版发行，打破了这一现象，为我们建构了一个新的底层青年爱情婚姻"乌托邦"。

《城市，也是我们的》用两个章节部分"02 漂亮女友带我闯广东"和"10 异乡的爱情没有家"来表现传主对爱情婚姻的思考。小说对此的表现是充满了传奇性的：一个出身内地农村的高考落榜学生，与同乡一个漂亮的打工妹建立了恋爱关系，在其带领下双双过三峡，下洞庭，赶火车，南下广东寻找工作。一路历经"被诈骗""救人被窃""卖猪仔""黑夜逃亡"，好不容易赶到深圳，仅有的路费只剩3元。到处找不到工作，为了生存，漂亮女友只得捡废品谋生，而男主人公因没有暂住证一个礼拜前后两次被当地治安队送进收容所。女主人公为救男友被迫卖身救出男主人公。男主人公出来后无法谋生生存，只得告别深圳女友回到内地家乡，从此两人天各一方。15年后，奇迹发生了，男主人公在南方东莞打工从"蓝领"成为"白领"时，有了新的爱情婚姻。而这婚姻的女主人却不是昔日的患难情人，而是情人介绍的"学妹"。原来女主人公已经另嫁他人，有了一个好的归宿，而将自己的"学妹"介绍给了自己的前男友。显然，这一爱情故事是一曲充满悲剧性的喜剧，它为打工文学的爱情书写带来了亮

丽的结局，表达了底层真挚而富有人性的爱情婚姻道德观。

从小说爱情婚姻的情节模式来看，《城市，也是我们的》依然是传统的"才子佳人"模式，只不过将男女主人公的社会背景设置为从外省来到广东的底层打工青年。正是这一底层社会背景，使《城市，也是我们的》反映的爱情婚姻的价值不同于传统章回小说的反封建性，也不同于20世纪20年代末的左翼小说"革命加恋爱"的革命性。《城市，也是我们的》彰显了新时代底层打工者生存与爱情互救互存、和而不同的崭新爱情婚姻观。也许，从现实性来看，这是一个"爱情乌托邦"。但是，作为精神慰藉性的文学，底层广大的受众却需要这样的"爱情乌托邦"。

四、社会问题：三亿农民工的心灵呼唤

从小说设置的环境和结局来看，《城市，也是我们的》是一部社会问题小说。小说让男主人工以一个农民工的身份穿行于内地农村家乡和广东都市异乡。虽然历经18年的苦难奋斗，在异乡有了工作，在家乡的城市有了房子。但是，充满悖论的是，主人公在异乡有工作却没有房子，在家乡有房子却无工作。这种工作与房子不可兼得的怪现状，道出了农民工进城的一个切身的社会问题。中国人一向信奉安居乐业，农民工进城务工为我国工业化、城市化建设贡献了大量的人力资源。正如作者在诗歌《纪念碑》中所说的农民工兄弟"向一切需要力量的地方涌去"。然而，他们进城找工难，住房难，工资收入得不到保障，人生尊严得不到尊重。这些问题不仅影响到我国经济建设的可持续发展，而且影响到社会的和谐稳定。《城市，也是我们的》在小说文本"04亲历：疯狂的暂住证"中，以传主自身的故事见证了"暂住证"和"收容制度"的弊端。在最后一节"11没有城市户口的'蛙'"，针对"富士康的'连环十二跳'"和"民工荒"，指出其症结是没有给农民工城市户口，没有给农民工应有的权利和尊严。要解决以上三亿农民工的问题，必须让农民工成为城市的主人。所以，小说结尾发出呼吁："城市，也是我们的。"这不仅是传主18年奋斗历程的呐喊，也是三亿农民工心灵的呼唤。

《城市，也是我们的》，作为一部社会问题小说，它接续了20世纪初晚清时期的社会问题小说、30年代左翼社会剖析派问题小说、四五十年代

赵树理的社会问题小说，以及80年代的伤痕小说的传统，以底层人物的故事来书写现代社会问题，显示了一个底层知识分子对人民命运和国家前途的关怀和探索。在这个意义上，何真宗作为一个民间知识分子，其"位卑未敢忘忧国"的情怀，是多么值得关注啊！

五、"文学梦"与"文学性"

近20余年来，何真宗发自肺腑的打工文学的写作，得到了人民的认可和肯定。《纪念碑》的获奖就是明证。然而，何真宗的创作似乎没有得到学界应有的关注，尽管何真宗一度在媒体上很热。我想，其中原因可能与学界对打工文学的文学性总体评价不高有关。

我们注意到，来自学院的精英批评家们对打工文学的一般看法是："粗粝""流于苦难诉说""艺术性有待加强""只有社会学价值，缺乏文学价值"，等等。这些观感对于鱼龙混杂的打工文学现象大体是正确的。但是，对于一些真正怀抱"文学梦"的打工作家的创作而言，有时未免一叶障目，忽视和遮蔽了一些真正具有"文学性"的打工文学作品和打工文学作家。何真宗及其创作就是被学界批评家忽视的一个例证。且不说他获奖的《纪念碑》之类的打工诗歌，就拿他的《城市，也是我们的》来说吧！

在我看来，《城市，也是我们的》是一部具有中国传统章回小说风韵的新型长篇小说。在文本层面上，它集传统长篇小说的故事讲述、诗歌穿插衍生、漫画辅助点缀和评论总结于一体，构成了一个文字、诗歌、书画交融的艺术整体，具有相当的艺术欣赏性和社会认识性。更可贵的是，作为一个成长中的打工作家，其文学创作一开始就具有相当的理想性和超越性。正是作者对打工现场苦难的超越和对理想的烛照的执着追求，不仅照亮了作者自己卑微的打工人生，而且也给与作者一样在苦难的打工路上挣扎的打工兄弟姐妹带来了光明和希望，让千千万万的打工兄弟姐妹们从打工文学的阅读和写作中度过了苦难的青春岁月，顽强地生存下来。一首打工诗歌和一部打工小说如果充当了这样的功用，我们的"学院派批评精英"有什么理由削足适履，拿所谓的精英文学的"文学性"来衡量这些面向底层的打工文学作品呢？又有什么理由不换个立场和身份来重新打量和评价打工文学的文学性呢？像何真宗这样怀抱"文学梦"的打工作家还不少，身在学院的批评家们应该对他们的创作给予同情之批评，理解之欣赏，厚爱之研究。

【参考文献】

[1]何真宗. 城市，也是我们的［M］. 银川：宁夏人民出版社，2010.

【写作反思】

本文写作应评论对象作者之约而评论，但不属于"红包评论"，完全出于对打工作者的敬重而撰写，初稿完成于2010年暑假，刊发于《云梦学刊》2011年第2期。

本评论构思的特色是将评论对象——一部作品，置于作家创作整体及其所属题材类型的背景之上进行精神现象的批评，这集中体现在本论文标题《打工文学的精神引擎》的提炼上。

本文微观表述的逻辑是紧扣作品的突出要素，逐一评述。本文从评论对象作品中抽取"底层自传""职场励志""恋爱婚姻""社会问题"和"文学梦"等艺术元素对作品进行审美价值和社会认识价值的评论。

2.4 "打工诗歌"与底层和谐文化建设

摘　要：中国"打工诗歌"伴随着打工底层社会的出现而出现。"打工诗歌"是底层社会的"心声"和"镜子"。"打工诗歌"，作为打工诗人的精神升华以及打工群体的精神快餐，在表达底层诉求、维系底层和谐上发挥着相当的文化功用。"打工诗歌"以关注打工者为中心的社会问题而具有强烈的社会文化调节功用。

关键词："打工诗歌"；底层社会；和谐文化

最近30年来，随着中国改革开放在南中国沿海的展开，成千上万的民工涌进广东"珠三角"进厂"打工"。在这股史无前例的经济改革、社会转型和人员流动的浪潮中，中国当代社会与当代文化发生着激烈变化。伴随着传统的社会与文化结构的转型与分化，中国社会出现了新的阶层与新的文化。"底层"和"打工诗歌"就是这一转型与分化的产物。在"饥者歌其食，劳者歌其事"的中国传统诗歌文化影响下，中国当代"打工诗歌"正是当代底层社会的"心声"和"镜子"。"打工诗歌"随着打工底层社会的出现而出现。"打工诗歌"，作为打工诗人的精神升华以及打工群体的精神快餐，在表达底层诉求、维系底层和谐上发挥着相当的文化功用。本文拟就"打工诗歌"与底层和谐的关系作一纲领式探讨。

一、"打工诗歌"与打工诗人的精神和谐

中国诗歌自诞生之日起就沿着"诗言志"的传统一路走来。中国当代打工诗歌正是当代打工诗人内心情志的表现，它反映了当代打工诗人这一特殊群体独有的生活经验和精神诉求。第一批打工诗人大都来自经济不发达的内陆省份和农村，随着南下淘金的民工潮，走进改革开放的前沿广东珠三角的工厂。从内陆落后的乡村到沿海发达的城市，从散漫自在的传统

农耕生活方式到高度封闭的现代化机器生产的流水线,从充满田园牧歌气息的乡村文化到繁华而冰冷的都市商业文化,这一系列的境遇变迁与碰撞,在敏感的打工群体中造就了这一时代的打工诗人。"打工",这一沧桑的词语,它连接着沧桑的"打工诗人"和沧桑的"打工诗歌",它使当代中国真正意义上的"底层身份"与"底层写作"第一次对接。当代打工诗人,他们出生于中国乡村社会的底层,在现代化的城市生产环境中又处于都市社会的底层。这种双重底层的身份使打工诗人的生活和精神世界往往处于碰撞和裂变之中。由于社会转型体制、机制的不完善,作为打工者的打工诗人遇到了前所未有的困境与困惑。他们出行难,找工难,做工难,维权难,回家难,感情难,子女难……然而,亲身遭遇的不平与困境并没有使这批有文化、有梦想的打工诗人自暴自弃或者以暴制暴;相反,他们将苦难的遭际转化为理性的诉求,将愤懑的情绪升华为诗意的表达。在紧张的劳作间隙,打工诗人通过"打工诗歌"的"书写"活动,舒缓、稀释和转移了打工的痛苦、紧张和愤懑。"打工诗歌",不仅是一代打工者生存性的证明[1],而且,还将这种形而下的生存性转化为形而上的精神性[2]。正是这种源自内心的不自觉的"打工诗歌"的"书写"活动,让打工诗人暂时忘却了身受的苦难与不平,进入了一个精神上的寻求与探索。"打工诗歌"由初期"愤青"式的痛感抒发升华到成熟期的"为漂泊的青春作证"[3]。打工诗人在业余的打工诗歌书写中找到了精神的寄托与出路,在"经济淘金"失败困境中意外地走上了"精神淘金"之途。改革开放 30 年来,在广东这片热土上,一批背井离乡的有文化的打工者,从 20 世纪 80 年代中期开始零星的"打工诗歌"创作,到 90 年代"显山露水",进入 21 世纪"竖旗组团",打工诗人队伍越来越壮大,打工诗歌越来越红火。2001 年夏天,打工诗人自发结合在一起,在广东惠州自费创办了第一份打工诗歌报《打工诗人》,标志着多年来游离于体制之外的分散的打工诗人开始团体的呐喊,显示了打工诗人与知识分子不同的底层写作。打工诗人的"打工者"身份决定了他们与体制之内的职业知识分子的底层写作(即

---

[1] 柳东妩:《打工诗:一种生存的证明》,《新安晚报》,2003 年 3 月 3 日。
[2] 张未民:《生存性转化为精神性——关于打工诗歌的思考》,《文学报》,2005 年 6 月 2 日。
[3] 许强:《打工诗人:为漂泊的青春作证》,《打工族》,2002 年 12 月下半月。

使是所谓的"作为老百姓的写作")的"肌质"和功能的不同。"打工诗歌"作为打工诗人的精神"肌质",不仅抚慰了打工诗人的痛苦,引领其精神追求;而且,"打工诗歌"作为打工群体的"真正代言",在建构社会和谐文化功能上,满足和引领了打工群体的精神需求。

二、"打工诗歌"与打工群体的精神和谐

在文学日益边缘化的市场经济语境中,"打工诗歌"破土而出,逐渐显山露水,是与它背后庞大的打工群体的精神需求分不开的。"打工诗歌"以打工者贴切的经验、痛感的生活、鲜活的形象、昂扬的情感,给予与打工诗人同命运、同遭际的打工群体精神宣泄和情感抚慰。2007年一部命名为《中国打工诗歌精选》的诗集出版不到25天,3000册即销售一空。"打工诗歌"以其满足了庞大的打工群体的精神需求而获得了存在的依据,同时对打工群体的精神世界产生了广泛的社会影响。

"打工诗歌"以其特有的文化建构功能逐渐赢得了主流文学媒体和主流意识形态的支持和肯定。2002年1月,《北京文学》辟出两个专版刊发"打工者之歌"。同年8月,《中国青年》杂志发表报告文学《为千百万打工者立碑》,报道"打工诗歌"作者生存状态和办刊历程。2005年1月,面向打工族的"全国鲲鹏文学奖"设立并评奖。2006年11月上半月,《诗刊》首次以"打工诗选"的名义,推出20位作者的"打工诗歌"。[1]

在30余年的打工诗歌历史演进中,"打工诗歌"抒情主体经历了由"小我"到"大我",由个体自发到群体自觉的转变,"打工诗歌"逐渐成为打工群体的一面精神旗帜。正如打工诗人罗德远在"打工诗歌"——《我们是打工者》诗中表白的:

> 我们是铁骨铮铮的漂泊者
> 高举流浪的旗帜勇往直前
> 我们拒绝诱惑拥有思念
> 我们曾经沉沦我们又奋起

---

[1] http://gzs2.tougao.com/xinshige/list.asp?id=1848,上传日期2007-06-29,引用日期2007-09-29.

>我们落寞我们曾悲壮地呼喊
>我们遭受歧视但我们决不抛弃自己
>青春的流水线上
>我们用笔用沉甸甸的责任
>构筑不朽的打工精神
>通向我们幸福理想的家园

三、"打工诗歌"与社会结构的和谐

"打工诗歌"作为社会底层的镜子和心声，表现出强烈的社会转型色彩和平等和谐的社会心理诉求。"打工诗歌"是中国社会转型的产物，它记录着社会转型期底层民众独特的生活经验和生命体验。"打工诗歌"以文学痛感的方式触及了中国社会底层的一系列问题，如农民工进城问题、打工者身份问题、劳资关系问题、城乡关系问题、社会治安问题……这些底层问题背后折射的是中国社会政治、经济、文化的大问题。"打工诗歌"所体现的问题意识超越了打工者一己的心声，而成为底层弱势社会群体的集体诉求。在我们这个社会的民主法治正在完善的今天，在社会底层声音表达渠道有待完善的情况下，"打工诗歌"为表达底层弱势声音，抒发底层内心的积郁，提供了一个渠道，打开了一个窗口。"打工诗歌"，不仅调节了底层个体与群体的苦闷，而且传达了社会底层与中层、上层的不和谐的关系。从"打工诗歌"对社会结构不和谐的诉求中，我们日益感到重建社会正义与平等的重要与迫不及待，我们日益感到建构和谐社会的必要。值得庆幸的是，"打工诗歌"，从自发到自觉，从民间身份到为主流社会认可，从底层的自我救赎到全社会的关注支持，这些变化足以表明"打工诗歌"所承担的建构和谐社会的价值所在。

"打工诗歌"以关注打工者为中心的社会问题而具有强烈的社会文化调节功用。这种文化调节功用在渠道和方式上表现为个体与个体之间、个体与群体之间以及社会结构各阶层之间。"打工诗歌"在社会各阶层的传播和阐释，可以调节社会文化生态的平衡，从而调节社会关系的和谐平衡。中国诗歌自古就有"兴观群怨"的功用。我们相信，在资讯网络化、全球化的今天，"打工诗歌"所反映的社会问题和底层弱势声音将得到有

关方面的足够重视。"打工诗歌"所拯救的，将不仅是打工诗人一己的个人命运，还将是我们这个时代的良心和人性的回归。"打工诗歌"所肩负的文化价值，在今天构建和谐社会的过程中，怎么强调也不过分。

【参考文献】

[1] 柳东妩. 打工诗：一种生存的证明 [N]. 新安晚报，2003 – 3 – 3.
[2] 张未民. 生存性转化为精神性——关于打工诗歌的思考 [N]. 文学报，2005 – 6 – 2.
[3] 许强. 打工诗人：为漂泊的青春作证 [J]. 打工族，2002：12（下）.

【写作反思】

本文初稿完成于 2007 年年底，刊发于《湛江师范学院学报》2008 年第 1 期。

本文写作属于诗歌现象批评。针对评论对象——"打工诗歌"的亚文化属性，本文紧扣"打工诗歌"的文化价值，从社会和谐文化建设方面展开立论论述。

从微观表述来看，本文紧扣标题"打工诗歌"与底层和谐文化建设的二者关系，分三个方面，逐层深入展开论述。

2.5 淡泊中的执着
——评作为藏书家的余三定

摘　要：随着《南湖藏书楼》的出版发行，作为藏书家的余三定出现在公众面前。截至2009年年底该楼藏书达3万余本。南湖藏书楼反映楼主快乐读书书生本色，致力于精神家园建构，其文化价值有三：一是建构了一个当代人文文化景点，二是珍藏了一批当代文人学者的书法石刻手迹墨宝，三是催生了一批当代古典诗词题联经典。

关键词：南湖藏书楼；余三定；藏书家；精神家园

对于时下文人学者来说，余三定是以中文系教授、当代学术史研究学者和地方高校党委副书记及学报主编等多种身份标签出现在公众视野中的。于今，随着《南湖藏书楼》由北京大学出版社的出版发行，余三定的另一个身份——私人藏书家，终于大白于天下。中国古训说：乱世藏黄金，盛世藏古董。余三定为何要在这个"盛世重金钱"的时代选择藏书呢？他收藏了哪些书？又是如何收藏的？他的藏书有哪些特色和价值意义呢？翻一翻余三定主编的《南湖藏书楼》，或者有机会到岳阳余三定的"南湖藏书楼"亲自看一看，你自然就明白。

一、藏了何书

应该说，读书人藏点喜爱的书，本无足道也。然而，像余三定那样孜孜不倦地业余藏书，为藏书而建藏书楼，"建而迁，迁而建，矢志不移"，执着藏书事业者，却值得称道。那么，余三定藏了何书呢？余三定说他的藏书是为了教学科研之用。因此他的藏书范围就是他自己读书、教书和科研的领域，即文史哲方面的书。其"南湖藏书楼"到2009年年底藏书达3万余本，内容"国学西学比肩，旧章新知兼备，文史哲，政经法，马列毛邓，经史子集"❶。然而，余三定藏书不仅是"为用"而藏，而是抱着深远的"文化建构"目的。这体现在他藏书的两大特色上。"一设北大典藏室，足证洞庭通未名……二设题签本珍藏室，再现墨缘加情缘……"❷ 此两大特色不仅为余氏藏书楼添色增光，而且其包含的文物附加值将使南湖藏书楼如陈坛老酒，越久越香。

二、如何藏书

那么，余三定"南湖藏书楼"的3万册书是怎么来的呢？"万卷藏书皆自得，南湖月色不须赊。"❸ 台湾佛光大学黄维樑教授的题联准确地道出了余三定藏书的秘密。2009年余三定给他所在学院的大学生做了一个讲座，题目就是《我的快乐读书观》，事后整理成文在《云梦学刊》公开发表，经《新华文摘》转载，余三定藏书的方法方得以润溉天下读书人。❹余三定说，他个人的藏书活动实际上包括四个部分：购书、淘书、赠书、藏书。余三定的散文《京城购书乐》，披露了20世纪90年代初他在北京大学进修时跑遍京城书市购书的细节，从中我们可以窥见一介书生嗜书到何种程度。余三定不仅利用在北京和武汉进修访学期间购买了大量自己喜爱的书籍，而且还利用休息时间到旧书市场去淘书，有时也能获得古董般的好书。"南湖藏书楼"有相当多的书籍来自师友的赠书。余三定在文章《赠书：老师的厚爱与鼓励》中，深情地记载了老师李元洛1995年第一次赠书近300册给他的情景。李元洛先生1996年7月12日在《湖南日报》发表《"散"书小记》，表达赠书给学生余三定的心情和用意："禽鸟尚且择良木而栖，何况与我相伴多年的这些书香佳丽？思前想后，我只能为他们另择'良人'，以不负它们未老的青春。"❺

2004年10月8日，余三定在《湖南日报》发表《收藏题签本》文章，说明了他收藏题签本的三大来源：其一是文人学者赠书时的题签，这是他收藏题签书的主要来源。这方面的藏书有张岂之先生的《中国历史十五

---

❶ 余三定：《南湖藏书楼》，北京：北京大学出版社，2010年，第3页。
❷ 同上，第3页。
❸ 同上，第57页。
❹ 同上，第96~111页。
❺ 同上，第117页。

讲》、李学勤先生的《拥慧集》、叶朗先生的《胸中之竹》等，还有郑欣淼、余光中、黄维樑、邓晓芒等先生的著作，其中，李元洛、王先霈、王富仁、陈平原、何光岳等先生出版每一本书几乎都题签赠送给余三定了。其二是余三定先到书店购买，再找机会请著者题签。如陈鼓应先生的《老子注释及评论》、刘纲纪先生的《艺术哲学》、龙协涛先生的《艺苑趣谈录》、麻天祥先生的《中国禅宗思想发展史》、曹文轩先生的《20世纪末中国文学现象研究》和张颐武先生的《思想的踪迹》等，都是余三定先上书店购买，再找机会请著者题签的。其三是师友转赠余三定的题签本，如李元洛转赠的艾青题签本《艾青研究与访问记》，张文定转赠的若干题签本等。❶

2009年10月7日余三定撰写《我的"北大典藏室"》，讲述了其收藏北大经典图书的三大来源。其一是自己购买。由于特别喜爱北京大学出版社出版的文史哲书籍，余三定从20世纪80年代初期就开始有意识地购买北大版图书，如北大版的《中国小说美学》（叶朗著，1982年版）、《文艺心理学论稿》（金开诚著，1982年版）等；其二是北京大学师友赠送，如叶朗、赵家祥、罗荣渠、程郁缀、陈平原、温儒敏、龙协涛、夏晓虹、董学文、张文定、刘曙光等知名学者都赠送过"北大版"的书籍；其三是北京大学出版社师友的慷慨赠送。在余三定的"北大典藏室"里还有两种特别的书，一种是余三定自己撰写，由北京大学出版社出版的《新时期学术发展的回瞻》，另一种是其子余晶在北京大学出版社做实习责任编辑时参与编辑的书籍。这一切表明余三定与北京大学出版社存在多方面的缘分，同时也说明"北大典藏室"已经成为余三定的精神家园。❷

三、为何藏书

余三定为何选择藏书作为事业追求呢？我们从他给自己藏书楼的自题联"快乐读书拥书生本色，实在做人持人间常青"❸，也许可以略知一二。从成长经历来看，余三定选择藏书与他年幼时父亲的教诲有关。余三定上

---

❶ 余三定：《南湖藏书楼》，北京：北京大学出版社，2010年，第112~113页。
❷ 同上，第121~124页。
❸ 同上，第66页。

小学时，父亲给他讲马克思在英国国家图书馆勤奋读书以致地板上留下两个鲜明鞋印的故事，并把《论马恩列斯》和《历史唯物主义》两本经典给他看。从此，余三定年幼的心灵里就树立了努力读书、读好书的人生理想，这种理想使他在"文化大革命"中如饥似渴地找书来读，在惊羡别人家藏的图书中埋下自己将来收藏书籍的种子。"文化大革命"后的首场高考，让余三定进入岳阳师专中文专业学习。因为爱读书，余三定与同班同样爱读书的同学朱平珍经常在学校"传达室"相遇，"书为媒"，两人走到一起，毕业后留校任教、成家。两人共同的教书、读书、购书、写书的兴趣和爱好，使他们决定建造自己的藏书楼。经过近二十年的努力，1999年他们的藏书楼在洞庭湖子湖南湖畔建成，后因湖南理工学院校区扩建，2006年余三定的"南湖藏书楼""迁而再建"。南湖藏书楼迁建竣工后，余三定请来北京大学的龙协涛教授撰写《南湖藏书楼记》[1]，以纪念这一"盛事"。文以楼生，楼以文传。不多时，"南湖藏书楼"遂成造访岳阳的文人学者一大胜景。于是，海内外知名的文人学者纷纷为南湖藏书楼题名、题诗、题书题联、篆刻印章。《南湖藏书楼》书中的"题名辑""题书联诗辑""印章辑"和"联诗辑"中印下的"黑色的书法"和"红色的印章"，为余三定"南湖藏书楼"增添了传承中华书艺的文化附加值，为他的纸质藏书文本注入了鲜活的人文气脉。

四、藏书楼的价值何在

然则，南湖藏书楼就是专门收藏私人图书的一座建筑吗？其价值意义何在？让我们先看文化部副部长、故宫博物院院长郑欣淼先生《题余三定先生藏书楼》诗：

> 巴陵添胜状，芷岸起新楼。
> 缥帙含今古，韦编记阻修。
> 曝书诚有乐，传道信无忧。
> 矫矫余君志，百城南面遒。[2]

---

[1] 余三定：《南湖藏书楼》，北京：北京大学出版社，2010年，第3~4页。

[2] 同上，第1页。

今天，在"洞庭天下水，岳阳天下楼"的古巴陵城下，谁能重建一新楼再添"胜状"？哪座楼能配当此殊荣？历史上江南三大名楼何以有名？我以为，除了绕楼的名山名水之外，名文华章的精神激荡更是名楼的灵魂所在。"南湖藏书楼"借洞庭南湖之涟漪，取巴陵龙山之胜景，以快乐读书为志向，以斯文传道为灵魂，在这崇尚金钱至上的时代，以一己之力，建藏书楼，收藏图书，传文化之薪火，承古贤之忧乐，砥砺人格，造福乡梓，其功甚伟。故南湖藏书楼，非一般藏书楼，堪配"巴陵添胜状"。

综上所述，南湖藏书楼的文化价值有三：一是建构了一个当代人文文化景点。历史上的文化景点往往是人文荟萃之地。湖南岳阳楼因范仲淹千古名文《岳阳楼记》形成了岳阳楼文化景观。武昌黄鹤楼因崔颢"七律第一"的《黄鹤楼》诗形成了黄鹤楼文化景点。南昌滕王阁因王勃千古名赋《滕王阁序》凸显了滕王阁文化景致。今天，余三定南湖藏书楼有当代学人龙协涛教授的名文《南湖藏书楼记》，随着《新华文摘》的传播而名扬天下。现在，《南湖藏书楼》新书出版，将"南湖藏书楼"这一物质性文化转化成精神性文化，其文化建构价值当弥久弥珍。

二是珍藏了一批当代文人学者的书法石刻手迹墨宝。南湖藏书楼珍藏的当代名人学者题名"南湖藏书楼"的书法墨宝有：王朝文、李锐、王蒙、徐中玉、杨玉圣、钱谷融、王先霈、邓晓芒、韩少功、聂鑫森、麻天祥、陈平原、李万生、贺卫方、郭世佑、黄颂杰、黎晶、李剑鸣、龙协涛、程郁缀、李玺文、黄楠森、刘曙光、万俊人、张玉能、铃木洋平、李伏波、李元洛、谭谈、罗成琰、黎池、张敏、陈文明、刘启良、刘广文、李凌烟、高树槐、王炳炎、雷桂云、张治雄、余振冬等。《南湖藏书楼》还影印了当代篆刻家为南湖藏书楼刻的印章。藏书印：上海吴国豪刻；岳阳剑平、周满庭、千石居士、潘岳生、陈海源、吕大良刻。赠书印：岳阳陈海源、潘岳生、郭云辉刻。普通印：岳阳李潺、潘岳生、郭云辉、千石居士刻，沈阳孙延臣刻，长沙志勇刻，寿岳衡山寿鼎印。[1]

三是催生了一批当代古典诗词题联经典。题诗题联是中国古代文人雅士应酬贺答的一种常见形式，构成了中国古代文人雅爱诗书墨宝的特色。南湖藏书楼的兴建催生了一大批当代古典诗词题联经典。《南湖藏书楼》

---

[1] 余三定：《南湖藏书楼》，北京：北京大学出版社，2010年，第29~85页。

批评的踪迹 >>>>>>>

荟萃的经典联语有：

左健（南京大学出版社社长兼总编）：

楼外是八百里洞庭，浩浩烟波，坼吴吞楚；
阁中有十万卷经籍，斑斑缃帙，茹古涵今。❶

王先霈（华中师范大学文学院教授）：

读书养浩然气，观景生静穆心。❷

何光岳（湖南省社科院历史所研究员）：

三乡英才业奠定，四水俊杰书声香。❸

余平均（楼主余三定的父亲、农民）：

眺望南湖水连天，荣建书楼洞庭边。❹

陈桃梅（楼主余三定的母亲、农民）：

他人喜爱钱财宝，我等期望子孙贤。❺

朱平珍（楼主余三定的妻子、教授）：

窗染一湖天水色，楼藏万卷玉金声。❻

---

❶ 余三定：《南湖藏书楼》，北京：北京大学出版社，2010年，第88页。
❷ 同上，第88页。
❸ 同上，第88页。
❹ 同上，第90页。
❺ 同上，第90页。
❻ 同上，第91页。

《南湖藏书楼》荟萃的经典诗词有：

吴岳添（中国社会科学院研究员）《题南湖藏书楼》：

久闻岳阳余三定，今上南湖藏书楼。
高人慷慨交鸿运，广厦巍峨集锦绣。
岳麓书院有传人，洞庭涟漪无尽头。
惟楚有才成美谈，湖湘文化砥中流。❶

柳忠秧（湖北省作协文学院副院长、诗人）《赠南湖楼主余三定兄》：

洞庭波涌酒和泪，潇湘愁说古与今。
梦里依稀岳阳楼，南湖冬雪满天新。
君子常怀千年忧，名士最重一世情。
范翁楼记滕子京，柳郎诗歌余三定。❷

蔡世平（岳阳市文联）《词题南湖藏书楼·调寄浪淘沙》：

何处美人居？隐玉藏珠，北湖人说在南湖。个个杨妃西子样，莫问何如。几架绿菠萝，浮上纱橱，唐姑宋妹巧音呼。近了方知颜色好，羞煞狂奴。❸

聂鑫森（湖南省作协）《浪淘沙》：

云水吻帘钩，月淡星疏，牙签玉版墨香稠。评点文坛功过事，乍喜还忧。抬眼送飞鸥，浪叩心头，楼船独驾御风游。神定何辞灯影倦，管领春秋。❹

---

❶ 余三定：《南湖藏书楼》，北京：北京大学出版社，2010年，第93页。
❷ 同上，第93页。
❸ 同上，第74页。
❹ 同上，第141页。

批评的踪迹 >>>>>>>

南湖藏书楼对于楼主而言，意义又有何在呢？《南湖藏书楼》新书代序二《心空之月——关于图书的遐想及往事》即出自楼主之妻朱平珍之手。文章以散文的笔调描述图书是人类不老的心空之月，对于人生具有"疗伤""美容"和"圆梦"的功用，她与夫君余三定多年孜孜以求收藏图书，建私人藏书楼，就是为了建构一个人类的精神家园。❶

综观全书，"南湖藏书楼"之于余三定，正如一题联所示："教书著书藏书成就大师之器，人脉文脉水脉聚焦南湖斯楼。"❷ 另外，"南湖藏书楼"——这座矗立在洞庭湖畔的人类精神家园，也在默默地启示和提醒着后来者：

   藏金诚可贵，藏书价更高。
   淡泊修余身，执着传书魂。

【写作反思】

本文初稿完成于2010年暑假，刊发于《理论与创作》2010年第6期。

本文批评写作类型属于人物评论。其思路是由其书论其人，为此，首先锁定本文论述主题——评作为藏书家的余三定，确定论述核心是一种精神境界的提炼——淡泊中的执着。有了评论主旨，然后分条评述就能形散神不散。

---

❶ 余三定：《南湖藏书楼》，北京：北京大学出版社，2010年，第3~6页。
❷ 同上，第140页。

2.6 "血性批评"的崛起与崛起的"血性批评家"
——熊元义文艺理论与批评阅读手记

摘 要：20世纪90年代以来，熊元义在中国悲剧理论、当前现实主义文学理论、中国作家精神寻根理论、科学发展观文艺批评理论等方面取得了令人注目的理论成果，为他的"血性批评"风格的形成注入中国民族精神的血液，展示"血性批评"特有的穿透力和现实针对性。熊元义文艺批评的"血性风格"在内容层面上集中体现为批评主体不屈不挠的批判精神。熊元义的"血性批评"风格与他作为一个"血性批评家"的人民立场和哲学见识是紧密相联的。

关键词：熊元义；血性批评；血性批评家；阅读手记

当回顾和检视近20年来的中国文艺理论批评界的时候，我们蓦然发现有这么一个人，他以鲁迅"韧"的战斗精神、战士般的呐喊，戳穿了文坛形形色色"皇帝的新衣"的虚妄与谄媚，带着160余篇的文艺理论批评论文和6部学术专著向我们走来。面对近20年风起云涌的社会变革和波谲云诡的文坛世相，他以智者的慧眼、仁者的胸怀和勇者的胆魄，直面时代文坛问题，在当代文艺理论批评论争中留下了他独特的声音和鲜明的印记，为当下文艺批评界贡献了一种直率而刚健的"血性批评"风格，标志着新一类"血性批评家"的崛起。这个人就是青年文艺理论批评家熊元义。

一

批评何为？在当今这个注重功利的时代，文艺批评除了为自己的名利意气，为朋友的吹捧，为时代社会意识形态正名，为个人信奉的文化之道作注解，还有什么目的？熊元义的文艺批评的涌现使我们看到了当代文艺批评的另一种功用的存在，那就是为了"人自己的血性"和"时代的人民的血性"。"血"是构成人生命的基本元素，自然也是构成作为"人学"的文学及其批评的基本元素。没有"人自己的血性"的文艺批评，是摇摆无力的批评，是没有人性的批评；没有"时代的人民的血性"的文艺批评，是苍白无骨的批评，是没有人民性的批评。熊元义文艺批评的"血性"风格正是"人自己的血性"和"时代的人民的血性"有机融合的产物，是批评家的人性和时代的人民性有机结合的明证。

批评不易，"血性批评"就更不易。熊元义的文艺批评所显露的"血性风格"，建立在他的理论智慧、苍生胸襟和勇士胆魄上。熊元义的理论造诣为他的批评长上了慧眼，而他的苍生胸襟则使他的眼光锁定大地和人民，以一个古典独行侠般的无畏精神为黎民苍生鼓与呼。

20世纪90年代以来，熊元义勤奋耕耘，不断追求，先后在中国悲剧理论、当前现实主义文学理论、中国作家精神寻根理论、科学存在观文艺批评理论等方面取得了令人注目的理论成果，在当代文艺批评史上留下了坚实的足迹。对中国悲剧理论的探索，是熊元义学术生涯的起点，也是他学术探索用力最勤、历时最久、理论建构最成系统的领域。这方面的标志性成果是他的首部论文选著作《回到中国悲剧》和在博士论文基础上修改出版的专著《中国悲剧引论》。前者是熊元义在学术上奋勇攀登的结晶，是他将学术发现与人生体验融为一体的产物。他从历史的根据、理论的根据和现实的根据出发，提出了"中国悲剧论"的理论命题。熊元义提倡的中国悲剧精神已经显露出他的文艺理论批评的现实战斗品格。后者则集中体现了熊元义在文艺理论方面的成就，在该书中，他系统总结了中国悲剧的审美特征，提出了独具慧眼的中国悲剧精神和境界理论。他把中国悲剧概括为"三个特征"和"三个种类"。"三个特征"是："悲剧人物在道德上完美无缺，悲剧冲突主要在邪恶势力和正义力量之间展开，悲剧人物在对敌不懈斗争中达到历史的进步和道德的进步的统一。""三个种类"是"精卫填海""愚公移山"和"伯夷不食周粟"。熊元义在中国悲剧领域的探索，前后历经13年。13年的社会人生感悟也积淀在这一美学理论建构中，因而使他的这部纯理论研究的专著放射出属于现实和未来的光芒。

熊元义对中国悲剧精神理论上的深刻理解和独到把握，不仅促使他在当下文艺批评领域倡导和发扬中国悲剧精神，追求历史的进步和道德的进步的现实统一，同时也使他的批评风格不自觉地打上了鲜明的中国悲剧精神印记,为他的"血性批评"风格的形成注入中国民族精神的血液。在将中国悲剧精神的学理性内蕴转化为当下文艺批评实践的过程中,熊元义逐步形成了个性特色鲜明、自成系统的血性文艺批评观。

在文艺的社会观上,20世纪90年代以来,中国社会阶层急剧分化。对此文学社会现象,熊元义在相关的文艺批评中毫不犹豫地亮出了自己与某些批评家的"妥协""磨合"论的分歧:"不仅是立场上的对立,而且是理论上的对立。"在文学创作论上,针对20世纪90年代以来文学创作"无性不成书"的畸形现状,熊元义提出了"绝眩惑,求真美"的文学创作审美主张。针对20世纪90年代文学创作中的拜金主义倾向,熊元义及时指出,"当前金钱所造成的新的不平等绝不是历史的进步","当代'白毛女'嫁给黄世仁,是对中国悲剧精神的消解"。在文学批评论上,20世纪90年代中期,随着谈歌《大厂》、何申《年前年后》《信访办主任》、关仁山《九月还乡》《大雪无乡》、刘醒龙《凤凰琴》《分享艰难》等新型的现实主义文学作品的崛起,批评界随之出现了所谓的"妥协""磨合"论。针对这些文艺批评论,熊元义针锋相对指出,这种"妥协""磨合"论"偏离了当前现实主义文学的实际,更多的是借它推销其'私货'","是一种粗鄙实用主义"论调。在作家论上,20世纪90年代以来,中国不少文艺作品出现了"不以真美打动人心,而以眩惑诱惑人心"的恶劣倾向,熊元义指出这不是偶然的现象,是"当代中国有些作家审美理想发生蜕变的产物","从根本上说是一些作家社会背叛的结果"。为了彻底清算这种恶劣倾向,熊元义提出了中国作家精神寻根的问题,大声疾呼中国知识分子包括作家要直面现实,感受基层,超越局限,精神寻根;坚决反对有些中国作家远离基层、浮在上面、迎合需要、精神背叛。

熊元义对当代文艺作品、思潮和作家、批评家的批评,不是外在现象的罗列,也不是自我情感的宣泄,而是透过文艺现象,直指其反映的时代社会问题本质和作家批评家的精神实质,从而展示了他的文艺"血性批评"特有的穿透力和现实针对性。

熊元义文艺批评的"血性风格"在内容层面上集中体现为批评主体不屈不挠的批判精神。在文艺批判的原则上,熊元义致力于文艺的批判精神和建构精神的统一。他认为,真正的"文学的批判精神是作家的主观批判和历史的客观批判的有机统一,是批判的武器和武器的批判的有机统一,是扬弃，而不是彻底的否定"。在批评的指向上，他认为，文学的批判是内在的，不是外在的。在批评的褒贬上，他着力于"肯定变革历史的真正的物质力量的同时否定阻碍历史发展的邪恶势力"。在批评立场上，他主张并致力于"站在人民群众的立场上，不是站在人类的某个绝对完美的状态上"。由此可见，时代性与人民性的统一，历史进步与道德进步的统一，批判精神与建构精神的统一，构成了熊元义文艺批评的基本原则，也构成了他的批评的"血性风格"的基本内涵。

在具体文学现象的批判上，熊元义的文艺批评的"血性批评"风格往往表现为"一针见血"的刚健与直率。例如，关于文学的人文精神失落的问题，熊元义指出，这不是一种简单的精神危机，而是"有些中国知识分子社会背叛的必然产物"。在结合对《沧浪之水》主人公池大为的"精神背叛"和"社会背叛"的分析中，熊元义这样说："在人民利益和少数集团利益（包括个人利益）的斗争中，池大为倾向了说假话。池大为的这种沉默和放弃就是对这百分之二点三八的病人的犯罪，就是参与对底层人民的犯罪活动。池大为的这种放弃，不仅是一种精神背叛，而且是一种社会背叛。他背叛了他的父亲，背叛了像他的父亲一样无助的人。"熊元义文艺批评话语的这种"血性风格"，让我们隐约听到了一种远逝了的东方人文精神的愤怒之声和抗争之音。

二

熊元义的"血性批评"风格与他作为一个"血性批评家"的人民立场和哲学见识是紧密相联系的。他在长期的文艺批评实践中往往将文艺批评与思想理论结合，紧扣当代文艺思潮发展的脉络，在批评中建构理论，用理论来推进批判的深化。熊元义对当代文艺现状的深刻批判，就建立在他对当代文艺思潮的思维方式的洞彻把握上。熊元义认为，在思维方式方面，当代文艺思潮经过了三个阶段：朴素辩证法阶段、"非此即彼"的形而上学阶段和"亦此亦彼"的形而上学阶段。在熊元义看来，所谓"非此即彼"，"就是在绝对不相容的对立中思维"。所谓"亦此亦彼"，"就是只讲矛盾的双方共存和互补，否认矛盾的双方互相过渡和转化"，"看到了事物相互间的联系，忘了事物之间质的差别；看到了它们的运动，忘了它们的相对静止;只见森林,不见树木"。熊元义认为,"非此即彼"和"亦此亦彼"都是反辩证法的。因而,他大力倡导文艺批评回到真正的唯物辩证法阶段。熊元义以唯物辩证法为武器,敏锐观察到当代中国思想界在"人的发展观念"上存在着三个阶段:20世纪80年代以前要造就"清一色"的无产阶级人;80年代要求每个人"充分而全面地占有人的本质";90年代要求"承认人的差别而又承认人的平等"。对此,熊元义在文艺批评中提出了自己个人的"人"论发展观。他认为,"个人是有限的和片面的,但是,有限的个体的自由联合却可以克服这种个体的局限性和片面性"。因此,"我们既要反对像黑格尔那样要求一个人(哲学家)完成那只有全人类在其前进的发展中才能完成的事情,也要反对像庄子所指的拘于墟的井蛙、笃于时的夏虫、束于教的曲士那样,局限于个人的片面性,以所谓'深刻的片面'自诩"。熊元义对当代中国思想界的演进与思维方式的深刻洞察,使他对当代中国文艺的批评往往能高屋建瓴,一针见血,既大气淋漓又入木三分。

熊元义以唯物辩证法为武器,展开了对当代文艺批评界的武器的批判。他指出,20世纪90年代以来,批评界在把握理论与现实的关系上存在着三个派别:一是彻底地否定现实,二是辩证地批判现实,三是完全地认同现实。熊元义不遗余力地对世纪之交的"虚无存在观"倾向,如所谓的"失语""悼词","主体性"理论(见《当前文艺批评中的历史虚无主义》)和"粗鄙实用主义存在观"倾向,如所谓的"躲避崇高"论(见《20世纪90年代的王蒙》),展开深入持久的批判。同时,熊元义大力倡导辩证地把握现实的"科学存在观"。熊元义指出,"科学存在观既承认人的局限性,又承认人的超越性。既不是完全认同现实,也不是彻底否定现实,而是要求既要看到现实和理想的差距,又要看到现实正是理想实现的一个阶段"。"科学存在观既反对片面的追求历史的进步,完全顺应历史的发展,也反对道德理想主义,沉湎审美世界的解放的幻想中,而是致力于社会平等,追求历史的进步和道德的进步的统一,维护基层民众的根本利益。"

熊元义的文艺批评表现出强烈的哲学意识和思辨色彩。然而,他的理论建构,并不是为了要成为理论家而建构理论,而是为了解决中国当下文艺的现存问题和思想冲突。因此,熊元义的文艺批评在技术路径上,往往行走于问题与主义、学术与政治、批评与理论之间，从而形成了熊元义文艺批评"血性风格"的时代性和人民性。对此，我们还是以熊元义文艺批评的一个文本《正确把握当代文艺思潮的走向》作为个案，进行解剖说明。

《正确把握当代文艺思潮的走向》这篇文章是熊元义与他人合作出版的论文集《当代文艺思潮的走向》一书的"后记"。它写作于2007年1月21日，鲜明地体现了熊元义文艺批评话语的风格特色和内蕴因子。该文开篇第一段就鲜明地体现了熊元义文艺批评的问题意识：

> 20世纪后期以来，中国当代文艺思潮不但风起云涌，而且左右摇摆。这种文艺思潮是否存在客观发展规律？其正确的历史走向是什么？这是研究中国当代文艺思潮不可回避的问题。

随之，作者旗帜鲜明地亮出自己的观念："我们认为中国当代文艺思潮的发展是有规律的，并且反对随波逐流同流合污地把握这种发展规律。"紧接着这个观念，作者引用了马克思主义经典论述：

> 恩格斯在为马克思的《法兰西内战》1891年单行本所写的导言中指出："以往国家的特征是什么呢？社会起初用简单分工办法为自己建立了一些特殊的机关来保护自己共同的利益。但是，后来，这些机关，而其中主要的是国家政权，为了追求自己特殊的利益，从社会的公仆变成了社会的主人。这种情形不但在例如世袭的君主国内可以看到，而且在民主的共和国内也可以看到。"

紧接这个引述，作者指出，恩格斯在这里所说的社会的公仆演变成社会的主人的这种历史演变在当前中国社会转型中也屡有发生。我们绝不认同这种历史演变。在把握中国当代文艺思潮的过程中，我们不但坚决反对这种历史演变，而且对各种认同这种历史演变的思想倾向进行了深入的清理和有力的批判。在以上"主义"的引述中作者提出的"问题"得到了"历史的"证明。然而，还不止如此，作者接着从学术与政治结合的角度引述了理查德·T. 范恩的两种"全球化"论，进一步展开"历史的"证明。

我并不认为历史学家的话会对政治家的行为产生多少影响，但这并不是说我们可以不负道德责任地选择谈论的话题并发表意见。这当然得取决于发展的是哪一种全球化，采取的是哪种评判标准。一种是，使第三世界国家摆脱负担，并建立起可行的国际法体系的全球化；另一种是，在某个企图将第三世界的财富吞噬到第一世界的最大银行账户中的霸权势力控制下而产生的全球化。倘若是第一种，人们自然会对全球化另眼相看。

西方学者范恩的历史学视野中的"两种全球化论"是对当下世界现代化发展潮流的学理分析，也是对当下西方霸权主义借助"全球化"的名义掠夺第三世界财富的行为的警醒与批判，因而包含了鲜明的政治意识形态批判色彩。熊元义抓住这个当下热点理论问题与中国当下的现代化进程联系起来，指出："正如存在不同的全球化，当代中国现代化在发展观上也存在根本分歧。"对此，熊元义的文艺批评在"科学发展观"的指引下，对20世纪90年代以来的文艺思潮进行清理和总结，指出对当下文艺思潮的把握要以科学发展观为理论基础，正确区分两种不同的现代化。这样熊元义的文艺批评就不是囿于文艺思潮的批评，它超越了单纯的学术问题，进入了中国当下社会发展的现实问题视域。

综上所述，熊元义的"血性批评"是一种建立在他理解的中国悲剧精神基础之上的论战性批评，我们不妨称之为"中国民族精神与论战性批评"。近20年来，熊元义以直率而刚性的"血性批评"文字，持久而一贯的底层人民立场，树立起了一个刚直不阿、敢破敢立的"血性批评家"的形象。作为一个"血性批评家"，熊元义继承和发扬了鲁迅、胡风等现代中国知识分子"血性批评"的风格，将20世纪中国文艺批评的现实性、思想性和战斗性的宝贵传统推进到了21世纪，显示了新一代"血性批评家"的崛起。

【写作反思】

本文与余三定共同署名发表在《南方文坛》2008年第4期。

本文写作是应《南方文坛》"今日批评家"栏目而作，某种程度上属于给材料定类型的作文。因此，提炼一个显目的标题是至关重要的。本文标题《"血性批评"的崛起与崛起的"血性批评家"》的提炼，可以说是显目而富有冲击力的。对于文学批评写作来说，确立一个满意的标题，可以说成功了一大半。

本文发表后七年，突然传来本文批评对象熊元义英年早逝的消息，不禁感慨系之。熊元义自述当年一根扁担进京求学、求职，在冠盖满京华的首都北京文化界奋斗三十年，实属不易。文如其人，本批评是熊元义人格与文格的忠实记录与反映。为纪念中国理论批评界失去一个有个性的人民批评家，特将网络360百科熊元义词条复制在此：

熊元义，原籍湖北省仙桃市，笔名楚昆，文学博士。中国作家协会会员，中共党员，《文艺报》编审。

2004年任《文艺报》理论部主任，中南大学、云南大学、江南大学、湖南理工学院等数所大学文学院兼职教授、研究生导师。

熊元义同志因病医治无效，于2015年11月15日在京逝世，享年51岁。

2.7 被遗忘的现代性：20世纪二三十年代美文小品的重新评价

摘　要：20世纪二三十年代兴起、流行的现代白话美文小品，其现代性价值取向在新中国成立后相当长一个历史时期内的文学史书写中被遗忘了。"被遗忘的"美文现代性可以从三个维度来理解：一是现代小说文以载道的民族、国家、革命现代性话语淹没了现代散文日常生活审美化的现代性话语；二是鲁迅战斗式的杂文小品遮蔽了周作人闲适式的美文小品；三是对新文学内容现代性的执着追认而忽视以至漠视了美文小品语言形式的现代性成就。

关键词：二三十年代美文小品；现代性；被遗忘

一

稍微清理一下中国新文学史料，就会发现一个事实：20世纪二三十年代兴起、流行的现代白话美文小品，其现代性价值取向在新中国成立后相当长一个历史时期内的文学史书写中被遗忘了。

1921年6月16日，周作人署名子严，在《晨报副刊》上发表《美文》四百余言，希望"五四"新文学同仁"卷土重来，给新文学开辟出一块新的土地来"[1]。这既是对"五四"新文学初期白话散文的肯定，又是对新文学进一步发展的倡议和对复古派认为的只有文言才能做美文的论调的宣战。

1922年胡适在为纪念《申报》50周年撰写的《五十年来中国之文学》一文中说："散文很进步了。……这几年来，散文方面最可注意的发展乃是周作人等提倡的'小品散文'。这一类小品，用平淡的谈话，包藏着深

---

[1] 周作人：《美文》，载《周作人散文选集》，天津：百花文艺出版社，1987年，第31页。

刻的意味；有时很像笨拙，其实却是滑稽。这一类作品的成功，就可彻底打破那'美文不能用白话'的迷信了。"❶

1935年周作人和郁达夫受上海良友图书公司之邀，共同编选新文学散文史料。周作人编选散文一集共17人71篇。周作人在编选的散文一集《导言》中说："我与郁达夫先生分编这两本散文集，我可以说明我的是那么不讲历史，不管主义党派，只凭主观偏见而编的。"❷ 郁达夫在编选的散文二集《导言》中说："最后决定了以人为标准，譬如我选周先生的散文，周先生选我的东西，着手比较的简单，而材料又不至于冲突。于是就和周先生商定，凡鲁迅、周作人、冰心……茅盾的几家归我来选，其他的则归之于周先生。"❸ 从以上说明来看，两人不约而同地趋向一个共同的编选标准，那就是艺术的散文，即美文小品。这种自觉地将美文作为新文学散文的正宗的价值取向，并非后来文学史学科建构意识形态使然，它纯粹出于两个有艺术良知的知识分子不谋而合的艺术史观、史实、史鉴的互补交融、珠联璧合。单凭这些篇目就可见在新文学的第一个十年（1917~1927年），现代美文小品的勃兴及其在文学史上的地位。至于其内容特征，郁达夫在《导言》中概括为：一是"每一个作家的每一篇的散文里表现的个性比从前的任何散文都来得强"；二是"范围的扩大"；三是"人性、社会性与大自然的调和"；四是"浓厚起来的幽默味"。❹ 20世纪30年代初期，随着林语堂创办的《论语》《人间世》《宇宙风》等刊物大力提倡幽默、闲适、书写性灵的小品，文坛上幽默小品、闲适小品再度风行一时，中国散文园地的美文创作进入了第二个黄金时期。

在中国现代文学走过100年后，人们不约而同地回过头来反思：中国现代文学的现代性表现在哪里？王德威在《被压抑的现代性——晚清小说的重新评价》一文中对此进行了叩问：有哪些现代文类、风格、主题以及人物是被我们认定为"现代"的中国文学论述所压抑、压制的？为什么这

---

❶ 姜义华主编：《胡适学术文集》，北京：中华书局，1993年，第160、244、254、255页。
❷ 周作人选编：《中国新文学大系·散文一集》，上海：上海良友图书印刷公司，1935年，第12页。
❸ 郁达夫选编：《中国新文学大系·散文二集》，上海：上海文艺出版社，2003年影印本，第13页。
❹ 同上，第5~10页。

些革新仍然不被视为"现代"?❶ 在叩问中,王德威发现了晚清小说的现代价值。我在对这些叩问的阅读中,也似乎有所发现,这就是我们20世纪二三十年代的美文小品的现代性,因抑制、压抑而被遗忘于文学史的书写中了。我所谓的"被遗忘"的现代性不同于王德威的"被压抑"的现代性,是因为前者在二三十年代就被认可,只因种种原因后来在文学史中被有意压抑、淹没、遮蔽了;后者却是无意的政治意识形态(或者说是政治无意识)所致。所以,可以说王德威的论文《被压抑的现代性——晚清小说的重新评价》,致力的是一种"发现",而我将要做的是一种"发掘",即将被人为遮蔽、淹没、漠视的东西"挖掘"出来。我所谓的"被遗忘的"美文现代性可以从三个维度来理解:一是现代小说文以载道的民族、国家、革命现代性话语淹没了现代散文日常生活审美化的现代性话语;二是鲁迅战斗式的杂文小品遮蔽了周作人闲适式的美文小品;三是对新文学内容现代性的执着追认而忽视以致漠视了美文小品语言形式的现代性成就。

二

20世纪中国文学的现代性追认往往是从以小说为中心、为正宗的文体开始的,而散文则处于现代性的边缘地带,至于美文小品则被视为"小摆设"。"五四"新文学革命在文类上的一个重大变化就是小说与散文地位的倒置。在20世纪之前的中国文坛,散文是正宗,是"经国之大业""不朽之盛事";小说则是"闲书","不登大雅之堂"。在20世纪开始的现代中国,小说逐渐取得文坛正宗地位,担负起思想启蒙、民族独立、国家建设的重任;而散文则在一些人视野中慢慢边缘化,尽管它按自己的方式也挑起了建构现代性国家的现代化这副重担。这从中国新文学的奠基人与旗手的鲁迅创作文类的价值认定即可得到证明。在中国现代文学史建构中,鲁迅作品的现代性价值先是小说,再是杂文,最后才是散文。鲁迅自述其小说的目的是"想利用他的力量来改良社会"❷,至于他的散文,单从命名《朝花夕拾》《野草》就知道是"为自己",其价值在革命家看来是"可有可无"。在那民族、国家、革命的宏大叙事压倒个人话语的时代,鲁迅作

---

❶ 王晓明主编:《20世纪中国文学史论》(上卷),上海:东方出版中心,2003年,第36页。
❷ 王景山主编:《鲁迅名作鉴赏辞典》,北京:中国和平出版社,1991年,第687页。

品的命运尚且如此，那些为艺术而艺术、书写性灵、表现幽默的小品，其命运就可想而知了。因此，二三十年代美文小品对日常生活审美性的追求，自然在新中国成立后的文学史编撰者看来是不合时宜，被淹没是理所当然的。但是，历史行进的必然法则是不能扭曲的。二三十年代美文小品在经历了半个世纪的潜流后终于在20世纪90年代走出历史地表，再度流行于普通民众的视野、大学的讲坛，成为学者反思现代性、研究现代性的重要文献载体。在告别革命的时代，现代性又换了一副面孔。闲适取代革命，闲话代替宣教，幽默人性不再是小资情调，描花说草不再视为堕落，我想我欲不再是禁区。相反，颓废从某种角度上来看也被视为一种美，一种人类心灵抗拒科技现代性带来的外在压迫的现代艺术革命。于是，我们重新发现了鲁迅心灵颓废记录的散文价值。学术现代性的另一面也重新登场了。周作人、林语堂、陈西滢、梁实秋、徐志摩、废名、沈从文这些被淹没的自由知识分子的散文的现代性价值受到青睐。研究者开始为这些曾经被斥为颓废的作家作品寻找价值参照。于是，西方现代主义鼻祖波德来尔的颓废、英国绅士的幽默、日本橱川白村《出了象牙之塔》的essay名言、晚明"公安三袁"的性灵学说、魏晋风度，等等，都相继翻检出来，证明二三十年代散文的历史文化渊源及现代性价值所在。的确，经过一番论证，被淹没半个世纪之久的美文现代性又重见天日。新文学倡导的"人的文学"在二三十年代美文中，无论就作者主观性灵的贯注，还是对言说对象的同情移情，不仅可以傲视古代文言美文，而且完全可以与新文学的小说、诗歌之类作品比美。与二三十年代的问题小说、乡土小说、革命小说关注重大社会现实题材相比，同期美文小品题材上更关注贴近日常生活的书写，吃喝睡觉、保健养生、生老病死、花鸟虫鱼、男人女人、奇闻逸事、俗语风情等，一切围绕人生琐细的一面都进入美文的天地，经过周作人、林语堂、梁实秋等人的书写，这些人生琐细的一面也表现出现代美感来了。

三

"五四"时期散文革故鼎新，取得相当成绩。鲁迅在《小品文的危机》

中说:"散文小品的成功,几乎在小说、戏曲和诗歌之上。"❶ 而且散文创作流派林立。"有种种的样式,种种的流派,表现着,批评着,解释着人生的各面。迁流蔓延,日新月异:有中国名士风,有外国绅士风,有隐士,有叛徒,在思想上是如此。或描写,或讽刺,或委曲,或缜密,或劲健,或绮丽,或洗练,或流动,或含蓄,在表现上是如此。"❷ 在中国现代散文史上,鲁迅、周作人两兄弟的散文创作代表了白话散文的最新业绩,形成了一种双峰对峙、二水分流的散文格局:杂文是最早显示白话文艺术特质的文体之一,社会影响也就格外大。最引人注意的还是《新青年》"随感录"作家群,而以鲁迅的杂文最具代表性。这个作家群奠定了杂文在中国现代散文史上的地位,而且影响所及,自《新青年》到《莽原》《语丝》,直至30年代以后的《萌芽》《太白》《中流》,可以找出一条发展轨迹。而《新青年》《语丝》分化后,在周作人麾下聚集的自由主义作家群,所谓"言志派"散文流派,以后发展到《骆驼草》《水星》《论语》等,与前一派自是路向不同。不过在"五四"初期,大体上还是取同一创作立场的。❸ 然而,周氏兄弟代表的两种散文主潮倾向,在20世纪20年代中后期开始,并没有井水不犯河水的相安无事。相反,正如中国2000年来散文史上的"载道派"与"言志派"一样,此起彼伏,斗争不已。1923年周氏兄弟失和后,两人的文风也分道扬镳。这一点郁达夫在《中国新文学大系·散文二集·导言》中作了精练的评论:"鲁迅的文体简练得像一把匕首,能以寸铁杀人,一刀见血……周作人的文体又来得舒徐自在";"两人文章里的幽默味也各有不同的色彩:鲁迅的是辛辣干脆,全近讽刺,周作人的是湛然和蔼,出诸反语";两人的思想:"鲁迅是一味激进,宁为玉碎的,周作人则酷爱和平,想以人类爱来推进社会,用不流血的革命来实现他的理想。"❹"五卅事件"后,鲁迅与《现代评论》派自由知识分子徐志摩、陈西滢等在《闲话》栏展开笔战。1927年到1936年,鲁迅与梁实秋就文学的"人性、阶级性、题材积极性"等问题在文章上不断有所交

---

❶ 王景山主编:《鲁迅名作鉴赏辞典》,北京:中国和平出版社,1991年,第708页。
❷ 钱理群等:《中国现代文学三十年》,北京:北京大学出版社,1998年,第146页。
❸ 同上,第148页。
❹ 郁达夫选编:《中国新文学大系·散文二集》,上海:上海文艺出版社,2003年影印本,第14~15页。

锋。1933年9月和10月鲁迅先后发表《论语一年》《小品文的危机》两篇文章，公开表明反对林语堂的立场："老实说吧，他所提倡的东西，我是常常反对的。先前，是对于'费厄泼赖'，现在呢，就是'幽默'。"❶ 并将小品文喻为"小摆设"，认为"生存的小品文，必须是匕首，是投枪"。至于媚俗的"鸳鸯蝴蝶派"，自"五四"新文学运动以来，就一直遭到鲁迅的批判。鲁迅用来论战的那些杂文本来是一份极为珍贵的思想文化遗产，但是，由于"左"的干扰，长期以来鲁迅被神话、政治化了。那就是，大凡在思想或学术问题上与鲁迅发生过激烈碰撞的团体或个人大多被视为敌人而遭批判，实际上其中的现代评论派、鸳鸯蝴蝶派、第三种人、梁实秋、林语堂等并非一无是处。鲁迅所处的时代可称是最黑暗、最动荡的历史时期，但鲁迅的论敌，或者他笔下直接抨击的对象，却是一班"文人""学者""名流""教授"，是一些所谓的"公理"与"正义"的"代言人"的"正人君子"。我国在20世纪90年代前出版的《中国现代文学史》，对于与鲁迅论争的问题，大多作出了这样的结论：鲁迅的观点是正确的。这里，我们不拟对这些论争本身作批判，我们只想指出它对后来中国现代文学史建构的影响，这就是在某种程度上，在一定时期被鲁迅杂文批评过的美文小品的现代性，从后来文学史图像中消失了。

四

新中国成立以来的中国现代文学史在对新文学内容现代性的执着追认中往往忽略了对美文小品语言形式的现代性体察。胡适在《中国新文学大系·建设理论集》导言中总结中国新文学运动的理论时说：简单说来，我们的中心理论只有两个：一个是我们要建立一种"活的文学"，一个是我们要建立一种"人的文学"。前一个理论是文字工具的革新，后一种是文学内容的革新。我们认定文字是文学的基础，故文学革命的第一步就是文字问题的解决。我们认定"死文字定不能产生活文学"，故我们主张若要造一种活的文学，必须用白话来做文学的工具。我们也知道单有白话未必能造出新文学；我们也知道新文学必须要有新思想做里子。但是我们认定

---

❶ 王景山主编：《鲁迅名作鉴赏辞典》，北京：中国和平出版社，1991年，第702页。

文学革命须有先后的程序：先要做到文字体裁的解放，方才可以用来做新思想新精神的运输品。我们认定白话实在有文学的可能，实在是新文学的唯一利器。新文学的语言是白话的，新文学的文体是自由的，是不拘格律的。初看起来这都是"文的形式"一方面的问题，算不得重要。却不知道形式和内容有密切的关系。形式上的束缚，使精神不能自由发展，使良好的内容不能充分表现。若要有一种新内容和新精神，不能不先打破那些束缚精神的枷锁镣铐。❶ 正是首先在语言文体的"文的形式"上，"五四"新文学中的现代散文，尤其是美文小品的成就"几乎在小说戏剧和诗歌之上"。胡适提倡的"国语的文学"经过二三十年代美文创作的实践，逐步形成了"文学的国语"。现代汉语写作现代化的问题逐步走向成熟。在二三十年代，冰心、叶圣陶、朱自清等人的美文小品在当时相继选入中小学国语教材课文即为明证。

二三十年代美文小品在"文的形式"上的现代性，首先表现在语言形式上的中西古今的融合。在文学研究会作家散文群中，文体形式最引人注目的是冰心和朱自清。冰心的《笑》在《小说月报》发表后，学校竞相选入课本，被阐释为"冰心体"。对于文体，冰心确有自觉的追求。她曾借小说人物之口说："我主张'白话文言化''中文西文化'，这'化'字大有奥妙，不能道出的，只看作者如何运用罢了，我想如现在的作家如能无形中融合古文和西文，拿来应用于新文学，必能为今日中国的文学界，放一异彩。"❷ 在白话文学运动刚开始的几年里，冰心能将文言文、白话文与西文调和得相当完美，受到普遍欢迎，对建立和发展现代文学语言是卓有贡献的。20世纪20年代中期，朱自清的白话散文几乎全用口语，清秀、朴素、精到成为白话文字的典范。而20世纪20年代中期形成的"语丝文体"的"俏皮的语言"和"讽刺的意味"，经过20世纪30年代林语堂式的西方幽默的渗入、锻造，逐渐老练成熟。

20世纪二三十年代美文小品"文的形式"的现代性还表现在"闲话体"文体风格的一以贯之上。这首先体现在分清了美文与传统散文及西方小品的渊源。周作人在《中国新文学大系·散文一集·导言》中说："我

---

❶ 姜义华主编：《胡适学术文系》，北京：中华书局，1993年，第255页。
❷ 钱理群等：《中国现代文学三十年》，北京：北京大学出版社，1998年，第153页。

相信新散文的发达成功有两重的因缘，一是外援，一是内应。外援即是西洋的科学哲学与文学上的新思想之影响，内应即是历史的言志派文艺运动之复兴。假如没有历史的基础，这成功不会这样容易，但假如没有外来思想的加入，即使成功了也没有新生命，不会站得住。"❶ 与传统"公安三袁"的性灵散文相比，二三十年代美文闲话的外表下是闲话主体"言者"与闲话客体"听者"的绝对平等地位，也是对源自西方的"我'说'你'听'，我'启'你的'蒙'，强制灌输的所谓'布道式''演讲风'的散文的一个历史的否定和超越"❷。其次，表现在美文作家主观心态的闲适与从容。二三十年代是中国社会思潮变革激烈的时代，像周作人、徐志摩、梁实秋、林语堂等接受西方民主与科学洗礼的自由知识分子，在动荡的时代，往往选择超越革命政治的第三条路，以文学艺术为人生追求，在艺术中寄托自己的理想与生命。面对大革命后恐怖的社会现实，周作人提出了"苟全性命于乱世"的"闭户读书论"，林语堂则转向倡导幽默小品："两脚踏东西文化，一心评宇宙文章。"再次，表现在题材上的是漫无边际、结构上的是兴之所致。宇宙之大，苍蝇之微都可以同等进入美文世界，成为美的表现对象。1924年，周作人在"五四"落潮的彷徨期后，开始把散文创作作为自己的精神寄托和理想家园，自觉地选择"美文"作为抒写情感的喷发口，认为写文章最好就是与"想象的友人""闲谈"。这样的一种写作姿态决定了他散文的体式基本是"闲话体"，并由此而形成"冲淡平和"的独特风格。周作人的"闲话体"散文，大都是他在生活中的见闻感想，取材平凡琐碎，诸如茶食、野菜、野花、菱角、自己的初恋、爱女的生病等，借以抒发自己的某种情绪，给读者某些生活的启迪或感悟。其最为动人之处，是在平淡的叙述中有人生的况味，有内心的情趣。如《北京的茶食》中写道："我们于日用必需的东西以外，必须还有一点无用的游戏与享乐，生活才觉得有意思。我们看夕阳，看秋河，看花，听雨，闻香，喝不求解渴的酒，吃不求饱的点心，都是生活上必要的。"❸ 这里写的都是平常的事物，但跟人生不无关系，颇有生活情趣。最后，表现在语言

---

❶ 周作人选编：《中国新文学大系·散文一集·导言》，上海：上海良友图书印刷公司，1935年，第10页。
❷ 王晓明主编：《20世纪中国文学史论》（上卷），上海：东方出版中心，2003年，第236页。
❸ 张菊香编：《周作人散文选集》，天津：百花文艺出版社，1987年，第93页。

上的是亲切自然,如话家常。同是闲话语言,周作人舒徐自在,冰心飘逸秀雅,朱自清真挚清幽,郁达夫热情浓郁,徐志摩华丽夸饰。林语堂认为理想的散文"乃得语言自然节奏之散文,如在风雨之夕围炉谈天,善拉扯,带情感,亦庄亦谐,深入浅出,如与高僧谈禅,如与名士谈心,似连贯而未尝有痕迹,似散漫而未尝无伏线,欲罢不能,欲删不得,读其文如闻其声,听其语如见其人。"❶

新中国成立后相当一段时间,由于极"左"思潮影响,"革命""千万不要忘记阶级斗争""忆苦思甜"等话语,不仅成为文学作品书写的主旋律,而且成为文学史出版物的主旋律,作家的政治立场、作品的思想内容乃至作品的审美风格,决定着作家作品能否进入文学史。20世纪二三十年代美文小品的小资情调决定了它在新中国成立后一段时间内在文学史书写中被遗忘的命运。

【参考文献】

[1] 周作人. 周作人散文选集[M]. 天津:百花文艺出版社,1987.
[2] 姜义华. 胡适学术文集[M]. 北京:中华书局,1993.
[3] 周作人. 中国新文学大系·散文一集[M]. 上海:上海良友图书印刷公司,1935.
[4] 郁达夫. 中国新文学大系·散文二集(影印本)[M]. 上海:上海文艺出版社,2003.
[5] 王晓明. 20世纪中国文学史论(上卷)[M]. 上海:东方出版中心,2003.
[6] 王景山. 鲁迅名作鉴赏辞典[M]. 北京:中国和平出版社,1991.
[7] 钱理群,等. 中国现代文学三十年[M]. 北京:北京大学出版社,1998.
[8] 张菊香. 周作人散文选集[M]. 天津:百花文艺出版社,1987.
[9] 纪秀荣. 林语堂散文选集[M]. 天津:百花文艺出版社,1987.

---

❶ 纪秀荣编:《林语堂散文选集》,天津:百花文艺出版社,1987年,第15页。

【写作反思】

本文撰写于 2005 年夏季，系博士课程论文，发表于《求索》2005 年第 10 期。

作为文学现象批评，本文选取 20 世纪二三十年代美文小品在新中国成立后的文学史书写中的缺席这一文学史现象进行评论，紧扣被遗忘的现代性特征，从三个维度进行论述，可算是文学史书写批评了。本文选题特点是从无中做文章，论证特点是以史料说话，挖掘缺席背后的政治文化因素。

2.8 共产党人的文学镜像：从浮雕式群像到多声部变奏

——新中国60年文学中共产党人形象塑造的价值和启示

摘　要：新中国60年文学历史可分为前后两个板块：前30年的文学和后30年的文学，它们在党的形象塑造上表现出不同的内容特征，不同的塑造理念，不同的塑造功能，进而表现出党的形象的不同姿态和职能变化。在党员形象塑造的内容特征上，前30年文学着力表现的是正面的"高大全"的共产党人形象，这时期的共产党人大都出身于"时代新人""工农兵"，是"无产阶级"的革命典型代表。后30年文学对共产党人形象的塑造，在内容上进行了全面的探索书写，既有正面的先进先锋，也有反面的贪官败类。他们中的共产党人形象既有时代的反思者、受难者，也有时代政治经济体制改革的先锋，他们是社会转型时期的人民执政者。在党员形象塑造的价值理念上，前30年文学塑造共产党人形象表现出"党性至上"的历史书写意志，后30年文学塑造共产党人形象则体现了"党性""人民性"和"人性"互渗交融的写作理念。在党员形象塑造功能上，前30年文学通过塑造纯洁的、崇高的共产党人形象，表现出新中国前30年文学鲜明的政治文化功能；后30年文学通过有血有肉的、可亲可敬的共产党人形象塑造，体现出新时期文学特有的文化政治功能。

关键词：共产党人形象塑造；革命党；执政党；政治文化；文化政治

新中国文学伴随着中华人民共和国的步伐已然走过60年。60年来，新中国文学为中国共产党留下了怎样的历史形象和时代写真呢？60年文学中的共产党人形象塑造又有怎样的认识价值和审美价值呢？它们对于今天的文学创作和社会文化政治又有什么样的启示呢？

从1949年7月为迎接新中国诞生召开的"第一次文代会"，到1979年11月"第四次文代会"的召开，新中国60年的文学就历史地分为前后两个板块：前 30 年的文学和后 30 年的文学。前 30 年文学从解放区文艺脱胎而来，属于"新的人民的文艺"，呼唤着"新的主题，新的人物，新的语言、形式"，要创造的是"无愧于伟大的中国人民革命时代的作品"（周扬《新的人民的文艺》）。后 30 年的文学是继往开来，改革开放 30 年"社会主义新时期的文艺"（周扬《继往开来，繁荣社会主义新时期的文艺》）。新中国前 30 年文学和后 30 年文学尽管都产生于中国共产党领导下的新中国的历史语境，但它们在党的形象塑造上却表现出不同的内容特征，不同的塑造理念，不同的塑造功能，进而表现出党的形象的不同姿态和职能变化。具体而言，在党员形象塑造的内容特征上，前 30 年文学着力表现的是正面的"高大全"的共产党人形象，这时期的共产党人大都出身于"时代新人""工农兵"，是"无产阶级"的革命典型代表。后 30 年文学对共产党人形象的塑造，在内容上进行了全面的探索书写，既有正面的先进先锋，也有反面的贪官败类。他们中的共产党人形象既有时代的反思者、受难者，也有时代政治经济体制改革的先锋，他们是社会转型时期的人民执政者。在党员形象塑造的价值理念上，前 30 年文学塑造共产党人形象表现出"党性至上"的历史书写意志，后 30 年文学塑造共产党人形象则体现了"党性""人民性"和"人性"互渗交融的写作理念。在党员形象塑造功能上，前 30 年文学通过塑造纯洁的、崇高的共产党人形象，表现出新中国前 30 年文学鲜明的政治文化功能；后 30 年文学通过有血有肉的、可亲可敬的共产党人形象塑造，体现出新时期文学特有的文化政治功能。特别具有启迪意味的是，新中国 60 年文学中共产党人形象的塑造，前后两个 30 年表现出了中国共产党在社会生活中不同的职能演变，即从革命党向执政党的演变。下面分述之。

一、前 30 年红色经典中革命党形象：时代新人与先进战士的统一

1949 年 10 月 1 日新中国的成立，标志着中国共产党的地位在全国范围内由革命党向执政党的转变。但由于历史和思维的惯性，党的地位的转变并未立即带来角色的转换。在相当长的一个历史时期，中国共产党依然沿袭了战争年代革命党的角色。直到"文化大革命"结束后，中国共产党

才开始真正告别革命，进入以经济建设为中心的执政新时期，中国共产党作为执政党的角色开始有意识的转换。与此社会政治形势相适应，新中国前 30 年文学中共产党人形象的塑造几乎是清一色的革命党形象，这种情况在所谓的"红色经典"文学中尤为突出。

对党领导下的革命历史的追忆书写与对党推动下的现实政治运动的同步讴歌，为新中国前 30 年文学中共产党人的革命党形象注入了革命话语内涵。新中国前 30 年文学，通过共产党形象的塑造，艺术地反映了党领导人民进行的艰苦卓绝的革命斗争历史和社会主义建设历史，其认识价值是不容抹杀的。新中国前 17 年关于革命历史题材的小说，在某种程度上就为我们留下了中国共产党领导人民进行革命运动的光辉历程和艰苦斗争。例如，以解放战争为题材的小说：《保卫延安》（杜鹏程）在当代文学史上开创了艺术描写我军高级将领、塑造无产阶级革命家形象（彭德怀）的先河。《红日》（吴强）以莱芜战役、孟良崮战役为中心，反映了华东战场我军反攻为守的战略转折，塑造了我军高级将领沈振新、梁波等的光辉形象。《林海雪原》（曲波）描写少剑波率领的一支精悍的小分队剿灭东北土匪的斗争，塑造了有胆有识、有勇有谋的革命者杨子荣形象。《红岩》（罗广斌、杨益言）描写重庆渣滓洞、白公馆地下工作者，为迎接胜利的黎明而进行的一场严酷复杂的狱中斗争，塑造了无私无畏的地下革命者许云峰、江姐等人的高大形象。以抗日战争为题材的小说，孙犁的《风云初记》，再现了滹沱河畔抗日风云，展示出冀中人民在共产党领导下，建立抗日武装，组织抗日政权的伟大斗争精神和爱国思想，塑造了抗日支队司令员高庆山、抗日战士吴春儿等共产党员形象。刘知侠的《铁道游击队》，讲述了鲁南地区煤矿工人和铁路工人在党的领导下进行斗争的故事，塑造了刘洪、王强等游击队领导形象。冯志的《敌后武工队》，描写冀中军民抗日斗争，它通过以魏强为首的武工队同日伪军的复杂艰苦的斗争，热情地讴歌了中国人民的伟大斗争精神、强烈的爱国主义精神，赞美了中国军民在顽敌面前那种百折不挠、刚毅不屈的高贵品质，表现了中国人民那种必胜的坚定意志和信心。冯德英的《苦菜花》，反映了胶东地区复杂的抗日斗争，成功塑造了在党的领导和影响下革命母亲仁义嫂的英雄形象。李英儒的《野火春风斗古城》，描写党的地下工作者在保定地区的复杂抗日斗争，塑造了杨晓冬、梁队长、金环、银环等地下党员形象。以 20 世纪二三十年代革命斗争为题材的小说，高云览的《小城春秋》描写了在30年代国民党统治区地下党所领导的革命斗争和震动全国的厦门大劫狱的故事，塑造了四敏、剑平、李悦、仲谦以及吴坚等地下共产党员形象。杨沫的《青春之歌》，通过叙写林道静的成长过程，展示了20世纪30年代前期北平抗日救亡运动的面貌，揭示了党的影响如何使一个青年学生成长为一个坚定的革命者的历程。欧阳山的《三家巷》透视一条胡同三个家庭的矛盾纠葛，重现了20世纪20年代包括省港罢工、广州起义在内的南国风云，塑造了共产党员周炳、区桃和周金等革命青年形象。王愿坚的《党费》《七根火柴》细腻书写了长征时期英勇雄壮的共产党员光辉形象。以抗美援朝战争为题材的文学作品有杨朔的《三千里江山》、陆柱国的《上甘岭》、巴金的《团圆》（改编成电影《英雄儿女》）和魏巍的《谁是最可爱的人》等。这些作品及时讴歌了共产党员、志愿军战士的伟大人格和光辉形象。

以新中国前30年农村现实政治运动为题材的作品，代表作有赵树理的《三里湾》、柳青的《创业史》、周立波的《山乡巨变》、浩然的《艳阳天》、陈登科的《风雷》等。这些创作同步反映了新中国农村土改、互助组、合作化运动、人民公社、"大跃进"和两条道路的阶级斗争等重大历史事件，分别塑造了村支部书记王金生（《三里湾》）、互助组带头人梁生宝、团县委副书记邓秀梅（《山乡巨变》）、"社会主义道路"的带头人萧长春（《艳阳天》）、祝永康（《风雷》）等共产党人形象。

前30年文学中党的形象塑造，不仅具有历史的认识价值，还具有艺术的审美价值。这种审美价值表现在艺术地把中国共产党人形象建立在"时代新人"与"先锋战士"的民族特色结合上，使中国共产党人形象既扎根于厚实的黄土地上，又具有国际"共运"的时代特色。

前30年文学中党员形象，基本上是遵循毛泽东《延安讲话》文艺政策和党的宗旨的精神来塑造的。最为典型的是新中国文学的"红色经典"，代表作有《红岩》《红日》《红旗谱》《创业史》《山乡巨变》《青春之歌》《保卫延安》《林海雪原》《上海的早晨》《欧阳海之歌》等小说，以及"文化大革命"中的样板戏剧本，如芭蕾舞剧《红色娘子军》《白毛女》、现代京剧《红灯记》《智取威虎山》《沙家浜》《奇袭白虎团》《海港》《龙江颂》《杜鹃山》《平原作战》等。这类作品共有的主题是在共产党的领导下，追忆革命斗争，歌颂工农兵，激励工农兵，改造"阶级敌人"。其中党的光辉形象的塑造，不仅书写了党与人民的血肉联系，而且为新政权建立的合法性提供历史的必然，展示了新中国前30年文学特有的政治文化功能。

二、后 30 年文学中执政党形象：官员身份与人民公仆的对立统一

与前 30 年文学中共产党员形象大都出身于"时代新人""工农兵"不同，后 30 年文学中共产党员形象则直接表现为大大小小的官员身份，从村支部书记到省委书记，从基层机关科长到中央部局长，从乡镇企业厂长到企业集团董事局主席，大凡现实社会中具有的官员身份角色都有了艺术的书写。与前 30 年文学中共产党员形象几乎是清一色的正面崇高形象不同，后 30 年文学中共产党员形象则表现为性格和类型的多样性。其中，既有保持党的优良传统、改革创新、与时俱进的优秀党员干部形象，也有革命意志衰退、墨守成规、教条的官僚形象，还有党性丧失、脱离群众、生活腐化的贪官腐败分子形象。可以说，后 30 年文学中共产党员形象，在形象类型上正面人物和反面人物共存，先进、落后与中间人物同书；在形象性格塑造上党性、人民性和人性交融。因而，后 30 年文学中党员形象，在认识价值上表现出更大的历史真实性，在艺术价值上表现出更丰富，更有深度，更为感人的艺术魅力。

后 30 年文学中共产党员形象塑造的价值具体体现为，出现了一系列与时俱进的执政党形象，从而折射出新中国后 30 年时代风云的变换和党心民心的变化。

其一是出现了坚持真理、敢于担当的受难者党员形象。反思文学的扛鼎之作《犯人李铜钟的故事》，刻画了一个实事求是、舍身忘己、为民请命的村支部书记形象。李家寨党支部书记李铜钟，一个铁骨铮铮的共产党员，在特定历史背景下却成了特殊的"犯人"，这奇异的人生反差使他成为一个普罗米修斯式的圣者和殉道者。它启示读者：不仅战胜敌人，而且战胜自己的谬误也要付出血的代价，我们应以较少的代价换取较多的智慧，使我们的党成为真正为人民服务的党。无独有偶，被誉为 21 世纪新左

翼文学代表作的《那儿》，也出现了一个为民请命敢于担当的悲剧性人物。××市矿机厂工会主席朱卫国，在国企重组的历史时期，坚守工会主席的角色，为工人阶级代言上访，最终在党性和人民性无法调和而两者都不愿放弃时，毅然走上工作台铡去自己的头颅。

其二是出现了一批与时俱进的改革者党员形象。这里有20世纪80年代出现的工厂改革家乔光朴（蒋子龙的《乔厂长上任记》）、政坛改革新星古陵县委书记李向南（柯云路的《新星》）；有20世纪90年代新市场经济下大厂文学的改革者吕建国（《大厂》）、高德安（《破产》）、周书记（《年底》），有新的乡镇干部形象李德林（《年前年后》）、孔太平（《分享艰难》）、陈凤珍（《大雪无乡》）。这批党员干部形象不同于前30年文学的共产党员，是与时俱进的改革者、创新者和执政者形象。

其三是出现了一批为民执政的党员干部形象。张平的系列反腐小说，《天网》《法撼汾西》中的县委书记刘郁瑞、《抉择》中的市长李高成、《国家干部》中的副县长夏中民等，都是定位于新时代历史语境中的新的执政者形象来塑造的。它们的创新在于：这些党员干部不再仅是人民的"青天"，而是为人民力量所推动，并顺应人民的力量，靠与人民对话来解决社会转型时期尖锐复杂的矛盾冲突的执政者形象。党的宗旨、党的形象、党的身份、党的角色意识等在最近10年文学中，特别是主旋律文学中得到正面凸显和强调。《抉择》中的主人公李高成这样说："我宁可毁了我自己，也决不会让那些腐败分子毁了我们的党，毁了我们的改革，毁了我们的前程！"

后30年文学中党员的官员身份与其人民公仆职责的对立统一，彰显出后30年文学中共产党员形象崭新的执政党形象和姿态。这表现为文本中的共产党员形象与故事环境的关系不再是旧的制度的破坏者、革命者形象，而是表现为现有既定秩序环境的反思者（如李铜钟）、改革者（如乔光朴、李向南）、维护者形象（如李高成、黄江北、贡开宸等）；在与人民的关系上，优秀共产党员形象不再仅仅是救星和引路者，更是生活于人民群众中又为人民群众所推崇的人民公仆形象（如张平系列反腐小说中优秀党员干部形象）。

如何用文学的方式塑造时代需要的共产党员形象，引领时代前进？这是一个艺术创作的问题，也是一个关涉党与人民关系的现代政治理论问题。新中国前、后30年文学中共产党人形象塑造的实践启示我们：是从党的政策、理念和宗旨出发，还是从时代、社会现实需要出发来塑造党的形象，体现了文学不同的文化功能。前30年"红色经典"中党的形象的政治文化功能，当然有别于后30年主旋律文学中党的形象的文化政治功能。

【写作反思】

本文为建国60周年而作，初稿完成于2009年9月，2010年4月改定，但一直未公开发表。

作为文学现象批评，本文聚焦于新中国60年文学中共产党人形象塑造方法与价值的启示，通过宏观对比分析，提炼出前后30年共产党人形象塑造的不同特点，即从浮雕式群像到多声部变奏，进而指出其不同的文化功能，即从政治文化到文化政治。

第三章
理论批评

理论批评导引

这里所谓的理论批评,是以文学的理论问题或者对文学现象的理论观照为批评对象的一种文学批评。对初学批评的学者来说,理论批评是文学批评写作训练的高阶形态。

理论批评常见形态是直接以文学的理论问题为论述对象,探讨某一文学理论的起源与起点、形式与结构、功能与功用等问题。如本章个案《论梁启超对小说功用的理论创新》《论梁启超对小说功用的实践创新》《"道"与"艺"的冲突:梁启超小说宣传思想论》《文学语言批评解码刍议》《全媒时代报告文学影响力的建构与传播》等批评写作即是。

理论批评写作另一常见形态是以理论观照为起点与归属,探讨两种文学理论现象之间的关系问题。如本章个案《论梁启超的"应用佛学"与其小说观的关系》等即是。

在操作层面上,文学理论批评不同于文学现象批评的地方,首先在于批评的选题本身理论色彩浓,探讨的是文学的理论问题,而不是现象问题;其次在于批评的表述理论色彩浓,最好能上升到哲学的表述层次。

3.1 论梁启超对小说功用的理论创新

摘 要：梁启超小说功用观包含势力与效力两个范畴。势力是指梁启超从小说之体出发，发现小说具有作用于人心的审美力量，表现为小说具有"理想派与写实派"两种"移人"功能和"熏、浸、刺、提"四种力。效力特指小说势力作用于人道的三个层面产生的功利力量。小说的势力是实现小说效力的前提，小说的效力是小说势力发生作用的显现和归宿。在理论观念上，小说势力转化为效力，必须经由人道中介的人心人性层面转向社会心理层面或社会意识形态层面；而在社会实践上，小说势力与效力的转化未必一致，亦如小说的审美功能与社会功能未必一致。梁启超20世纪开端对小说审美势力的发现，使他提出了新小说新民的理念，而"五四"新文化运动时期对新小说社会效力的反思与不满，使梁启超放弃了小说新民的政治功用理念。

关键词：梁启超；小说功用观；势力；效力；人道

1902年11月14日，流亡日本的梁启超在自办的《新小说》创刊号上发表了《论小说与群治之关系》。1904年，王国维的《红楼梦评论》在上海《教育世界》杂志上刊出。百年前在不同时空和处境中撰写发表的这两篇小说文论，不约而同地成为20世纪中国小说文论史的奠基文献。然而，百年来学界对这两篇文献的价值解读和评价却呈现泾渭分明的天壤之别，认为梁启超开了现代中国功利主义文学观的先河，王国维开了现代中国审美主义文学观的先河。从此，中国现代文论似乎出现了所谓的功利与审美二元对立发展的格局。我们的问题是：审美和功利，对于中国小说艺术来说，真的是"二元对立"的吗？审美是中国小说艺术的终极目标，还是实现终极目标的手段？梁启超的功利主义小说观是天然排斥审美，还是我们后人误读认为其排斥审美？本文试图通过对梁启超《论小说与群治之关系》这篇小说理论纲领性文献的关键词的解读，来探讨上述问题。

梁启超的小说功用观，正如他的论题"论小说与群治之关系"视域所显示的那样，有着明确的社会政治功利性取向。但是，这并不意味着他的小说功用观排斥审美功利性。相反，梁启超正是从小说审美功利性入手来阐释小说的社会政治功利性的。梁启超在《论小说与群治之关系》开篇即说：

> 欲新一国之民，不可不先新一国之小说。故欲新道德，必新小说；欲新宗教，必新小说；欲新政治，必新小说；欲新风俗，必新小说；欲新学艺，必新小说；乃至欲新人心，欲新人格，必新小说。何以故？小说有不可思议之力支配人道故。

在这里，梁启超明确指出"新小说新民"的理念根源在于"小说有不可思议之力支配人道"。"小说有不可思议之力支配人道"，这个命题是梁启超这篇文论的"文眼"，透过这"文眼"之"睛"的"力"和"人道"，我们不仅可以看到小说审美魅力的具体表征："两种移人"功能和"四种力"，而且还可以窥见小说功用发生的中介"人道"的三个层面：个体的人心人格，社会的心理风俗、国民思想，以及道德、宗教、政治、学艺等社会意识形态。

一、"力""两派""四力"与小说审美功利性

梁启超的发现"小说有不可思议之力支配人道"，解决了小说功用发生的手段、对象中介、发生机理、心理基础和哲学基础。这个命题直接指出了小说功用发生的手段——"力"。那么，小说的"力"表现为什么？它来源于哪里？又归向何方？又如何"不可思议"呢？

梁启超首先指出了一般人的看法：小说的魅力表现为"浅而易解"和"乐而多趣"。显然，这种看法是从小说语言和叙事两个层面而言的，也就是从小说文体的特点来讲的。对此流俗看法，梁启超认为"未足以尽其情"，也就是说没有完全揭示小说的魅力所在。梁启超指出，普通信函、官样文章也不"艰深难读"，可是谁爱好呢？"赏心乐事"的小说，与

"读之而生出无量噩梦,抹出无量眼泪"的小说相比,反而不为世人看重。世人读小说为什么偏偏舍乐而"自苦"呢?在否定流俗之见后,梁启超正面提出了人类"独嗜"小说的两个原因。一是小说能满足人类超越经验的世界。经验告诉我们,人都生活在一个有限的世界,然而人性却都希望超越这个有限的世界,置身于"身外之身,世界外之世界"。能满足人性这种要求的东西,在梁启超生活的时代看来,"其力量无大于小说"。小说"常导人游于他境界,而变换其常触常受之空气"。二是小说能帮助人类认识自我。人类对自身的想象与经验"往往有行之不知,习焉不察者",有知其然不知其所以然的,有理解与表达上的困境,这时有作家在小说中"和盘托出",帮助读者彻底解决内心的无知困境。小说的这种深入读者内心,帮助读者自省自观的力量,能深深地打动读者,感动读者。福斯特(E. M. Forster)在《小说面面观》一书中认为,对其内在生活和行为动机了若指掌的人是极其有限的,而小说的伟大贡献就在于它真正地揭示了人物反观自身的内心活动。❶ 小说的确拥有两种"移人"力量:一种能导人于自身之外,具有超越功能;一种能导人进入自身之内,具有反观功能。在梁启超看来,这两种"移人"之力,"实文章之真谛,笔舌之能事"。而小说在中国各类文体中对这两种"移人"力量"能极其妙而神其技"。据此,梁启超从文体上将小说归为两类:理想派和写实派,其依据是它们分别对应小说功用的两种"移人"之力。理想派小说最大的功用是帮助读者超越经验,超越自我;写实派小说的最大功用是引导读者进入内心,感受自我。这里,梁启超从小说文体上发现了小说"易入人"的功用表征,从而提升了小说作为独立的文体的地位:"小说为文学之最上乘也。"

由此看来,小说的魅力来源于小说文体自身的独特功用。接下来的问题是,"小说之力"如何"不可思议"?对此,梁启超提出了"四力"说:"小说之支配人道也,复有四种力。一曰熏,……二曰浸,……三曰刺,……四曰提,……"小说的"四力"——熏、浸、刺、提,在梁启超看来,作用于读者的路径、特点、方式、程度是各有不同的。"熏""浸""刺"三力发生作用的共同路径是"自外而灌之使入","提"之力发生作

---

❶ [美]勒内·韦勒克,奥斯汀·沃伦:《文学理论》,刘象愚等译,南京:江苏教育出版社,2005年,第24页。

用的路径则是"自内而托之使出"。在对人心影响的作用程度上,"熏、浸、刺"三力不如"提"力。就"熏、浸、刺"三力来说,"熏"力特点是使人"不知不觉"受到感染,其作用机理是由生理到遗传,由人际横向影响到血缘的垂直影响。"眼识为之迷漾,而脑筋为之摇飏,而神经为之营注;今日变一二焉,明日变一二焉;刹那刹那,相断相续,久之而此小说之境界,遂入其灵台而据之,成为一特别之原质之种子。……而又以之熏他人。故此种子遂可以遍世界,一切器世间有情世间之所以成所以住,皆此为因缘也。"(《论小说与群治之关系》)——这是"熏"力由生理产生的人际横向影响。"人之脑海,则能以所受之熏还以熏人,……虽其人已死,而薪尽火传,犹蜕其一部分以遗其子孙,且集合焉以成为未来之群治心理。"(梁启超《告小说家》)——这是"熏"力的遗传影响。尽管如此,"熏"力作用大小受制于"熏"传播的空间大小。"浸"对读者的影响表现为时间的绵延,"浸也者,入而与之俱化者也"。人们阅读《红楼梦》《水浒传》有余悲、余怒,就是"浸"力在起作用,仿佛人喝醉酒的绵延一样。"熏""浸"对人的影响都是"不知不觉"的渐变,而"刺"力作用于人则是"顿变",是"骤觉"。"刺也者,能使人于一刹那顷,忽起异感而不能自制者也。"例如,"我本蔼然和也,乃读林冲雪天三限,武松飞云浦一厄,何以忽然发指?我本愉然乐也,乃读晴雯出大观园,黛玉死潇湘馆,何以忽然泪流?我本肃然庄也,乃读实甫之《琴心》《酬简》,东塘之《眠香》《访翠》,何以忽然情动?若是者,皆所谓刺激也。"(《论小说与群治之关系》)显然,"刺"力大小受审美接受主体(头脑的敏捷)与客体(小说文本内容)两方面因素决定。小说刺激力越大,读者头脑越敏捷,小说的"刺"力就越强。在梁启超看来,"刺"力在现实中的"效力"大小,"文字不如语言"。语言以其现实的音色直接感染读者,然而语言传播不如文字久远,所以,不得不求助于文字。在文字中,"刺"力大小"文言不如其俗语,庄论不如其寓论",在各种文体中,小说在这方面"力最大"。小说的"提"力是"四力"中程度最高的一种,其实质是对主体心灵产生的变化,"凡读小说者,必常若自化其身焉,入于书中,而为其书之主人翁"。与"浸"力之变化主体相比,"提"力对主体的变化不仅是使主体进入小说境界,而且还要提升主体的精神境界,使主体从小说的境界中走出,心灵得到全方位的提升。

如果说梁启超的小说"两派"观还只是着重于从文体角度来讨论"小说之支配人道"的本体之力,那么,梁启超概括为"熏""浸""刺""提"之"四力"的描述,则主要是从读者接受角度来谈论"小说之支配人道"的"力"。梁启超参用佛教语汇对这"四力"作用于读者人心的特性进行了比较阐释。

由此看来,小说的"四力",在梁启超这里是指小说作用于读者的四种艺术感染力。它和梁启超关于小说"两派"的两种"移人"之力,一起构成了梁启超所谓的"小说有不可思议之力"的"力"的文体表征,也就是说,小说的不可思议之"力"包含了"熏、浸、刺、提四力"和"两种移人之力"。它们都是就小说之"体"作用于读者人心而言的。事实上,梁启超所谓的小说之"力"远远不止于这个小说文体理论层面,梁启超更关注的是小说之力作用于社会心理和社会意识形态产生的"效力"。

二、"人道"与小说功用发生的三个中介层面

"人道"作为小说功用发生的中介环节,在梁启超《论小说与群治之关系》的论述中包含了三个层面。它们分别指向作为个体心理倾向的人心、人格,作为社会心理意识的社会风俗、国民思想,以及作为社会意识形态的道德、宗教、政治、学艺等。

综上所述,梁启超对小说的"力"的作用机理是从文本和读者两个角度来思考的。一方面,小说文本作为文之体,其"浅而易解""乐而多趣",最容易深入人心;另一方面,小说文本作为文之用,其"二派""四力"又最容易感动人心。由此看来,小说的"不可思议之力"首先建立在小说读者自然人性心理的基础上。由于小说之力的发生具有符合人性心理自发规律的机理,因而它的产生不是外力强制的结果。这样,在梁启超看来,小说的"力"既是文本自身运行的结果,也是读者参与建构的结果。小说"力"的发生就与读者的审美过程发生关联,在读者对小说的审美阅读中,小说的"四力"就产生了。可以说,小说的"四力"是在小说审美功能发生中产生的。

如果说"熏、浸、刺、提四力"还只是小说功用理论上的一种潜在的"势",那么,小说的这种理论上的潜在的"势力"又是如何转化为现实的

> 第三章　理论批评

"效力"的呢？它的现实"效力"又到底有多大呢？这里实际涉及小说的审美功能向社会现实功能的转化问题。梁启超对此问题给予了高度评价。梁启超说：

> 此四力者，可以卢牟一世，亭毒群伦，教主之所以能立教门，政治家所以能组织政党，莫不赖是。文家能得其一，则为文豪，能兼其四，则为文圣。有此四力而用之于善，则可以福亿兆人；有此四力而用之于恶，则可以毒万千载。而此四力所最易寄者，惟小说。可爱哉小说！可畏哉小说！❶

在梁启超看来，"熏""浸""刺""提"这四种"力"用之于社会，可以规训、养育一国的社会心理和人际关系，教主、政治家和文家都以此"四力"作为渡世的不二法门。此"四力"是一柄双刃剑，既可造福千兆人，也可作恶千万载。小说是此"四力"最容易发生的"寄主"，因此，小说的"四力"对于社会心理和社会意识形态产生的"效力"而言，既可爱，又可畏。由此可知，小说潜在的"四力"转化为现实的"效力"，必须经由"人道"中介的"人心人性"层面转向"社会心理"层面和"社会意识形态"层面。

三、"效力"与小说的社会功利性

梁启超关于"小说有不可思议之力支配人道"的论述，不仅论述了小说之"力"不可思议的审美层面，而且还论述了小说之"力"的社会层面——"效力"。虽然梁启超在该文没有明确提到"效力"二字。但是，梁启超在论述传统小说与国民思想和国民性格形成关系的时候，实际上已经在谈论小说的效力问题。同时，只有引进"效力"这个概念，使之与小说之"力"的潜在形态"势力"相区别，才能更好地理解梁启超小说功用观的发生机理，即小说的功用是如何从心灵审美功能（"势力"）走向社会政治功利功能（"效力"）的。事实上，"效力"这个概念在梁启超十余年

---

❶ 梁启超：《论小说与群治之关系》，载陈平原，夏晓虹：《20 世纪中国小说理论资料（第1卷）》，北京：北京大学出版社，1997 年，第 52 页。

后对新小说的反思文章《告小说家》一文中就已经出现了。❶

那么，小说的"效力"与"势力"有什么区别和联系呢？如果说小说的"势力"是指蕴含于文本中的一种未发之力，那么，小说的"效力"则是指小说对人心风俗和社会意识形态的实际影响力。小说的"势力"是实现小说"效力"的前提；小说的"效力"是小说"势力"发生作用的显现。小说的"势力"是就小说文本本身的功能而言的，小说的"效力"则是小说"势力"功能在社会心理和社会意识形态方面的显现。小说的"势力"是通过"人道"的"个体心灵"层面的中介来实现的，小说的"效力"则是通过"人道"的"社会心理"层面和社会意识形态的中介来实现的。这里所谓的"社会心理"包括社会的道德、风俗、思想、观念、国民性格和信仰等"群治"的方方面面。

对梁启超来说，小说与群治有着十分密切的关系，实际上讲的就是小说的"效力"问题，即小说对社会心理的影响。在梁启超看来，中国人的思想，如状元宰相思想、才子佳人思想、江湖盗贼思想、妖巫狐鬼思想，都直接或间接来源于小说的"势力"；中国国民的性格，如迷信风水鬼神、追求功利、轻弃信义、诡诈凉薄、沉溺声色、喜好结拜等，都是小说熏陶影响的缘故。对于梁启超来说，中国人的这些思想和性格都是小说产生的"效力"，因为小说"的性质的位置"，在梁启超看来，"又如空气然，如菽粟然，为一社会中不可得避、不可得屏之物"。明白了小说的"势力"与其对群治影响的"效力"的关系，梁启超的名言"吾中国群治腐败之总根原，可以识矣"，就好理解了。在梁启超眼中，"中国群治腐败"是指中国国民人心风俗腐败，属于思想道德的范畴，不是指政治制度范畴而言的。"总根原"不是指发生学的源头，而是相当于佛教《成唯识论》所谓的"八识"中的第八识，即阿赖耶识（在唯识结构中，它是一切"识相"的总根）。这样，"小说作为中国群治腐败的总根原"，当理解为旧小说的糟粕思想势力最终影响了中国国民的人心风俗。梁启超在《论小说与群治

---

❶ 梁启超曾将"势力"与"效力"并用来说明学说的影响力。梁启超曾经在《儒家哲学》讲到明朝遗民朱舜水尊崇程朱，传其学到海外说："他在日本学术界，算是很有势力。日本从前受中国文化最深是唐代，派遣学生、学僧，来唐留学，唐时佛教甚盛，儒学衰微，学去的都是佛教。宋明儒学复兴，但其时中日关系浅薄，所以日本对于儒学，根本上不明瞭。舜水是程朱派的健将，自他去后，朱学大昌。朱子之学，……在国外靠朱舜水一个人的传播，真是效力大极了。"

之关系》中的这个观念,在他随后一个月的另一篇文论《论佛教与群治之关系》中也可以得到证明。从中可见梁启超当时以思想解决问题的唯识论立场。梁启超在这一年年初创刊的《新民丛报》第1号上发表《论学术之势力左右世界》,认为天地间最大势力在于智慧、在于学术。梁启超在该文结尾满腔热情地敬告国内学者:"公等皆有左右世界之力,而不用之,何也?公等即不能为培根、笛卡儿、达尔文,岂不能为福禄特尔、福泽谕吉、托尔斯泰?即不能左右世界,岂不能左右一国?苟能左右我国者,是所以使我国左右世界也。"❶正是在这个意义上,梁启超认为小说家和书坊主(出版商)共同操纵着中国的命脉。基于这个认识,梁启超得出结论:"今日欲改良群治,必自小说界革命始;欲新民,必自新小说始。"(《论小说与群治之关系》)

对于梁启超的小说改良群治的"效力"观念如何评价?这个问题牵涉到学理和现实两个层面的问题。梁启超对小说功用的实用主义创新,也体现在这两个层面。这里,我们主要就学理层面来评判梁启超小说功用观的"效力"问题。

当代学界有一种流行观点认为,梁启超的小说功用观夸大了小说的社会作用和效果,是一种唯心主义的本末倒置论。从上述学理演绎来看,梁启超小说功用观包括"势力"与"效力"两部分,"势力"是梁启超从小说之体出发,发现小说具有作用于人心的潜在力量,它具体表现为小说具有"理想派与写实派"两种文体之力和"熏、浸、刺、提"四种力。"效力"特指小说"势力"作用于"社会心理"和社会意识形态而产生的影响,它包括国民思想、性格、信仰、精神等,也包括社会道德、风俗、民族心理等。一个社会的腐败,既指有形的政治、经济、文化行为的腐败,也指无形的国民道德、思想、精神、风俗的腐败。小说虽然不直接关涉具体的行为领域,但无疑与抽象的精神领域相关。特别是对于人们的精神生活主要来自小说的传统中国社会来说,小说对于群治的影响可以说是无以复加其右的,这从说书与演戏在传统中国成为国粹、极为流行即可感知。传统小说在思想内容方面的一些腐败因子,借助小说强大的"势力"影响国民道德、思想、精神、风俗等无形"群治"方面是不容回避的。另外,

---

❶ 梁启超:《梁启超全集》,北京:北京出版社,1999年,第560页。

小说"效力"的实现是建立在人性心理基础上的自发行为，不是任何外力干预的结果。就人性来说，人的内心深处都有两种渴望，一种是超越冲动，一种是自明冲动，小说在文化生活不发达的时代能满足人性的这两种渴望。所以，元明清历代统治者因小说影响人心风俗、败坏社会风气而禁毁小说，其结果都是禁而不止，效果不显。这从反面说明了小说社会效力的巨大存在。第三，梁启超小说功用观是建立在唯识学基础上的。唯识学本质上是一种唯心主义，它认为一切皆心造，万法皆心。包括群治在内的世界万象都是心造的结果。在这个意义上，梁启超把中国群治腐败的"总根原"归于传统小说，就不难理解了。然而，决不能因此而认为梁启超对传统小说是持绝对否定态度的。因为就群治结果来说，梁启超否定的是传统小说落后腐朽的思想内容；对小说功用的"势力"方面，梁启超是肯定、推崇的。如上所述，梁启超对传统经典小说的艺术魅力，如《水浒传》《红楼梦》就十分推崇。也就是说，梁启超对传统小说的艺术之力（"势力"）是肯定的，他否定的只是传统小说的腐败思想产生的社会"效力"。这反映了梁启超小说功用观存在着内在矛盾。在理论观念上，梁启超肯定小说功用的"势力"，而对小说功用的"效力"，梁启超是一分为二的，既看到它造福人类的一面，又发现了它危害社会的一面。基于此，梁启超认为，要除旧，必自革除旧小说的内容开始；要新民，必自革新小说的内容开始。而小说的"势力"是他进行小说界革命的不变砝码。这样梁启超的"小说界革命"的目的就十分清楚了，他是要借助小说的"势力"来推行他小说新民的政治思想理念。这样，新小说，对于梁启超来说，就完全变成了他政治宣传的工具，文学的审美功用就演变为政治宣传工具。然而，梁启超小说功用观的内部固有的紧张却没有消失。因为对于小说功用来说，"势力"和"效力"是不能全然分开的，正像物质商品的价值与使用价值天然合一一样。小说实用主义的这种内部紧张决定了梁启超日后对新小说的反省和疏离。

梁启超对于新小说的"效力"的反思，主要体现在他1915年发表的《告小说家》一文中。此时，身处政治激流中的梁启超仍然没有忘怀小说与社会的关系问题。他以雄视千古的眼力，指出了小说与中国社会关系愈来愈密切。"自元明以降，小说势力入人之深，渐为识者所共认。盖全国大多数人之思想业识，强半出自小说。""十年前之旧社会，大半由旧小说之势力所铸成也。"❶正是基于这种认识，梁启超和当时的忧世君子一起开始提倡"小说之译著以跻诸文学之林"，把小说当作最快的"移风易俗"的手段以补救时世。令梁启超欣慰的是，自己十余年前热心倡导的小说界革命与新小说，此刻看来"其效不虚"，小说在中国已经跻入文学的殿堂，蔚为大观了。"今日小说之势力，视十年前增加倍蓰什百。"然而，有喜必有忧。新小说，作为文学，其"势力"增加了，但是新小说对于人心风俗的"效力"又如何呢？对于一心以救世为己任的梁启超来说，他提倡新小说的目的，是看中了小说移风易俗改造社会的"效力"。对于梁来说，小说作为文学的"势力"似乎只是他用小说实现改造社会的手段。且看梁启超对当时新小说的观察："观今之所谓小说文学者何如？呜呼！吾安忍言！吾安忍言！其什九则诲盗与诲淫而已，或则尖酸轻薄毫无取义之游戏文也，于以煽诱举国青年子弟，使其桀黠者濡染于险诐钩距作奸犯科，而摹拟某种侦探小说中之节目。其柔靡者浸淫于目成魂与逾墙钻穴，而自比于某种艳情小说之主人者。于是其思想习于污贱龌龊，其行谊习于邪曲放荡，其言论习于诡随尖刻。近十年来，社会风习，一落千丈，何一非所谓新小说者阶之厉？"❷

看来，梁启超对当时流行的新小说，尤其是侦探小说和艳情小说，是不满意的。因为他将这些新小说的"效力"与一落千丈的社会风习联系起来了。这表明此刻的梁启超与前此十多年发表《论小说与群治之关系》的梁启超相比，在小说与中国群治腐败的关系问题上，观念并没有改变，虽然他极力倡导新小说以改革群治。事实上，对于小说新民的"效力"艰难问题，梁启超是早有认识的。十余年前，梁启超就意识到小说"可爱可畏"的两面性，如今他以社会公众人物的身份对小说家沉痛忠告："吾侪操笔弄舌者，造福殊艰，造孽乃至易。"❸ 一种"曾经沧海难为水"的救世之情跃然纸上。

正是对新小说社会"效力"的反思与不满，使梁启超从此以后放弃了小说新民的政治功用理念。这之后，梁启超虽然放弃了具体的政治活动，

---

❶ 梁启超：《告小说家》，载陈平原，夏晓虹：《20 世纪中国小说理论资料（第 1 卷）》，北京：北京大学出版社，1997 年，第 510~511 页。

❷ 同上，第 511 页。

❸ 同上。

回归学术，但小说却没有进入他的学术视野。相反，他全然放弃了自己先前在理论和实践两方面大力推行的小说新民活动。1923年4月，梁启超在编撰《国学入门书要目及其读法》时说："苟非欲作文学专家，则无专读小说之必要。"❶他甚至对胡适所开的将小说列进最低国学入门书目表示了强烈不满。梁启超的"善变"之称由此可见一斑，其小说实用主义立场也走向另一极端：由于小说不实用，所以不必推广学习使用。

梁启超对小说功用的"势力"与"效力"的发现与区分，还具有批评史上的意义。它有助于廓清多年来学界对梁启超小说功用观批评的含糊性和不科学性。长久以来，在中国文学批评史上，存在着梁启超功利主义文学观与王国维审美主义文学观的所谓二元对立。如上所述，梁启超论述的关于小说理想派与写实派的两种"移人"力量已经涉及王国维在《红楼梦评论》中谈到的人生与艺术关系的本质，不同的是梁启超以积极进取的笔调谈论小说与人生的关系，王国维则以消极悲观的哲学思想来阐明人生与艺术的关系。梁启超关注的是小说作为文学给予人的积极力量，王国维关注的是小说从消极方面给予人的慰藉与解脱。两人都涉及小说作为艺术的审美功能，只是梁启超的小说审美功用观建立在传统文论的体用观思维理路基础上，不同于王国维《红楼梦评论》采用的西方本质主义审美观的理路。在梁启超那里，审美和功利两种价值取向并不矛盾，它们共同组成了梁启超小说的功用观的"不可思议之力"的基本内涵。

【参考文献】

[1][美] 勒内·韦勒克，奥斯汀·沃伦. 文学理论［M］. 刘象愚等译，南京：江苏教育出版社，2005.
[2]陈平原，夏晓虹. 20世纪中国小说理论资料（第1卷）［M］. 北京：北京大学出版社，1997.
[3]梁启超. 梁启超全集［M］. 北京：北京出版社，1999.
[4]梁启超. 饮冰室合集［M］. 北京：中华书局，1989.

【写作反思】

本文初稿完成于2005年下半年博士论文撰写期间，《云梦学刊》2007

---

❶ 梁启超：《饮冰室合集·专集之七十一》，北京：中华书局，1989年，第15页。

年第1期将主体部分刊发。

　　本文作为理论批评写作,是笔者博士论文中最有心得、自认为最有价值的部分。其理论价值表现为通过对梁启超小说经典文献《论小说与群治之关系》的细读,拈出了"势力"与"效力"作为梁启超小说功用观的两个基本范畴,对两者的基本内涵及其关系进行解读,进而廓清了梁启超小说功用观在中国现代小说批评史上的不当定位。

3.2 论梁启超对小说功用的实践创新

摘　要：梁启超小说功用观在实践上的创新在于他发现了小说新民的伟大功用，从而将更新传统小说与造就新的民族、新的国家的"想象社群"联系在一起，并借助现代印刷传媒，掀起了晚清新小说与中国现代民族主义思潮共时兴起的第一波。

关键词：梁启超；小说功用；实践创新；小说新民

晚清最后十年出现了一个"共时"的文化现象，那就是新小说与民族主义思潮同时滋生。这种现象与晚清流亡政治家梁启超密不可分。梁启超作为晚清"小说界革命"的旗手和"新小说"的推行者，在文学史上已成定论。作为中国现代民族主义第一人，梁启超在学界的地位也得以确认。而将梁启超的新小说与民族主义的兴起联系起来思考是从 21 世纪才开始的。

首次将小说与民族主义放在一起进行理论思考的是美国学者本尼迪克特·安德森和他那本专著《想象的共同体——民族主义的起源与散布》。在此书中，安德森探讨了小说和报纸作为"重现"民族的想象共同体的方式。❶ 如果说《想象的共同体——民族主义的起源与散布》着重探讨小说与民族主义起源的"共时性"，那么安德森的近著《比较的幽灵》则进一步探讨小说与民族主义的"历史性"，即认为两者之间并非永远紧密无间。中国学者将安德森关于小说与民族主义的关系的理论用于晚清新小说与中国民族主义兴起关系的思考，认为晚清"小说界革命"伴随第一波近代小说期刊的浪潮，谱写了一曲小说与民族主义的花好月圆。此后 1914 年第二

---

❶ ［美］本尼迪克特·安德森：《想象的共同体——民族主义的起源与散布》，吴叡人译，上海：上海世纪出版集团，2005 年，第 23 页。

波小说期刊浪潮就出现了与民族主义的离心倾向。❶ 应该说，这种研究尝试是有历史眼光的。现在要进一步追问的是在晚清新小说与民族主义是如何谱写"花好月圆"的？小说和报刊政论文是如何"重现"民族的想象共同体的？笔者拟以《新民丛报》刊载的《新民说》和《新小说》杂志登载的《新中国未来记》为互文范例，来具体勾勒这种关系。

一、共时性叙述：写作与传播

现在学界一般认为，在流亡日本的14年里，梁启超逐步形成了以新民为核心，以建立君主立宪国家为指归，以传统文化更新为基础的文化民族主义思想。梁启超文化民族主义思想是由他那笔锋常带感情的"新民体"政论文和他的政治小说《新中国未来记》共时性叙述来体现的。这里所谓"共时性叙述"，有两个方面的意指，一是指梁启超的《新民说》和《新中国未来记》几乎在同一个时间段构思撰写。《新民说》是梁启超1902～1906年发表在《新民丛报》上的20篇系列政论文，而《新中国未来记》是梁启超经过五年构思（1898～1902年）而撰写的一部发表"区区政见"的政治小说。梁启超流亡日本期间的写作往往是多种文体同时展开，而且边写边发。这种共时性的写作方式往往就使他头脑中关心的热点问题渗透到不同的文类中去，使他的不同文体在内容上成为一种互文。《新民说》的大部分政论和《新中国未来记》几乎都完成于1902～1903年。梁启超的"共时性"写作还表现在传播渠道与读者对象的一致性。《新民说》和《新中国未来记》都分别连载在《新民丛报》和《新小说》报上。就出版、传播渠道而言，《新小说》依附于《新民丛报》的发行。

《新民丛报》1902年2月在日本横滨创刊，编辑兼发行者署名冯紫珊，发行所署名上海英界南京路同乐里之广智书局，但编辑与印刷工作在横滨。《新民丛报》的经营方式采取股份制经营。1902年4月，梁启超在致康有为的信里说："《新民丛报》……现销场之旺，真不可思议，每月增加一千，现已近五千矣。似比前此《时务》，尚有过之无不及也。紫珊、为之等公议此报，股份分之为六，以二归弟子，而紫珊、为之、荫南、侣笙

---

❶ 陈建华：《"新小说"与"想像社群"》，《读书》，2000年第1期。

各占其一。"❶ 从中可知，梁启超作为《新民丛报》的主笔，所占股份比编辑兼发行人冯紫珊的还要多。

1902年11月《新小说》也在日本横滨创刊。《新小说》第1~12号编辑兼发行者署名赵毓林；印刷者署名岸太郎，横滨市山下町百六十番；发行所署名新小说社，横滨市山下町百六十番；印刷所署名《新民丛报》社活版部。《新小说》第二年第1~12号（原第13~24号）发行所改为上海广智书局发行，但印刷与编辑工作依然在日本横滨。《新小说》的发行，依托《新民丛报》，实行市场化运作——代售。"海内外各都会市镇，凡代派《新民丛报》之处，皆有本报寄售，欲阅者请各就近挂号。代派至十份以上者，照例提二成为酬劳。"❷《新小说》杂志依靠《新民丛报》的发行点很快传播到海内外。从广智书局派息广告列举的各预股诸君请就近持票向各代理处领取的信息来看，《新民丛报》的代理处涉及广东、上海、横滨、旧金山、巴拿马、温哥华、澳大利亚等海内外华人社区。❸ 对于《新民丛报》和《新小说》在国内的影响，梁启超后来在《清代学术概论》不无骄傲地说："自是启超复以宣传为业，为《新民丛报》《新小说》等诸杂志，畅其旨义，国人竞喜读之，清廷虽严禁不能遏。每一册出，内地翻刻本辄十数。二十年来学子之思想，颇蒙其影响。"❹ 从办刊宗旨意义上来说，《新小说》是对《新民丛报》的形象注解，是面向更广大读者群的一种"新民之道"。

从上述《新民丛报》和《新小说》共同的跨国方式的写作和传播来看，梁启超的民族主义思想随着现代印刷传媒传播到海内外华人社区，海内外华人通过阅读梁启超的《新民说》和《新中国未来记》的"互文"文字叙述，展开对祖国作为新型的民族国家的想象。

二、共主题演绎：新民

梁启超文化民族主义思想的核心是"新民"。为了宣传"新民为今日

---

❶ 梁启超：《梁启超全集》，北京：北京出版社，1999年，第5935页。
❷ 《中国唯一之文学报〈新小说〉》，《新民丛报》第14号。
❸ 《新民丛报》第19号广告。
❹ 丁文江、赵丰田：《梁启超年谱长编》，上海：上海人民出版社，1983年，第273页。

中国第一急务"这一理念,梁启超创办了《新民丛报》,开辟论说专栏,发表《新民说》《新民议》一系列政论。梁启超指出:

> 苟有新民,何患无新制度?无新政府?无新国家?……夫我国言新法数十年而效不睹者,何也?则于新民之道未有留意焉者也。今草野忧国之士,往往独居深念,叹息想望,曰:安得贤君相,庶拯我乎?吾未知其所谓贤君相者,必如何而始为及格。虽然,若以今日之民德、民智、民力,吾知虽有贤君相,而亦无以善其后也。❶

在这里梁启超不仅高瞻远瞩提出了问题,而且指出了解决问题的办法:新民之道在于革新"民德、民智、民力"。为了将这一政治理念形象化、通俗化,梁启超想起了与"群治"关系紧密的小说,提出了"小说新民"的主张。为此,他设法办了中国第一份小说期刊《新小说》,来连载他的政治小说《新中国未来记》,推行他心目中新民理想和理想的新民。

梁启超的"新民理想"建立在他的理性的文化民族主义思想基础上。作为中国近代民族主义的奠基者,梁启超的民族主义思想充满了理性的色彩,很少有种族和情绪的冲动,更多的是对国民性的深层思考和重新建构,通过对具有理想人格的"新民"的设计,而使中国最终达到"新国"的目标。"新民"构成他民族主义的主要内涵,这一思想也成为中国近代民族主义的重要内容。

至于如何新民,梁启超提出了立足中国现实与历史的新民方案:

新民云者,非欲吾民尽弃其旧以从人也。新之义有二:一曰淬厉其所本有而新之,二曰采补其所本无而新之。二者缺一,时乃无功。先哲之立教也,不外因材而笃与变化气质之两途,斯即吾淬厉所固有采补所本无之说也。一人如是,众民亦然。❷

所谓"淬厉其所本有而新之",在梁启超看来就是要创新中国固有文化的独特精神。如何创新呢?梁启超认为首先要保存"国民独具之特质",

---

❶ 梁启超:《梁启超全集》,北京:北京出版社,1999 年,第 655 页。
❷ 同上,第 657 页。

这是"民族主义的根底、源泉"(《释新民之义》)。只有这样,"群乃结,国乃成"。然而,"保存"不等于让其"自生自长",就像树木生长必须年年有新芽,水井之水时时有新泉,必须以积极的态度对待固有文化,通过"濯之、拭之""锻之、炼之""培之、浚之",使之"日新"。

所谓"采补其所本无而新之",在梁启超看来就是要采集外国立国的长处来补充我国固有文化所没有的来新民。梁启超认为,我国固有文化只有"个人""家人""乡人、族人""天下人",而无"国民";在一个弱肉强食、优胜劣败的时代,列国之所以强于我国,根本在于他们的民德、民智、民力。所以我们应该从民德、民智、民力等方面来更新旧民使之成为国民。

由上可知,梁启超新民观采取了一种"保守"与"进取"相调和的立场。在梁启超看来:"所谓新民者,必非如心醉西风者流,篾弃吾数千年之道德、学术、风俗,以求伍于他人,亦非如墨守故纸者流,谓仅抱此数千年之道德、学术、风俗,遂足以立于大地也。"梁启超的"保守"不是抱残守缺,而是中国古代先哲"立教"的"因材而笃",因国民的特质而施教,这就是梁所谓的"淬砺所固有"。梁启超的"进取"不是数典忘祖,全盘西化,而是"采补所本无"来变化国民气质。

梁启超《新民说》的"新民理念"指导了他《新中国未来记》创作的"新民想象"。《新中国未来记》的主人公黄克强和李去病就是梁启超"理想新民"的典范。

从学养背景来看,小说中的黄克强、李去病两人可以说是学贯中西的名士。从国学修养来说,两人同出宏哲名儒门下。黄克强是清末大儒朱九江的高弟黄群的儿子,李去病是黄克强的师弟。中日甲午战争后,出于民族危机的考虑,黄群让二人去英国留学。在去西方求学途中,二人携带的是康有为的《长兴学记》和谭嗣同的《仁学》这两部思想开放的国学新著。到英国后,二人同进牛津大学。黄专修政治、法律、经济等西学,李去病主攻格致(自然科学)和哲学。三年后,黄克强进入德国柏林大学,李去病进了法国巴黎大学。一年半后,二人学成毕业,周游欧洲后取道俄罗斯归国。在山海关,二人受到俄国殖民东北的刺激,就中国的未来展开长达44次的辩论。辩论的中心是"革命"与"改良"的问题。梁启超《新中国未来记》设计的"理想新民"不仅文化上学贯中西,会通中学与西学，而且关心政治，有传统士人心系天下的责任感。在黄、李二人身上"学"与"政"是贯通的，他们是理想的新儒家的形象，是梁启超文化民族主义的代言人。

三、共目标诉求：民族国家

梁启超是在中华民族面临危亡的语境中提倡民族主义的，其目的是为了建立独立的民族国家。梁启超在《新民说·论新民为今日中国第一急务》给予民族主义作了一个功能界定："民族主义者何？各地同种族、同言语、同宗教、同习俗之人，相视如同胞，务独立自治，组织完备之政府，以谋公益而御他族是也。"❶对民族主义抵御外族的功能，梁启超还作了价值判断，声称它是"世界最光明正大公平之主义也。不使他族侵我之自由，我亦毋侵他族之自由。其在于本国也，人之独立；其在于世界也，国之独立。"❷ 这是中国最早对民族主义功用的界定。梁启超因此也成为中国近代民族主义的奠基人。梁启超基于对国民素质的高下与民族国家强衰的内在逻辑关联的认识，始终把"新民"作为其民族主义的核心内容，反映了他在近代的历史景观下对民族主义的深刻理解。正是从民族国家立场高度，梁启超认识到新民对于新国的基础作用，提出了小说与群治关系的新设想，号召"小说界革命"，创办《新小说》杂志，用来"发起国民政治思想，激励其爱国精神"，并撰写《新中国未来记》，就拯救国家的具体办法进行长达44回的论战。梁启超用小说的形式将法国的民族主义和德国的国家主义介绍给国民，就是希望通过"吾民"的维新，培养新的民族国家意识，确立新的价值观念和行为方式，组织新的国民群体。梁启超认识到，国家的进步是与多数国民的进步联系在一起的。他在《过渡时代论》中说："凡一国之进步也，其主动者在多数之国民，而驱役一二之代表人以为助动者，则其事罔不成；其主动者在一二之代表，而强求多数之国民以为助动者，则其事鲜不败。故吾所思所梦所祷祀者，不在轰轰烈烈独秀之英雄，而在芸芸平等之英雄！"❸ 为了培育更多普通英雄，1902年梁启

---

❶ 梁启超：《梁启超全集》，北京：北京出版社，1999年，第656页。
❷ 同上，第459页。
❸ 同上，第466页。

超创办《新民丛报》，就以"欲新吾国，当先维新吾民"为宗旨。在他看来，民族主义乃立国之本，它的实现是有条件的——全体国民之国民资格的具备。

四、共文化更新：公德与私德

这里所说的共文化更新是指梁启超在《新民说》和《新中国未来记》中共同涉及到的包蕴于国民性中的民族文化的更新。与西方相比，面对中国的积弱，梁启超将原因最后归结为国民性的问题。❶ 所谓"国民性"，是指渗透在一个民族或一个国家的文化中的内在精神或心理模式，具体表现为国民的性格、价值规范和风度。作为一种精神和文化现象，国民性普遍存在于民族群体之中，成为民族生存和延续的内在纽带。梁启超"新民"命题的提出，在深层文化意义层面上，就是在近代中国新的历史景观下探索国民性，解剖、重构民族文化心理。梁启超认为，道德作为本体，由公德和私德组成。"人人独善其身者谓之私德，人人相善其群者谓之公德。"对于传统"以德立国"的中国来说，梁启超认为，中国偏重于"私德"，最缺的是"公德"。❷ 对于公德、私德的作用，梁启超认为"无私德不能立"，"无公德不能团"，两者都无以"立国"。在《新民说》撰写的前期，梁启超偏重提倡西方意义上的"公德"，1903年访美归来后，梁启超似乎回到了传统的"私德"，1905年他撰写《论私德》一篇长文，明确指出新的公德不能独立存在，需要私德的必要配合。❸ 关于私德之必要，梁启超从"群治"的高度进行比较强调，他说："夫言群治者，必曰德，曰智，曰力。然智与力之成就甚易，惟德最难。"❹ 在《新中国未来记·第3回》梁启超借黄克强之口表达了个人道德修养难养的问题，"天下事别的都还容易，只有养成人格一件，是最难不过的。"在梁启超看来，要以新道德更新国民，读外国"新道德学"是不能见效的，因为道德根子在行为，不在言论。面对"为学日益，为道日损"的现状，梁启超拿出了祖宗的修养

---

❶ 梁启超：《梁启超全集》，北京：北京出版社，1999年，第414页。
❷ 同上，第660页。
❸ 张灏：《梁启超与中国思想的过渡（1890~1907）》，南京：江苏人民出版社，1997年，第194页。
❹ 梁启超：《梁启超全集》，北京：北京出版社，1999年，第719页。

法宝："正本""慎独""谨小"。❶这再次证明了梁启超"新民"思想在文化层面上"淬厉"和"采补"——融合中西思想资源的重要性。

梁启超在《新民说》系列文章中对国民性的探讨，也反映在他的小说观念和小说译著之中。在《译印政治小说序》中，梁启超援引英国某名士的话说："小说为国民之魂。"可见，梁启超已经认可文学对国民精神表现的独特意义。在《论小说与群治之关系》中，梁启超把中国群治的腐败归因为腐败的国民性，而腐败的国民性在梁启超看来，又是由旧小说造成的。基于此种认识，梁启超认为"欲改良群治，必自小说界革命始；欲新民，必自新小说始"。这样，梁启超就将小说与国民性关系的问题延伸到现实社会政治领域。梁启超之所以强调小说与群治的关系，是他意识到了文学对国民性的涵养与传承的意义。"国民性何物？一国之人，千数百年来受诸其祖若宗，而因以自觉其卓然别成一合同而化之团体，以示异于他国民者是已。国民性以何道而嗣续？以何道而传播？以何道而发扬？则文学实传其薪火而管其枢机。明乎此义，然后知古人所谓文章为经国大业、不朽盛事者也，殊非夸也。"❷梁启超对小说与国民性关系的认识，开启了中国现代文学改造国民性的启蒙主题。这样梁启超的小说观念和他的《新民说》政论文章一起吹响了国民性改造的号角，为传统儒家文化的更新提供了强大的舆论支持，为晚清后来的国体、国性、国民之创造提供了想象的公共空间。

【参考文献】

[1][美]本尼迪克特·安德森. 想象的共同体——民族主义的起源与散布[M]. 吴叡人译，上海：上海世纪出版集团，2005.

[2]陈建华. "新小说"与"想像社群"[J]. 读书 2000（1）.

[3]梁启超. 梁启超全集[M]. 北京：北京出版社，1999.

[4]丁文江，赵丰田. 梁启超年谱长编[M]. 上海：上海人民出版社，1983.

[5]张灏. 梁启超与中国思想的过渡（1890～1907）[M]. 南京：江苏人民出版

---

❶ 梁启超：《梁启超全集》，北京：北京出版社，1999年，第722～725页。
❷ 梁启超：《〈丽韩十家文钞〉序》，载《饮冰室合集·文集之三十二》，北京：中华书局，1989年，第35页。

社, 1997.

[6]梁启超. 饮冰室合集［M］. 北京：中华书局, 1989.

【写作反思】

本文作为博士论文部分初稿完成于 2005 年 10 月，刊发于《湖北社会科学》2008 年第 2 期。

本文作为理论批评，立论核心在于思想的发现，即指出梁启超发现并致力于新小说新民的伟大实践。

本文在微观论证方面的特点是比较论证，即将《新民丛报》刊载的《新民说》与《新小说》杂志登载的《新中国未来记》作为互文范例，来具体比较论述梁启超当时是如何实践"新小说"与"新民"的这一伟大发现的。

3.3 论梁启超的"应用佛学"与其小说观的关系

摘　要：梁启超的"应用佛学"思想及其小说观，学界多有论述，而将两者联系起来的论述却少见。细读梁启超的两篇小说论文《论小说与群治之关系》和《告小说家》，发现梁启超的小说观与其"应用佛学"关系密切。梁启超运用他心目中的佛学宗旨、思维和术语来比附解释他心中的新小说的宗旨、特征、作用。梁启超以佛学论述小说的思维来源于传统文论又超越传统文论，具有强烈的功用色彩。

关键词：梁启超；应用佛学；小说观；功用

"应用佛学"这个术语出自梁启超对于谭嗣同《仁学》的评价。在《论佛教与群治之关系》中，梁启超指出："西人于学术每分纯理与应用两门，如纯理哲学、应用哲学、纯理经济学、应用生计学等是也。浏阳《仁学》，吾谓可名为应用佛学。浏阳一生得力在此，吾辈所以崇拜浏阳步趋浏阳者亦当在此。"[1] 梁启超作为中国 20 世纪初最有影响的百科全书式的人物，一生尤好佛学，也得力于佛学。梁启超的佛学思想如果以"五四"为界，也可分为应用和纯理前后两个时期。前期为应用佛学时期，即以佛学为工具来"砥砺志气"、阐明学理、宣传维新。后期为纯理佛学时期，即从学术史上来梳理佛教教义及其历史。对梁启超"应用佛学"思想做专题研究的不乏其人，但将他的"应用佛学"与其新小说新民观的关系联系起来的研究，却一直被学术界忽视。细读梁启超小说功用观的纲领性文章《论小说与群治之关系》及《告小说家》，发现梁启超的小说学与他的"应用佛学"关系密切，即梁启超运用他心目中的佛学的宗旨、思维、术语来比附解释他心目中的小说的宗旨、特性、作用。鉴于梁启超的小说论

---

[1] 梁启超：《饮冰室合集・文集之十》，北京：中华书局，1989 年，第 49 页。

都集中于"五四"前的"应用佛学"时期,而且梁启超认为"佛学以救世为主",其宗旨与儒学一样"在用",所以,本文试图从梁启超的"应用佛学"的角度来解读他的小说功用观的形成及其内涵特征。

一、"心境":佛学"心境"体验与小说欣赏体验的沟通导致小说两派分类

梁启超发现了小说"有不可思议之力支配人道"。梁启超对于这个发现的论证,不像西方哲学从形而上的本质开始,也不像形式主义文论从小说文本开始,而是从中国传统儒学的起点"人心"开始,从人类为什么酷爱小说的"心理"说起,从人性的不满现状和无法表达现状展开分析。"吾今且发一问:人类之普通性,何以嗜他书不如其嗜小说?"在对答者"以其浅而易解故,以其乐而多趣故"——排除之后,梁启超继之以"吾冥思之,穷鞫之",推出:

殆有两因:凡人之性,常非能以现境界而满足者也。而此蠢蠢躯壳,其所能触能受之境界,又顽狭短局而至有限也。故常欲于其直接以触以受之外,而间接有所触有所受,所谓身外之身,世界外之世界也。此等识想,不独利根众生有之,即钝根众生亦有焉。而导其根器,使日趋于钝,日趋于利者,其力量无大于小说。小说者,常导人游于他境界,而变换其常触常受之空气也。此其一。人之恒情,于其所怀抱之想象,所经阅之境界,往往有行之不知,习矣不察者;……有人焉,和盘托出,彻底而发露之,则拍案叫绝曰:善哉善哉,如是如是。所谓"夫子言之,于我心有戚戚焉"。感人之深,莫此为甚。此其二。此二者,实文章之真谛,笔舌之能事。苟能批此窾,导此窍,则无能为何等之文,皆足以移人;而诸文之中能极其妙而神其技者,莫小说若。故曰,小说为文学之最上乘也。由前之说,则理想派小说尚焉;由后之说,则写实派小说尚焉。小说种目虽多,未有能出此两派

范围外者。[1]

在这里，梁启超从人性的角度采用大量佛教语言描述了人类特别钟情于小说的两种原因。一是小说"常导人游于他境界"，使"人心"的不满现状得到满足。二是小说能深入读者"我心"，为"行之不知，习矣不察"的读者代言。这两种原因的分析实际建立在佛教"唯识宗"基础上。因为，在梁启超的应用佛学知识中，梁启超特别推崇"心力"的作用。1900年3月他在《清议报》发表《唯心》一文，说"境者，心造也。一切物境皆虚幻，唯心所造之境为真实"。梁启超十分重视"三界唯心的真理"，并将自己的这些佛学心得用于人心钟爱小说的思考上，以小说读者自心为中心将世界万物分为"他境界"（间接）和"现境界"（直接）。而小说作为文体在"诸文"（在梁心目中当为传统的文章，也即今天所谓的"泛文学"）中"移人""能极其妙而神其技"，所以，梁启超得出结论："小说为文学之最上乘也。"在此基础上，梁又将小说分为两派，"由前之说，则理想派小说尚焉；由后之说，则写实派小说尚焉"。这在中国小说批评史上破天荒的第一次将西方美学理论术语用于中国文学批评。其思维方式却受到佛教思想的启迪，以佛学知识比附西方美学知识来解释小说理论问题。梁启超的这种中西会通的思维方式在其流亡日本期间得以形成，并运用于"新民"学说的宣传中。如，在1903~1904年发表的《近世第一大哲康德之学说》中，梁启超即用佛学比附康德学说，对康德学术思想进行介绍。值得注意的是梁启超将小说分为两派：理想派和写实派，虽然采用了西方文学理论术语命名，但对其内涵解释却是东方佛教思想的体验描述，特别是梁启超自己的"应用佛学"知识。它既不同于传统小说批评术语关于题材的虚与实，也不同于西方创作方法上的浪漫主义与现实主义，它只是一种接近现代逻辑意义上的小说分类法。尽管如此，梁启超对小说"两派"的分类却突破了传统小说分类上的杂乱、烦琐、不科学。梁启超关于"小说为文学之最上乘"的论断，尽管还是从中国泛文学的范围上"逼出"来的，但是，他第一次把小说提高到文学最上乘的地位，标志着中国小说理论开始与西方现代文学理论在观念和术语上双接轨。

---

[1] 梁启超：《饮冰室合集·文集之十》，北京：中华书局，1989年，第6~7页。

二、"心力":佛法"熏""浸""刺""提"与小说阅读感染力的暗合

"万法唯心。"在梁启超的应用佛学看来,"心"不仅是"三界"的缔造者,而且是大千世界的动力。"心力"是佛法修养的表征,也是文章阅读的动力。在梁启超看来,佛典作用于信徒与小说作用于读者是相通的,它们的中介就是"心力"。

在以上关于小说与诸文章的比较中,逼出了"小说为文学之最上乘"观念及其可分为"理想"与"写实"两派后,梁启超又进一步指出,"小说之支配人道也,复有四种力;一曰熏。……二曰浸。……三曰刺。……四曰提。……"这"四力"的提法都是佛教术语,对其解释,也是使用的东方佛教描述方式。如:

> 熏也者,如入云烟中而为其所烘,如近朱墨处而为其所染;《楞伽经》所谓"迷智为识,转识成智"者,皆恃此力。人之读小说也,不知不觉之间,而眼识为之迷漾,……刹那刹那,相断相续,久之而此小说之境界,遂入其灵台而据之,成为一特别之原质之种子。……此种子遂可以遍世界,一切器世间有情世间之所以成所以住,皆此为因缘也。而小说则巍巍焉具此威德以操纵众生者也。
>
> ……熏以空间言,故其力之大小,存其界之广狭;浸以时间言,故其力之大小,存其界之长短。浸也者,入而与之俱化者也。人之读一小说也往往既终卷后数日或数旬而终不能释然,读《红楼》竟者,必有余恋有余悲……何也,浸力使然也。我佛从菩提树下起,便说偌大一部《华严》,正以此也。
>
> ……刺也者,刺激之义也。熏浸之力利用渐,刺之力利用顿。熏浸之力在使感受者不觉;刺之力,在使感受者骤觉。刺也者,能使人于一刹那顷,忽起异感而不能自制者也。我本蔼然和也,乃读林冲雪天三限,武松飞云浦一厄,何以忽然发指?……若是者,皆所谓刺激也。……禅宗之一棒一喝,皆利用此刺激力

以度人者也。此力之为用也文字不如语言。然语言力所被，不能广不能久也，于是不得不乞灵于文字。在文字中，则文言不如其俗语，庄论不如其寓言。故具此力最大者，非小说末由。

……前三者之力，自外而灌之使入；提之力，自内而脱之使出。实佛法之最上乘也。凡读小说者，必常若自化其身焉，入于书中，而为其书之主人翁。读《野叟曝言》者，必自拟文素臣；读《石头记》者，必自拟贾宝玉；……夫既化其身以入书中矣，则当其读此书时，此身已非我有，截然去此界已入于彼界，所谓华严楼阁，帝网重重，一毛空中，万亿莲花，一弹指顷，百千浩劫，文字移人，至此而极。然则吾书中主人公而华盛顿，则读者将化身为华盛顿，……有断然也。度世之不二法门，岂有过此？❶

以上"四力"的解释，我们注意到一个共同点是紧扣读者心理，以佛法（熏、浸、刺、提）的接受方式和接受效果来比附小说对读者的心理影响，从时间与空间、渐与顿、外与内等几个对立范畴分析"小说支配人道"的巨大作用。"有此四力而用之于善，则可以福亿兆人；有此四力用之于恶，则可以毒万千载。而此四力所最易寄者，唯小说。可爱哉小说，可畏哉小说。"❷ 很明显，梁启超是从佛教"唯识论"角度，以心（或者说心力）为本体来论述小说阅读感染力的，涉及小说阅读心理过程的方方面面，具有现代接受美学与读者反应理论的读者取向（Reader-oriented）因素。但是，梁启超心目中的小说"移人"——读者反应是一种被动的接受，即随小说文本的刺激而起变化，与尧斯接受美学的读者主导的"期待视域"不同。从社会改良的心理层面来看，梁启超的"小说新民"的观念或许根源于此。1900年3月1日，梁启超在《清议报》第37期发表《惟心》一文，开篇即言："境者，心造也。一切物境皆虚幻，惟心所造之境为真实。"结尾指出"除心中之奴隶"，"则人人可以为豪杰"。❸ 这充分显示了梁启超用小说改良群治的"惟心论"根源。

---

❶ 梁启超：《饮冰室合集·文集之十》，北京：中华书局，1989年，第7~8页。
❷ 同上，第8页。
❸ 梁启超：《饮冰室合集·专集之二》，北京：中华书局，1989年，第25页。

三、"心识"：群治的腐败和改良与小说的社会作用

在梵文中，"识"（Vijnana），是 vi（分析、分割）和 jnana（智）的合成语，意指对对象进行分析、分类所起的认识作用。"识"也作"心"，在唯识学上称识而不称心，只是一种方便，实际上"心"与"识"在唯识学那里是一体两面的东西。如《大乘法苑义林章》曰："识者心也。"❶ 在梁启超的应用佛学看来，"心"不仅有"心力"驱动世界，而且有"心识"认识世界、改造世界。小说在社会上流行，作为一种"识"，既可以造就社会的腐败，也可以认识社会的腐败，还可以改良人心以致改良社会。

如果说梁启超在文本中关于小说"两派""四力"的论述，还只是从社会心理学层面阐述"小说之为体"具有"不可思议之力支配人道"，那么，小说之"为用"对于现实社会又有什么意义呢？梁启超从人类普遍"嗜小说"，"天下万国凡有血气者莫不皆然"的心理角度，指出小说对于群治有不可或缺的必然影响："小说之在一群也，既已如空气如菽粟，欲避不得避，欲屏不得屏，而日日相与呼吸之餐嚼之矣。"小说对于人群既然这样重要，如果它"含有秽质"，"含有毒性"，那么，受它影响的人群将"老病苦死，终不可得救"。据此，梁启超推断"吾中国群治腐败之总根原，可以识矣"❷。对于这个推论，如何理解呢？后世不少研究梁启超小说观的人认为：梁启超把"中国群治腐败之总根原"都归之于小说的影响，是"本末倒置"的"错误"。我们认为，这种看法正如梁启超视"小说之在一群"如"空气""菽粟"的夸张一样，是文字在书写/接受过程中自身张力所致的错位。换句话说，是文字在阅读过程中的一种难以避免的误读，一种理解的歧义。问题的关键是，梁启超陈述这句话的角度是佛教的"成唯识论"，"知此义，则吾中国群治腐败之总根原，可以识矣"。它的意思有两层：一是小说特别是"有毒性"的小说作为"识"影响了人群（众生），是群治腐败的"总根原"，但此"总根原"属于佛教"成唯识论""八识"中的第八识，即阿赖邪识，在唯识结构中，是一切"识相"的总根，不是我们一般理解的发生学上的源泉。二是小说作为"识"

---

❶ 参阅黄晨：《阿赖耶识试析》，《浙江大学学报》（人文社会科学版），2002 年第 3 期。
❷ 梁启超：《饮冰室合集·文集之十》，北京：中华书局，1989 年，第 8 页。

是可以"转识成智"的，即通过改变小说的性质来开启民智。当然，这个过程是相当复杂漫长的，需要慧根和修行，两者缺一不可。只有这样理解，我们才能更好地理解梁启超在上文中关于小说作用似乎矛盾的价值判断："可爱哉小说，可畏哉小说。"也才更好地理解下文梁启超一方面哀叹"小说陷溺人群"，小说出版商操纵一国之主权，"吾国前途尚可问耶？"另一方面，又指出小说改良的宗旨和方向："今日欲改良群治，必自小说界革命始；欲新民，必自新小说始。"

这个结论归纳了论题"小说与群治之关系"的两层含义：一是要改良群治，必须从小说界革命开始；一是要新民，必须从新小说开始。从时间上看，他们似乎前后相续，从逻辑言，他们是一体两面，改良群治就是新民，小说界革命就是要新小说，换一句话说就是文本开头提出的"小说新民"观点。从学术背景来看，这个结论也充分体现了王阳明"知行合一"说，是梁启超的"阳明心学"修养在小说理论上的具体应用。

在《论小说与群治之关系》中，梁启超从王阳明"人心为万物之主""心即良知，不假外求"的心学观出发，将小说与群治联系起来观察，并用佛教"成唯识论"的教义"识"观照二者关系，将中国国民旧有思想性格和乖戾行为归之于小说造成的"我识"，指出小说"陷溺人群"的危险前途。同时，通过"转识成智"的转变功能，反向得出结论："故今日欲改良群治，必自小说界革命始；欲新民，必自新小说始。"梁启超就这样将阳明心学"知行合一说"与佛教"成唯识论"的"转识成智"说糅合在一起，将传统的学术资源整合为现实政治改良服务。

四、"心业"：业力轮回与小说家的责任

1915年，身处政治激流中的政治家梁启超在《中华小说界》第二卷第1期上发表《告小说家》一文，对小说家进行深情劝告。该文首先回顾了自古以来小说家地位低下，贤明君子不屑染指小说。然而，元明以来小说势力入人之深渐为识者共认。接着该文总结了十余年前梁启超提倡新小说以来，小说在社会上的势力陡增数倍，并预测"今后社会之命脉，操于小说家之手者泰半"。在此基础上，梁启超尖锐地指出新小说"什九诲盗诲淫"带来"社会风习，一落千丈"。最后，梁启超深情地向小说家发出沉

批评的踪迹 >>>>>>>

痛警告：

> 呜呼！世之自命小说家者乎，吾无以语公等，惟公等须知因果报应，为万古不磨之真理，吾侪操笔弄舌者，造福殊艰，造孽乃至易。公等若犹是好作为妖言以迎合社会，直接坑陷全国青年子弟使堕无间地狱，而间接戕贼吾国性使万劫不复，则天地无私，其必将有以报公等，不报诸其身，必报诸其子孙；不报诸今世，必报诸来世。呜呼！吾多言何益？吾惟愿公等各还诉诸其天良而已。❶

这段文字可以视为作者对晚清新小说"效力"的反思。反思中包含着这位新小说提倡者的沉痛与无力。这位曾经以佛学作为理论武器来阐释小说的力量，掀起"小说新民"的新小说家，仍然借用佛学的业力轮回理论，对新小说家寄予劝告。这位置身于政治风云的政治家依然相信小说的业力无处不在，个人行为造的业不仅决定自己的命运，而且延及子孙，影响国民性格。这位新小说家晚年潜心于学术，对一生信仰的"心业"进行学理总结。他说，"业"梵名 Karma，音译为"羯磨"，用现在的话来解释，大约是各人凭自己的意志力不断的活动，活动反应的结果，造成自己的性格，这性格又成为将来活动的根柢支配自己的运命，从支配运命那一点说，名曰业果或业报。业是永远不灭的，除非"业尽"——意志活动停止。活动若转一个方向，业便也转个方向而存在。业果业报决非以一期的生命之死亡而终了。死亡不过这"色身"——物质所构成的身体循物理的法则由聚而散。生命并不是纯物质的，所以各人所造业并不因物质的身体之死亡而消减。死亡之后业的力会自己驱引自己换一个别的方向、别的形式，又形成一个新的生命。这种转换状态名曰"轮回"。懂得轮回的道理，便可以证明"业力不灭"的原则。❷

综上所述，梁启超这位 20 世纪初"小说界革命"的提倡者，新小说的先驱，他对小说"势力"的发现，对小说观念的革新，对小说特征的认

---

❶ 梁启超：《饮冰室合集·文集之三十二》，北京：中华书局，1989 年，第 68 页。
❷ 梁启超：《饮冰室合集·专集之五十四》，北京：中华书局，1989 年，第 15 页。

识，对小说魅力的描述，对小说与群治关系的揭示，对新小说家社会责任的反思，都建立在他信仰的唯识论哲学基础上，"心""心境""心力""心识""心业"这些佛学知识背景，与梁启超的孔孟儒学、阳明心学知识背景相互激荡，应合时代的呼唤，孕育了梁启超小说观经世济民的改良思想。我国近代小说批评史专家黄霖指出，梁启超小说观的"思想根柢始终未脱孔孟儒学，而偏取陆王心学，今文经学，并杂取佛学，又无限制地吸取西方哲学社会学说"。❶ 在梁启超小说观的形成过程中，他的"应用佛学"无疑成了他的小说观表达的工具理性，或许这就是黄霖先生所谓的"杂取佛学"了。从《论小说与群治之关系》到《告小说家》即为明证。

五、"应用佛学"与小说功用的"工具理性"

在中国文论史上，自佛教传入中国以来，"以佛论文"即成为传统文论的一个重要特色，也成为中国传统文化儒道释融合的一个表征。这个融合的基础就是东方民族共同的诗性智慧。正是儒道释三教人学的诗性精神铸造了传统文论重体验直观的文论特征。在这个铸造过程中，佛学从人心出发的唯识本体论、因明逻辑、佛教术语体例及修佛言说方式，启迪了中国古代历代文论家的灵感，不仅带来文论思想观念的变革，而且提供了文论言说术语、入思路径、体例框架。南朝刘勰的《文心雕龙》被称为古代第一部"体大虑周"的文论著作，它之所以"空前绝后"，受佛学的影响已被学界所公认。范文澜先生说："彦和精湛佛理，《文心》之作，科条分明，往古所无。自《书记》篇以上，即所谓界品也，《神思》篇以下，即所谓问论也。盖采取释书法式而为之，故能思理明晰若此。"❷ 南宋严羽的《沧浪诗话》更是"以禅喻诗""以禅论诗"，严羽拿禅道来谈论诗道，提出了"妙悟""兴趣"的诗学命题，对后代的诗歌创作与批评产生巨大影响。梁启超以佛学论小说，可以说是承接了中国传统文论以佛论文的传统，首次发现了小说的巨大社会作用，提高了小说的社会地位和文学价值，竖起小说界革命的旗帜，为理论上创立小说学作了积极的尝试。不

---

❶ 王运熙，顾易生主编：《中国文学批评通史·七（近代卷）》，上海：上海古籍出版社，1996年，第361页。

❷ 转引自周振甫：《文心雕龙注释·前言》，北京：人民文学出版社，1981年，第5页。

过，梁启超的以佛论小说，与刘勰《文心雕龙》着重以佛理逻辑思维营构"体大虑周"的体系不同，也与严羽《沧浪诗话》强调以禅道入诗道的审美主体对客体的直观体验不同。梁启超以佛学论小说是以读者接受取向为中心，从探索读者"嗜爱"小说的心理出发，通过"冥思之，穷鞠之"的禅宗般的内心寻求，终于发现"小说为文学之最上乘"及理想与写实两派的类型。至于小说支配人道的"熏、浸、刺、提"四力"知此义，则吾中国群治腐败之总根原，可以识矣"的命题；对"小说家操纵一国之命运"的忧虑，等等，无不是以佛教唯识论为工具得出的。可以说，正是梁启超的应用佛学，使他在理论观念上发现了小说的功用价值："小说为文学之最上乘"；认识到了中国旧小说是"群治腐败的总根原"的消极作用；看到了新小说"转识成智"，改良群治的巨大潜能。同时，梁启超的佛学知识也为他阐释小说特性和功用提供理论武器。具体说，一是用佛学语言来描述小说功用和特性，如梁启超用大量佛教语言描述人类钟爱小说的心理，将小说不可思议的"四力"用佛教术语"熏、浸、刺、提"来概括，对其解释也是使用的东方佛教描述方式。二是用佛学的体验思维方式来解释小说功用。梁启超用佛教"心境"体验来参悟小说欣赏体验，将小说分为理想派和写实派两个类型。用佛学"熏、浸、刺、提"的作用方式来比附小说艺术功用的感染力。三是用佛学理论来解释小说功用的"效力"。当梁启超看到新小说的"势力"与"效力"在民国社会不一致时，梁启超感到痛惜，于是借用佛学的业力轮回理论，对新小说家寄予劝告：个人行为造的业不仅决定自己的命运，而且延及子孙，影响国民性格。佛教因果报应理论成为梁启超小说功用不灭论的理论根据。总之，梁启超的"应用佛学"知识为他的小说功用观提供了"工具理性"。所以，致力于维新新民的梁启超才拿起小说这一利器，发动"小说界革命"，推进新小说的创作。

【写作反思】

本文初稿作为博士论文部分完成于 2005 年暑假，刊发于《湖北大学学报》（哲学社会科学版）2006 年第 3 期。

本文选题的发现得益于对梁启超两篇小说论文《论小说与群治之关

系》和《告小说家》的文本细读。记得当时博士论文撰写期间,这两篇文论是梁启超不多的系统论述小说功用的文章,笔者采取苏轼八面读书法,从不同角度来解读分析梁启超小说思想,发现两篇文章中都有大量的佛学用语与佛学表述,于是大胆假设,小心求证,有了本文的写作思路和文章。

3.4 "道"与"艺"的冲突：
梁启超小说宣传思想论

摘　要：梁启超把新小说当作政治宣传的工具，其思想经历了政治教化、舆论清议和唤醒国民三个阶段。梁启超新小说实践存在着"道"与"艺"的冲突，即一味强调小说的政治宣传功用，忽视小说的艺术创作规律，忽视读者欣赏小说的消闲心理，给新小说的创作和传播带来一些负面影响。

关键词：小说宣传；"道"；"艺"

一

在传统中国利用小说来宣传宗教教义，古已有之。但是，利用小说来进行政治宣传却是近代才开始的。例如，19世纪中期清政府为了配合武力剿灭太平天国，大量刊印发行长篇小说《荡寇志》。而真正从言论到创作大规模地利用小说作为政治宣传的工具的，梁启超是第一人。在戊戌变法前后的十余年间，是梁启超活跃于晚清历史舞台的时期。在这段时期，梁启超的社会身份经历了从维新政论家到政务活动家，再到政治流亡人士的转变。在此转变过程中，梁启超敏锐地发现了小说对于政治维新与变革的宣传功用。与此相适应，梁启超的小说宣传思想经历了萌芽、形成和成熟三个阶段。

第一阶段：小说宣传思想的萌芽：启蒙教科书。

早在戊戌变法之前，梁启超就注意到小说与民众教化启蒙的关系。1896年梁启超在《时务报》上发表《变法通议·论幼学》之五《论说部书》，就小说言文一致的特点指出"今宜专用俚语，广著群书；上之可以借阐圣教，下之可以杂述史事，近之可以激发国耻，远之可以旁及夷情，乃至宦途丑态，试场恶趣，鸦片顽癖，缠足虐刑，皆可穷极异形，振厉末俗，其为补益岂有量耶！"❶ 这里梁启超注意到的是小说作为通俗教化的工具作用，是对传统圣教、历史、文教等形式的补充。小说在这里还只是梁启超政治变法的一个基础工作——对民众进行教化。随后，梁启超小说宣传思想有了发展，在《〈蒙学报〉〈演义报〉合叙》中，梁启超指出："西国教科之书最盛，而出以游戏小说者尤夥；故日本之变法，赖俚歌与小说之力，盖以悦童子，以导愚氓，未有善于是者也。"❷ 这里梁启超从域外小说的教化功用中看到了利用小说"悦童子""导愚氓"的启蒙教科书的可能。

第二阶段，小说宣传思想的形成：政治清议。这开始于戊戌变法失败，梁启超流亡日本，主持《清议报》的宣传时期（1898 年 12 月～1901年 12 月）。

1898 年 12 月，流亡日本仅三个月的梁启超，在旅日华商冯镜如、冯紫珊、林北泉等人的技术和资金的资助下，在日本横滨创办了《清议报》。❸ 但《清议报》版权页上署名"发行人兼编辑人英国人冯镜如"。对于《清议报》的诞生，日本学者伊藤泉美认为是旅日华侨的资本和技术与亡命政客带来的新思想相遇的产物。❹ 从中可以推知梁启超在《清议报》中充当主笔的角色地位。在 1898 年 12 月 21 日的《清议报》第 1 期中，梁启超为《清议报》撰写叙例，公布办报宗旨：

一、维持支那之清议，激发国民之正气。
二、增长支那人之学识。
三、交通支那、日本两国之声气，联其情谊。
四、发明东亚学术以保存亚粹。

后来，梁启超又将本报宗旨概括为"专以主持清议，开发民智为主

---

❶ 陈平原，夏晓虹：《20 世纪中国小说理论资料（第 1 卷）》，北京：北京大学出版社，1997 年，第 28 页。
❷ 梁启超：《梁启超全集》，北京：北京出版社，1999 年，第 131 页。
❸ 丁文江，赵丰田：《梁启超年谱长编》，上海：上海人民出版社，1983 年，第 172 页。
❹ 王中忱：《梁启超在日本的小说出版活动考略》，《清华大学学报》（哲学社会科学版），1996 年第 4 期。

义"(《本馆改订章程告白》,《清议报》第11册)。为了延续传统中国知识持有者的清议之风,梁启超特地将《清议报》的栏目分为六门:"一、支那人论说。二、日本及泰西人论说。三、支那近事。四、万国近事。五、支那哲学。六、政治小说。"政治小说作为《清议报》的一个重要栏目,用小说来清议,虽说在中国传统小说史上不是新鲜的事,但用政治小说的形式宣传新思想,开发民智,确实是首次。从《清议报》创刊开始,梁启超翻译的政治小说《佳人奇遇》就在该刊"政治小说"栏连载;至36册又续刊日人矢野龙溪的政治小说《经国美谈》(译者周宏业),到69册全部载完,"政治小说"栏即撤销。

当1901年12月21日《清议报》出至一百册时,梁启超特地撰写《清议报一百册祝辞并论报馆之责任及本馆之经历》一文以纪念。在此,梁启超特地回忆《清议报》重要内容时说:"……,有政治小说,《佳人奇遇》《经国美谈》等,以稗官之异才,写政界之大事。美人芳草,别有会心,铁血舌坛,几多健者。一读击节,每移我情,千金国门,谁无同好?"可见梁启超是十分推崇译印政治小说的活动,并为其感人效力而自豪。

特别值得指出的是,梁启超在《清议报》上发表了小说文论《译印政治小说序》,接受了西方"小说为国民之魂"的思想。这表明梁启超开始意识到小说对国民精神的塑造功用,并因此有意识有目的的译介外国政治小说,以改造国民思想,增强国民的爱国感情。

第三阶段,小说宣传思想的成熟:政治新民。

1902年梁启超继《清议报》停刊后,另办《新民丛报》(1902年2月~1907年8月,共出96期)和《新小说》杂志(1902年11月~1905年年底,共出24期),开始了他的小说新民宣传的具体实施阶段。

梁启超在《新民丛报》开辟小说专栏,共登载小说6篇,其中5篇是外国题材,梁启超自己翻译2篇:《十五小豪杰》和《新罗马传奇》,创作1篇《劫灰梦传奇》。

《劫灰梦传奇》发表在1902年2月8日创刊的《新民丛报》第一号小说栏,署名如晦庵主人,从登载的《楔子一出"独啸"》来看,它的体裁属于传统的戏剧传奇,这表明梁启超的小说观还是传统的"说部"观念,但是其题材内容却是表现甲午庚子两场大劫在一介书生"如晦"心灵中的回响。梁启超在戏剧文本中借书生之口表达他此时用小说戏剧唤醒世人的启蒙宣传动机。"你看从前法国路易第十四的时候,那人心风俗,不是和今日中国一样吗?幸亏有一个文人,叫做福禄特尔,做了许多小说、戏本,竟把一国的人,从睡梦中唤起来了。想俺一介书生,无权无勇,又无学问可以著书传世,不如把俺眼中所看着的那几桩事情,俺心中所想着那几片道理,编成一部小小传奇,等那大人先生,儿童走卒,茶前酒后,作一消遣,总比读那《西厢记》《牡丹亭》强得些些,这就算我尽我自己面分的国民责任罢了。"梁启超在这里表露出的用小说"唤醒国人"的思想,明显来自于法国启蒙主义者伏尔泰用小说启蒙法国民众的思想影响,而且直接开启了鲁迅小说启蒙的思想。

可惜,梁启超的这份用小说戏本唤醒国民沉睡心灵的愿望,在这个戏本楔子第一出之后,没有下文演绎下去,《劫灰梦传奇》成为梁启超的第一部未完成的传奇作品。

署名为少年中国之少年的《十五小豪杰》陆续登载在《新民丛报》的第二号、第三号、第四号、第六号、第八号、第十号至第十四号。这是一部翻译的科幻小说,采用的是传统的章回体,全书共18回,梁启超翻译前9回,后9回由罗孝高续译完。这部科幻小说原名《两年间学校暑假》,作者是法国19世纪科幻小说家儒勒·凡尔纳,"英人某译为英文,日本大文家森田思轩,又由英文译为日文,名曰《十五少年》。"❶ 梁启超据日译本翻译过来。这本来是一部儿童题材的科学幻想小说,经梁启超阅读翻译后,凸显了梁启超的宣传理念:号召全国的少年同胞,向故事中的十五个勇敢少年学习,敢于冒险,热心于政治选举,建立一个现代宪政国家。

《新罗马传奇》登载在《新民丛报》第十号至第十三号、第十五号、第二十号,前四号署名"少年中国之少年",后两号署名"饮冰室主人"。在《楔子一出》作者借诗人但丁灵魂表示:"立国根本,在振国民精神,因此著了几部小说传奇,佐以许多诗词歌曲,庶几市衢传诵,妇孺知闻。将来民气渐伸,或者国耻可雪。"可见这部传奇创作的政治宣传目的。紧接第一出飐风谈虎客批注:"此书虽曰游戏之作",然内含19世纪欧洲大事,"宜作中学教科书读之"。从内容来看,《新罗马传奇》就是梁启超的传记《意大利建国三杰传》的文学版。

---

❶ 梁启超:《十五小豪杰译后语》,《新民丛报》,1902年第2期。

批评的踪迹 >>>>>>>

　　或许是有感于《新民丛报》的小说专栏不足以表达他"小说新民"的宣传思想，1902年11月14日梁启超于日本横滨创办了一份专门的文学期刊《新小说》（月刊），内容以小说为主，共刊小说22种（翻译14，创作8），文艺论文4篇，小说丛话14次。

　　早在1902年7月15日，梁启超就在《新民丛报》第十四号发表《中国惟一之文学报新小说》一文，为即将发行的《新小说》做广告宣传："本报宗旨，专在借小说家言，以发起国民政治思想，激励其爱国精神，一切淫猥鄙野之言，有伤德育者，在所必摈。"在《新小说》第一号，梁启超发表了《论小说与群治之关系》，开宗明义指出："欲新一国之民，不可不新一国之小说。"这篇小说论文被称为梁启超小说界革命的纲领性文章。在梁启超看来，小说作为新民的宣传工具，具有不可思议的"势力"与"效力"。梁启超不止于理论上坐而论道，为新小说设计纲领和规划种类，而且还亲自创作政治小说《新中国未来记》。

　　《新中国未来记》在中国现代小说史上开启了"觉醒的知识分子与沉醉的民众"对立的启蒙主题。还是让我们从文本中文学性比较凸出的两首词说起。小说故事的主人公黄毅伯与李去病在第三回游学三大洲，学成归国。当他们登上祖国的万里长城，极目祖国江山被列强糟蹋，不觉感慨万千，于是两位新学人回到旅馆，联手做成一首《贺新郎》古词，题在旅馆墙壁上：

　　　　昨夜东风里，忍回首，月明故国，凄凉到此。（黄）鹃首赐秦寻常梦，莫是钧天沉醉。（李）也不管人间憔悴，（黄）落日长烟关塞黑，望阴山铁骑纵横地。（李）汉帜拔，鼓声死，（黄）物华依旧山河异。是谁家庄严卧榻，尽伊鼾睡？（李）不信千年神明胄，一个更无男子。（黄）问春水干卿何事？（李）我自伤心人不见，访明夷别有英雄泪。（黄）鸡声乱，剑光起。

　　词，作为中国古代文学的一种特有的抒情体裁，在萌芽的唐末五代时期是用来描写男欢女爱的，后来发展到宋代，由于异族入侵导致的国破家亡，词被文人借用来抒发人生遭际的爱国忧思。两宋的爱国词人，如辛弃疾、陆游等即为明证。从此，词这种小巧的抒情文体，就与中国知识分子特有的忧国忧民传统联系在一起,代代相传,成为中华民族的一种宝贵精神遗产。阅读梁启超在小说中夹杂的这首《贺新郎》词,仿佛阅读辛弃疾的爱国词,不同的是,梁词加入了更多的时代精神,那就是黄宗羲的民主思想("明夷")及众生沉醉与"我"独醒的忧思主题。词中独醒的"我"是小说中具有世界意识的爱国志士,是中国传统文化孕育的精英,它不仅是男性的化身,更可贵的是梁启超还让它化身为"胆气、血性、学识皆过人"的美人王端云。当黄毅伯和李去病从欧洲游学回归祖国时,美人王端云却孤身前往欧洲求学,尽管两方志士在榆关失之交臂,但是共同的爱国情怀使他们精神息息相通。且看王端云的和韵词:

> 血雨腥风里,更谁信太平歌舞,今番如此!国破家亡浑闲事,拼着梦中沉醉。那晓得我侬憔悴。无限夕阳无限好,望中原,剩有黄昏地。泪未尽,心难死。 人权未必钗裙异,只怪那女龙已醒,雄狮犹睡。相约鲁阳回落日,责任岂惟男子?却添我此行心事,盾鼻墨痕人不见,向天涯空读行行泪。骊歌续,壮心起。

这两首词表达了一个共同的主题,那就是觉醒的知识分子与沉醉的社会现实的对立。词人都为发现对方"已醒"而惊喜而庆幸。"东欧游学,道出榆关,壁上新题,墨痕犹湿。众生沉醉,尚有斯人,循诵再三,为国民庆。……癸卯四月 端云并记。"

这里,梁启超将传统的抒情词体引进政治小说的宣传之中,开创了用小说唤醒沉醉国民的现代启蒙主题,增强了政治小说宣传的感人性。从此,小说作为启蒙宣传的工具就成为中国现代文学的一个鲜明主题。

综上所述,小说作为政治宣传的工具,在梁启超那里呈现了由外到内的功用变化。在梁启超看来,小说首先可作政治教化,补益传统的经史书籍;其次可作清议舆论的工具;最后是造就国民灵魂。

二

梁启超把新小说当作政治思想启蒙的宣传工具,客观上有利于提升小说的地位，扩大小说的表现领域，从而使小说由传统的"小道"上升到启蒙的"大道"。但是，在梁启超那里，小说还是"道"，不是"艺"。一味强调小说的政治宣传功用，忽视小说的艺术创作规律，忽视读者欣赏小说的消闲求乐心理，必然给新小说的创作和传播带来一些负面影响。

1. 政治理念先行与小说创作的内在矛盾

《新中国未来记》是梁启超倾注极大政治热情而亲自撰写的一部启蒙宣传的政治小说。梁启超在《新中国未来记·绪言》开篇即说："余欲著此书，五年于兹矣。"可见作者创作构思时间之长，而且，对于此作的内容，作者在《新小说》报创刊之前的三个月就在《新民丛报》上做了广告。"此书起笔于义和团事变，叙至今后五十年止。全用幻梦倒影之法，而叙述皆用史笔，……其结构，先于南方有一省独立，举国豪杰同心协助之，建设共和立宪完全之政府……数年之后，各省皆应之，群起独立，为共和政府者四五。复以诸豪杰之尽瘁，合为一联邦大共和国。……卒在中国京师开一万国和平会议，中国宰相为议长，议定黄白两种人权利平等、互相亲睦种种条款，而此书亦以结局焉。"如果将这段广告词的内容与梁启超三个月后发表的《新中国未来记》文本对照来看，我们发现作者创作前的构想与创作的文本存在很大的不一致。这种不一致主要表现在，尽管两者在宣传立宪政治的理念上未变，但是，小说文本并没有叙述广告设计的"五十年间发生的具体事件"；尽管文本确实采用了广告说的"倒影之法"，但是，作者借用演讲人之口，通过辩论的形式，把主要的政治理念讲述完毕后，就无以为继了，文本最终只有四五回就未见下文。对于《新中国未来记》文本的"未完成性"，后世学者进行种种解释，有的从作者"身兼数役"无暇写作来为作者开脱，有的则认为作者创作中途去了美国，政治倾向改变了，就搁笔了。[1] 有的从创作动机上认为作者要发表的政见借小说人物之口"说"完了，再下去就是"做小说"，而"做小说"不是作者的目的，所以就没有下文了。[2] 我们认为，从写作角度来看，作者创作主旨的先行，与小说创作的规律本身就存在着冲突。这种冲突决定了

---

[1] 夏晓虹：《觉世与传世——梁启超的文学道路》，上海：上海人民出版社，1991年，第72页。

[2] 袁进：《中国小说的近代变革》，北京：中国社会科学出版社，1992年，第49~50页。

《新中国未来记》不可能如作者事先定好的情节发展。事实上，作者在绪言中交代的"此编今初成两三回"就暗示作者在发表第一回之前把要写的（政见）能写的（构思框架）都写出来了，后来陆续发表的第二、第三回，印证了作者绪言的交代并非虚言。而接着的第四、第五回已经是很勉强，甚至有续貂之嫌。日本学者考证的"还有一位作者——罗孝高"很可能参与了《新中国未来记》第四、第五回的写作，就证明了这一点。❶ 这表明旨在"发表政见"的政治小说，政治理念先行，与创作过程存在不可克服的矛盾。晚清政治小说如颐琐的《黄绣球》（26 回）、陈天华的《狮子吼》（8 回）都没有完篇，就表明了这一点。这共同的毛病就在于以议论代替叙述，人物个性描写欠缺。这种议论过多的毛病，在于作者主观上把小说看作启蒙宣传的工具来做小说，同时也与作者把小说看作"道"而不是"艺"的陈旧观念有关。

2. 政治宣传的凸显与小说接受的内在矛盾

政治小说，在梁启超看来，就是作者要发表政见，以激励读者的政治热情、爱国情思。《新中国未来记》为了凸显作者的政治理念，作者往往不顾及甚至牺牲小说接受者多方面的艺术需求。一是以"讲"代"叙"。《新中国未来记》虽然题名曰"记"，但从整体氛围来看，实际上在"议"。这表现为故事主体叙述者设定为孔老先生的讲演，而且孔老先生的讲演都是围绕立宪政治这个主题来进行的。与其说在讲故事，不如说在讲学。虽然这种讲述方式，中国古典小说古已有之。但古代小说重在讲人物故事，而不是专门讲学理、讲政见。《新中国未来记》将古代小说面向大众的通俗故事形式忽略了，使本来娓娓道来的小说叙述变成了冗长的学理宣传。二是以"辩"代"述"。《新中国未来记》第三回"求新学三大洲环游 论时局两名士舌战"是小说文本的重心。从全文篇幅上看，它占了前四回（包括楔子）的一半。从第三回来看，舌战"辩论"的篇幅又占了全回篇幅的六分之五。用回末"总批"的话来说，"彼此往复到四十四次，合成一万六千余言"。尽管回末评论者对作者"拿着一个问题，引着一条直线，驳来驳去"极为赞赏，"文章能事，至是而极"。但是，作者的炫才

---

❶ [日] 山田敬三：《围绕新中国未来记所见梁启超革命与变革思想》，载狭间直树编：《梁启超·明治日本·西方》，北京：中国社会科学出版社，2001 年，第 336~340 页。

炫学，并不能引起普通的新民感兴趣。当时梁启超的朋友黄遵宪评价说："此卷（指《新中国未来记》）所短者，小说中之神采（必以透切为佳）之趣味耳（必以曲折为佳）。"❶ 可见，政治小说的政治宣传与小说阅读休闲的艺术享受存在冲突。一部政治小说，即使宣传的是真理，"字字根于学理，据于时局"，但是，如果忽略了读者的接受求乐的心理，单方面强调教化宣传功用，其效果可能并不理想。

3. 政治宣传的演绎与小说文体的内在矛盾

晚清政治小说借助传统小说的形式来演说政治理念，宣传政治思想，往往忽略小说文体自身的艺术规律。小说作为叙事的艺术，有其自身演变发展的轨迹，故事叙述者必须遵循叙事的规律，否则，很可能弄巧成拙。《新中国未来记》在文体上就成了个"三不像"的杂合体。梁启超在《新中国未来记·绪言》中说："此编今初成两三回，一覆读之，似说部非说部，似稗史非稗史，似论著非论著，不知成何种文体，自顾良自失笑。"这表明梁启超对于自著小说《新中国未来记》是有着清醒的文体意识的。虽然，梁启超对于这种非牛非马的杂合体（姑且这样称之）暗自发笑，但是为了"发表政见，商榷国计"这个创作宗旨的演绎，梁启超不得不替这"三不像"的杂合体辩护了。对此，在梁启超《新中国未来记》发表近一个世纪后，终于有文学史家给这种"与寻常说部稍殊"的新体小说细剖辩护，认为《新中国未来记》在文体上包含了"展望体、讲演体、论辩体、游历体、现形体、近事体"，并列举随后产生的晚清新小说作品来附会证明自己的见识。❷ 的确，从中国新小说史来看，这种眼光是符合晚清新小说史实际的。《新中国未来记》作为中国新小说的母体，由它裂变而衍生的各类新小说文体布满晚清各类新小说杂志，组成晚清新小说的繁荣气象。但是，从小说文体的内在叙述的一致性来看，像《新中国未来记》多种叙述者的混用，多种文类的插入，多种文体的并用，可能有损阅读的清晰、明朗，反而损害宣传的效果。

---

❶ 黄遵宪：《与饮冰室主人书》，载丁文江、赵丰田：《梁启超年谱长编》，上海：人民出版社，1983年，第300页。

❷ 欧阳健：《晚清小说史》，杭州：浙江古籍出版社，1997年，第25~30页。

【参考文献】

[1] 陈平原, 夏晓虹. 20世纪中国小说理论资料（第1卷）[M]. 北京：北京大学出版社, 1997.

[2] 梁启超. 梁启超全集 [M]. 北京：北京出版社, 1999.

[3] 丁文江, 赵丰田. 梁启超年谱长编 [M]. 上海：上海人民出版社, 1983.

[4] 王中忱. 梁启超在日本的小说出版活动考略 [J]. 清华大学学报（哲学社会科学版），1996（4）.

[5] 梁启超. 十五小豪杰译后语 [J]. 新民丛报，1902（2）.

[6] 夏晓虹. 觉世与传世——梁启超的文学道路 [M]. 上海：上海人民出版社，1991.

[7] 袁进. 中国小说的近代变革 [M]. 北京：中国社会科学出版社，1992.

[8] 侠间直树. 梁启超·明治日本·西方 [M]. 北京：中国社会科学出版社，2001.

[9] 欧阳健. 晚清小说史 [M]. 杭州：浙江古籍出版社，1997.

【写作反思】

本文初稿完成于2005年年底博士论文撰写期间，2006年5月博士论文答辩现场胡亚敏教授特别肯定了此部分内容，2008年自由投稿到梁启超故乡所在五邑大学，不久即被《五邑大学学报》（社会科学版）2009年第1期刊发。

作为理论批评，本文聚焦于梁启超小说宣传思想的研究。在微观表述方面，本文第一部分梳理梁启超小说宣传思想的三个阶段，进而指出，小说作为政治宣传的工具，在梁启超那里呈现了由外到内的功用变化。在梁启超看来，小说首先可作政治教化，补益传统的经史书籍；其次可作清议舆论的工具；最后是造就国民灵魂。本文第二部分具体分析了梁启超把小说当作政治启蒙宣传的工具与小说艺术创作、接受传播的内在矛盾。

3.5 文学语言批评解码刍议

摘　要：语言批评在 20 世纪受到各派文论的重视。语言批评何以可能？论文从文学语码的特殊性出发，从理论和实践两方面探讨了文学语言批评解码的可能性。

关键词：语言批评；解码；可能性；刍议

一

当代法国文论家热奈特指出："我们曾经在相当长的时间内将文学视作一个没有代码的信息，因此现在有必要暂时将它看成一个没有信息的代码。"❶ 这句广为引用的结构主义文论名言，一针见血地指出了文学批评存在的一个弊端：那就是绕开文学语言寻找所谓的意义和真理。矫枉往往过正，结构主义文论家来了一个一百八十度的反动，抛弃以往"外在批评"的所谓作家"意图谬误"和读者"感受谬误"，专注于文本内在的语码功能分析，揭示文本的"文学性"。看来，中外批评史上都存在这样一个怪现象，即把文学批评看成了思想史、社会风俗史的见证和附庸，批评失掉了其本体地位。

随着 20 世纪哲学的语言学转向，文学批评的本体批评，即语言批评日益受到重视。文学作为语言艺术，语言的本体地位开始成为批评的视点和切入点。索绪尔的结构主义语言学开始全面浸润文学批评。能指和所指、语言和言语、意义和差异、共时和历时、表层和深层、形式和结构，这些语言学的术语、观念和方法开始被不同的批评学派引入人文学科批评的领域，形成了俄国形式主义、英美新批评、法国结构主义、解构主义等不同的语言批评流派。尽管他们的批评对象、观点和方法各有侧重，但一个共

---

❶ 张寅德编选：《叙述学研究》，北京：中国社会科学出版社，1989 年，第 1 页。

同点就是都把文学看作是一个文本，一个由语言符码组成的文本，批评的任务就是分解文本的符码，揭示文本的"文学性"。

如果说文学是用文学的语言编码，那么批评就是用科学的语言解码。现在的问题是语言批评解码何为？语言批评解码何以可能？第一个问题涉及语言批评的目的和旨归问题，第二个问题涉及语言批评操作性问题。对于第一个问题，我们认为应该是外在的意义寻求与内在的语码分析的结合。至于第二个问题正是本文要探讨的。

二

文学语言批评解码何以可能？回答这个问题前必须先明确文学文本语码与日常说明文本语码、科学文本语码的不同。后者语符与信息合一，即能指与所指合一。前者语码不是语符，而是由语符组成的言说结构，相当于索绪尔所谓的"纵向聚合"和"横向组合"的关系。文学文本语码不像电报语码人为的有规可循，它是个性化的、非理性的。从读者角度来看，文学文本语码与批评解读语码之间存在时间的断裂。这些现象说明了文学文本语码的多样性、复杂性，语言批评解码不可能是机械的有章可循。

明确了文学语码的特点，也就解决了语言批评解码的逻辑起点——言说结构。"而言说结构则以揭示了言说与结构之间的相反相成的辩证关系，为语言批评提供了对文本语言进行三个测度的综合把握的视角和视野。所谓的三个测度是指：在文本与历史构成的语意场中理解文学语言，揭示因文本语义和文化语义的交相引发带给文本的复义；通过语言结构和思维模式的分析，阐释潜存于文本中的不同于主体意图的意义，也就是结构所显示的意义；以主体言语为对象，通过语义、语体等因素的多侧面的言语分析，剖析言语活动主体的心理世界，把握主体赋予文本的意义。但是，由于测度的取向不同而产生对意义的不同理解，必然造成批评对文本整体意蕴阐释上的分歧，这就需要语言批评在解释分歧形成根源的过程中揭示言意之间的矛盾，实现对三个测度的综合。那就是在语言与言语的辩证关系中把握文学活动的言意矛盾，揭示审美意识向语言形态转化的复杂性，既研究主体的言说活动对审美意识的独特表达，又充分估计在社会历史中形成的语言的文化符号性和深层语言结构及思维模式对这种表达的影响，通过文学言语要说什么和文学文本最终说出什么的比较，实现语言批评对文学文本丰富蕴意的独特理解和阐释。"❶ 在这里"三个测度的综合把握"从理论上为我们语言批评解码指明了路径和方向。

法国当代文论家罗兰·巴尔特提出了语言批评解码的"两种文本""五种代码"说。"两种文本"即他在《S/Z》中提出的"可读的文本"和"可写的文本"。前者主要指那些经典的著作、古代的史诗以及现实主义的明白易懂的作品。后者则是现代文学中涌现的各种象征的、暗示的、超现实的、非权威的、意义不显赫的甚至晦暗不明的作品。"五种代码"即巴尔特列举的（1）叙事的代码（或行动的代码）、（2）阐释的代码（或谜语的代码）、（3）文化的代码、（4）语义的代码（或内涵的代码）、（5）象征的代码。罗兰·巴尔特指出"两种文本"与"五种代码"之间存在密切的关系。行动的、文化的代码与"可读的文本"相联系，谜语的、内涵的、象征的代码与"可写的文本"相联系。"可写的文本"要求我们去观察语言自身的性质，而不是像"可读的文本"要求通过语言去看一个预先注定的"现实世界"，因而"可写的文本"是一个未完成的、召唤着主体意识去构造的文本，他的意义是在不断阅读中产生出来。❷ 这两种不同的文本观及其代码构成揭示了语言批评两种不同的旨归走向及解码方式：一是由语码揭示意，一是由语码滋生意。当然，我们在此无意于把罗兰·巴尔特的语言解码观点和方法视为唯一的批评模式。相反，我们试图将20世纪语言批评各派的观点和方法与具体的作家作品的语言批评实践结合起来概括语言批评操作的具体模式。

三

1. 修辞解码

作为文学性的修辞，本质上是"修饰性的话语和劝说性的话语"，其功能"一个是表达感情，另一个是操纵感情"。为此，对于文本修辞语码的解读，有两个走向：一个是由对文本辞藻或语词"肌质"的分析，解读

---

❶ 孙文宪：《论语言批评的逻辑起点》，《华中师范大学学报》（哲社版），1994年第3期。
❷ 龚见明：《文学本体论——从文学审美语言论文学》，桂林：广西师范大学出版社，1998年，第12页。

文本形式的意味。另一个是对修辞语码隐喻的揭示，解读作者的意图。前者常见于对诗歌的解读。如《诗经》的修辞：重章叠句、一唱三叹、同义反复，既构成《诗经》修辞特点，又渲染了古代先民的思想情感。在国外，特别注重修辞语码分析的是新批评的细读。下面我们分析梁秉钧的一篇诗论《穆旦与现代的"我"》❶。该文从内容层次安排上分三个部分。第一部分是描述穆旦诗中的"我"在中外诗史上的坐标位置：在中国诗史上属于现代诗，它不同于古诗"自我"的含而不露，也不同于早期浪漫派"直接喊出自我的感受"；穆旦诗的自我"是不完整、不稳定、有争议的"，在世界诗史上属于现代派诗，处于"内省"阶段。第二部分是描述穆旦诗歌的独特内容：反叛成俗，关心"自我"。第三部分是描述穆旦诗歌的独特价值："在表达和信仰两方面不轻易接受外加的格式和未经感受的理想""非虚无也非犬儒"。这篇诗论解码，紧扣语码"我"，由语言层面的"我"上升到诗歌的意象"自我"主体性，通过"自我"内涵的分析，揭示穆旦诗歌在中外诗歌史上的坐标位置。论者语言视阈"我"的选择，为批评论题的定位及展开找到了一个具体而宏大的切入点。

  隐喻语码的解读常见于叙述性的作品。文学文本本质上是一种隐喻。就作者来说，一方面执着于意义的奉献，一方面对意义又一味躲闪。这正如《红楼梦》开篇所言："满纸荒唐言，一把辛酸泪。都云作者痴，谁解其中味？"曹雪芹在贫病交加中创作《红楼梦》，是希望有人理解，但同时却又宣称是将"真事隐去"，建构的是"假语村言"。《红楼梦》文本对隐喻的公然追求是对读者解读的故意挑战，于是对《红楼梦》的解码不断，遂成一门"红学"。让我们再看黄子平的文论《病的隐喻与文学生产——丁玲的〈在医院中〉及其他》❷。该文从言说对象、言说方式、言说结论都让人耳目一新，发人深思。该文序言介绍论文旨归及原因：

> 从文学史或社会思想史的角度读丁玲的短篇小说《在医院中》，其值得重视的原因不在这部作品本身，而在作品与多重历

---

❶ 王晓明主编：《二十世纪中国文学史论（下卷）》，上海：东方出版中心，2003年，第112页。
❷ 同上，第65页。

史语境之间的关系，在作品与其他话语之间的互文性，在作品进入本世纪的"话语—权力"网络后的一系列再生产过程。

结尾五个问句使论文结论呈现开放式。中间主体四个部分，分为四个小标题，分别是：

1. "弃医从文"的故事
2. 医院中新来的青年人
3. "还是杂文"时代
4. 大喝一声："你有病呀"

这四个标题都可以作为互文来看。因为就《在医院中》故事情节来说，这四个小标题无疑概括了小说故事情节的进展。但就小说文本产生的历史语境而言，它们无疑又有相应的历史文本，将"五四"新文学"改造国民性"话语与"延安讲话"话语及新中国其他文本话语串在一起，与丁玲小说文本叙事话语共同组成互文关系，产生新的文化意蕴，而这一切都是由小说文本"病"的隐喻解码产生出来的。这样一来，小说文本"病"的隐喻就超出文本界限，拥有了政治、文化等多层次含义。

2. 关键词解码

语言批评要摆脱"没有代码的信息"式批评，就得从文本语言关键词入手。陈建华的论文《"乳房"的都市与革命乌托邦狂想——茅盾早期小说的视像语言》给我们的讨论做了一个典型示范。[1]该文紧扣小说文本"乳房"这一特定话语关键词进行文化分析，显示了独特的解读视角和方法。特别值得一提的是，论文从小说作为文化产品的生产和消费两个方面探讨茅盾早期"革命加恋爱小说"的生成机制，发前人所未发。另外，该文从论文标题到正文的八个小标题：

1. 引子：文学新名词
2. "乳房"现代性

---

[1] 王晓明主编：《二十世纪中国文学史论（上卷）》，上海：东方出版中心，2003年，第394页。

3. "酥胸"话语的淘汰
4. 茅盾的"乳房"凝视
5. 都市阅读"性话语"
6. 视像万花筒：模特儿、裸体、曲线美
7. 视觉叙述结构：孙舞阳与《动摇》
8. 理性吞噬"乳房的尸首"

都采用鲜活的语言与言说的内容构成表里一致，显示了文化研究与批评走向世俗的一面。当然，我们也要警惕这种语言文化批评有可能走向极端的一面，就像我们抛弃的庸俗的阶级话语寻章摘句分析一样。如何抓关键词呢？关键词可以出现在标题上，如鲁迅小说《药》；也可以出现在文本人物的话语中，如《哈姆雷特》中的"生存还是毁灭，这是一个问题"；还可以出现在文本叙述语言上，如陈建华对茅盾小说《蚀》中"乳房"的分析。这些关键词仿佛就是文本中的路标，指引我们由表及里，由文本而语境，探寻人物心理，体会作者意图，把握文本脉络，使语言批评既有客观性，又有审美性、社会性。

3. 差异解码

语言问题作为20世纪哲学的本体问题，不仅深刻地影响了20世纪的科学主义和人文主义两支文论体系，而且还成为解构主义、后现代主义、西方马克思主义、新历史主义、女性主义等当代西方前沿文论关注的焦点。德里达的解构主义在某种程度上就是对传统形而上学的一种语言批判。他借鉴索绪尔的关于语言意义来源于能指差异的观点，创造性地采用了"异延""补充""踪迹"等一系列解构策略，对西方传统的语音逻格斯中心主义进行了颠覆，对在场的形而上学进行消解。福柯的"权力话语"理论，强调"话语是在权力相关领域起作用的战术因素"，对西方自文艺复兴以来建立起来的理性、知识、主体性和社会规范提出怀疑和反抗。利奥塔则向现代性、总体性等所谓的"元话语"发起质疑和挑战。解构作为批评模式，其阐释特点是突出语言的游移无定，揭示作品中潜在的组合和裂缝，显示文本意义的无限开放。还是让我们看看对中国现当代文学进行解构批评的例子吧！唐小兵对大陆20世纪60年代流行的话剧剧本《千万不要忘记》的阶级斗争教育主题进行了解构分析，指出"剧本隐约地透露出一种深刻的焦虑，关于后革命阶段的日常生活的焦虑""《千万不要忘记》的历史意义，正在于它通过对真正问题的转移和压抑，反而真实地记录了一段历史经验以及这一时代的巨大的集体性焦虑"。❶ 孟悦通过对《白毛女》由歌剧到电影再到舞剧的几经加工修改，从乡民之口经文人之手，向政治文化中心流转迁移的考察，探讨了以《白毛女》为代表的革命文学的历史环境、运作程序，从《白毛女》不同文本文化表述的差异，看到延安文艺的历史多质性，突破了以往对"革命文学"这个复杂历史现象研究的简单化。❷

【参考文献】

[1] 张寅德. 叙述学研究［M］. 北京：中国社会科学出版社，1989.

[2] 孙文宪. 论语言批评的逻辑起点［J］. 华中师范大学学报（哲社版），1994（3）.

[3] 龚见明. 文学本体论［M］. 北京：中国社会科学出版社，1991.

[4] 王晓明. 二十世纪中国文学史论〔M〕. 上海：东方出版中心，2003.

【写作反思】

本文属于博士课程论文，撰写于2005年3月，刊发于《湖北成人教育学院学报》2005年第5期。

语言批评在20世纪受到各派文论的重视。语言批评何以可能？本文从文学语码的特殊性出发，从理论和实践两方面探讨了语言批评解码的可能性：修辞解码、关键词解码、差异解码。

---

❶ 王晓明主编：《二十世纪中国文学史论（下卷）》，上海：东方出版中心，2003年，第184页。

❷ 同上，第185~203页。

3.6 全媒时代报告文学影响力的建构与传播

摘　要："全媒时代"中国报告文学要想保持和发扬在 20 世纪纸媒主导时代的一路风光和公众影响力，必须重新审视报告文学的文体归因，顺应报告文学传播载体和生产方式的变革。报告文学创作在公众影响力上要超越新闻报道，必须致力于"公密性"的揭示、情感性的表述和理性的引领。"全媒时代"报告文学要与新闻报道争夺公众，还必须考虑报告文学的传播载体与目标受众的关系，在影响面上形成全媒体公众的覆盖。在全媒时代，报告文学创作要超越专题新闻的影响力，其生产方式也要有与时俱进的谋划，"策划写作"方式已成为提升报告文学公众影响力的重要写作途径之一。

关键词：全媒时代；报告文学影响力；建构；传播

21 世纪是由互联网和影视、广播等多元媒体主导的"全媒时代"，中国报告文学要想保持和发扬在 20 世纪纸媒主导时代的一路风光和公众影响力，必须重新审视报告文学的文体归因，顺应报告文学传播载体和生产方式的变革。

报告文学是一种带有新闻性的艺术品，它对公众的影响力表现为其作品给读者以非强制性的影响。其影响力来源于作家和读者之间对报告文学文体、文本的相互建构与理解。其中，作家和读者是两个积极的能动因素。前者为报告文学文体、文本的影响力建构质的规定性、情的强度性和指向的方向性。后者将报告文学的影响力由文本可能性转化为社会现实性。而催生这种转化的文本魅力就是蕴含在报告文学文体、文本中的信息感染力和引领力，它们构成了报告文学公众影响力的内核。

报告文学公众影响力的外在尺度是可读性和可传播性。可读性是报告文学产生公众影响力的前提。没有可读性，报告文学内含的信息就无法吸引读者，更不必说有影响了。报告文学要具有可读性，必须在文学性上下功夫。这方面，经典的报告文学作品如《包身工》《开麦拉之前的汪精卫》《哥德巴赫猜想》《丐帮漂流记》《木棉花开》《根本利益》等都是典范。报告文学的传播性可从两个方面观察，一是看报告文学纸质文本发行量的大小，二是看报告文学能否改编成影视作品或搬上舞台演出。

报告文学的公众影响力肇始于新闻性而又要超越新闻性。这种超越表现为对平面性新闻报道的深度超越。公众在新闻报道之外为什么还要看报告文学？当新闻报道借助于报纸、互联网、广播、电视等传媒迅速传播信息时，报告文学要发挥自身文体传递信息的优势，给公众提供新闻报道无法提供的深度信息。比如，对于最近30年来出现的环境污染问题、民生问题、教育问题、医疗卫生问题、自然灾害问题、贪污腐败问题等，新时期以来报告文学作家都做了及时有效的报告，出现了《淮河的警告》《根本利益》《"希望工程"纪实》《天使在作战》《生命第一：5·12大地震现场纪实》《红与黑——一个"两面"市长的悲剧和自白》等有深度的报告文学作品，满足了公众对社会嬗变的深度认识需要，因而产生了较大的公众影响力。

对新闻平面信息的深度超越是报告文学文体的本质归因。报告文学脱胎于新闻文体，而新闻文体又是现代公民社会的产物，它最先借助报纸、期刊等公共出版物制造现代社会的文化公共领域，形成公众舆论来对抗来自权力机构的统制，维护公众的权益。因此，对社会公共领域问题的关注成为新闻和报告文学共同关注的对象。但是，由于新闻与报告文学两者各自文体属性、特征不同，报告文学不仅要关注社会公共领域的表象，还要揭示社会表象背后的秘密，并运用吸引公众的情感性表述方式，对社会现象进行富有理性的分析，引领公众形成理性的社会舆论。因此，报告文学创作在公众影响力上要超越新闻报道，必须致力于以下三点：一是"公密性"的揭示，二是情感性的表述，三是理性的引领。

"公密性"揭示的广度决定了报告文学公众影响力的广度。一篇报告文学作品对公众影响面的宽窄，取决于该作品对公众所关心的问题的揭示。这里的"公密性"是与私密性相对而言的。私密性与个人相关，"公密性"与公众相关。个人化写作关注的是个体私密性，宏大性写作关注的是国家、民族、革命、解放等宏大问题。"公密性"写作介于两者之间，它关注公众社会的公共问题。报告文学从文体属性来看，可以说是一种地道的"公密性"写作。当然，新闻也涉及社会公共领域的问题，但是，新闻的关注点在现象层面概述，而报告文学则致力于揭露这些问题的深层秘密。因此可以说，新闻性（真实性）和社会性（写实性）都只是报告文学属性的表象，对公共领域问题的"公密性"揭示，才是报告文学文体内容层面的本体属性。何建明报告文学的突出特点就是对"公密性"问题的揭示。在何建明笔下，即使是关乎国家、民族前途、命运的宏大题材，如涉及三峡工程的《国家行动》、关于高等教育的《中国高考报告》、关于能源开发的《部长与国家》、关于警卫领袖的《红墙警卫》等，都往往通过他特有的"国家叙述"转化为社会关注的公共领域问题叙事。另一方面，对于那些私密性较强的个人传记式报告文学，比如《一个中国男人的财富诗章》《空降农民》《李琬若：从中国留学生到美国市长》等，何建明也会从当下公众关注的财富、就业、成功等社会性热点问题入手，将私密性题材的报告文学引向对公共问题的揭示。

  情感性表述的强度决定了报告文学公众影响力的强度。报告文学要有影响力，必须先有感染力。白居易在《与元九书》中说："感人心者，莫先乎情，莫始乎言，莫切乎声，莫深乎义。"情感性的表述成为报告文学文体区别于新闻文体的重要特征，是报告文学的文学性之所在。具有影响力的经典报告文学作品无不倾注着作家主体对国家、民族和黎民苍生的博大情怀。从《包身工》到《为了六十一个阶级弟兄》，从《县委书记的榜样——焦裕禄》到《根本利益》，从《谁是最可爱的人》到《天使在作战》，从《流民图》到《西部的倾诉——中国西部女性生存现状忧思录》，从《伐木者，醒来！》到《淮河的警告》，蕴含于这些作品中的作家情怀有如磁石吸引着、感染着社会公众的心灵。

  理性引领的深度决定了报告文学公众影响力的深度。报告文学的政论色彩表明报告文学不仅是"艺术的文告"，还是"理性的文告"。在批判性的报告文学文本中，"理性"往往通过揭露是非给公众以警醒，从伏契克《绞刑架下的报告》到夏衍《包身工》都是如此。何建明报告文学"国家叙述"出现后，报告文学的"理性"精神逐渐由"警醒"转向"引领"。《共和国告急》引领"公众"依法开矿，《落泪是金》引领"公众"关注贫困大学生，《高考报告》引领公众理性对待高考，《根本利益》引领官员正确处理百姓上访，《为了弱者的尊严》引领公仆执政为民，《国家行动》引领公众"舍小家为大家"，《永远的红树林》引领公众理解科学发展观……

报告文学的理性思考越深刻，对公众的影响力就越深刻。《共和国告急》引起学界和读者的广泛关注，其原因不仅在于题材选择上的轰动效应，而且在于作者对于题材的深入采访、深度开掘而形成的忧思性主题，这个主题就是中国矿产资源危机。《根本利益》的成功，就在于作者敏锐地从干群关系紧张的时代弊端中看到了我们党执政的危机，并以梁雨润这个优秀党员干部真心化解党群、干群矛盾的点滴事迹，形象地指出了解决问题的途径和希望，用报告文学的形式演绎了"三个代表"重要思想的重要性、必要性、可能性。

报告文学理性引领的深度来源于作家多方面的综合素质。何建明曾说："我认为一部文学作品的感召力有时并不比政策条文小，我希望自己的文字除了普通读者喜欢看，领导干部们也能从中受到启发，从而对他们的决策有建设性意义。"何建明要求自己写报告文学时首先得是政治家、思想家、社会学家，还要有普通人的情怀，最后才是文学家。正是作家主体的这种综合素质造就了报告文学深刻的社会引领力。

"全媒时代"的报告文学要与新闻报道争夺公众，还必须考虑报告文学的传播载体与目标受众的关系，在影响面上形成全媒体公众的覆盖。从传播载体、受众主体来看，报告文学公众影响力的受众可分为报刊体受众、影视体（网络体）受众和广播体受众。报刊体报告文学信息传播着眼于受众的视觉，可以反复阅读，受众目标主要为社会体制内人员、社会管理者和知识精英。因此，报刊体报告文学创作可以重在"理性引领"上下功夫，以超越新闻报道的平面效应。影视体（网络体）报告文学信息传播着重于视觉和听觉，受众目标主要为社会大众，因此，这类报告文学创作在内容题材选择上要注重"公密性"的揭示，以满足社会大众的需要。广播体报告文学着眼于听觉，受众主体大部分为社会边缘人群和流动状态人员，因此，广播体报告文学创作要致力于以情动人，注重情感表述的听觉冲击。

在全媒时代，报告文学创作要超越专题新闻的影响力，其生产方式也要有与时俱进的谋划。新世纪以来，中国报告文学写作大体形成了四种生产方式:"点名写作""独立写作""签约写作"和"策划写作"。"点名写作"是指某作家被某机构点名写作特定题材或人物的报告文学,其载体主要是报纸,为政治意识形态宣传的功能较强,写作主体一般为成名的报告文学作家。"独立写作"指作家独立从事报告文学采写,"写什么"和"怎么写"都由作家自己决定,传播载体主要是刊物和书籍出版物,往往带有较强的社会批判性。"签约写作"指各级作协机构或报刊编辑部,按照事先的选题,根据写作者的写作申请,与作者签订写作计划。"签约写作"的报告文学导向明确,其传播载体主要是刊物和书籍出版物。《人民文学》杂志社2010年推出"非虚构·大地行动写作计划"即是"签约写作"的经典例证。"策划写作"指刊物编辑部就某一选题与写作者达成的计划写作,一般在刊物的固定栏目发表。"策划写作"通常是刊物先有选题策划,然后考虑作者选择,尤其要考虑读者、市场和社会因素。如《北京文学》自2001年改版以来推出"现实中国"栏目,每期刊发一篇该刊"策划写作"的报告文学作品,及时报道现实中国的热点、难点和焦点,推出了一大批报告文学新人新作。2006年,《北京文学》策划发表了朱晓军的《天使在作战》报告文学,之后,主人公陈晓兰被央视评为2007年度"感动中国十大年度人物",作品涉及的国家药监局高官,不久即被查处。在全媒时代,报告文学的"策划写作"方式已成为提升报告文学公众影响力的重要写作途径之一。

【写作反思】

本文应约撰写于2012年暑假,首发于《文艺报》2012年9月7日文学批评版头条,《当代文学研究资料与信息》2012年第5期全文转载,中国作家网、求是理论网、新华网、文化传通网、中国报告文学网、中国文学网等全文转载。

本批评写作在文体类型上属于报告文学理论批评。作为理论批评,本文跳出了传统的从文学与新闻学学科视角评论报告文学的窠臼,选择从传播学的视角对报告文学文体进行理论分析。这个特点,无论从本文论题的确定,还是论述的展开,都可以见到。

3.7 晚清八股取士的废止与新小说的兴起

摘　要：晚清八股取士的废止与晚清新小说的兴起关系密切。从废除八股改试策论到提倡新小说，八股文完成了它从文体到功用的象征转化而获得新生。晚清八股取士的废止给新小说的兴起提供了思想解放的契机。一方面，八股取士废止带来了作文的思想解放；这种解放，既表现为文体形式的自由，又表现为思想感情的自由。另一方面，八股取士的废止从体制上切断了传统士人对体制的依附性，从而带来了晚清士人身份的转型，为职业作家的出现扫除了依附体制的幻想。在科举废止背景下，伴随着近代报刊与出版业的兴起，在上海这个近代大都市里逐渐形成了一批职业小说家，推动了晚清新小说的繁荣。

关键词：八股文；科举废止；新小说；职业小说家

欧阳健在《晚清小说史·引言》中指出：晚清十一年（1900～1911年）间中国通俗小说出现了两次高峰，一次是1903年（39部，为1900年的13倍），一次是1907～1909年（1909年有104部，为1900年的34倍）。[1] 欧阳健认为，只要找到高峰的根由，就可找到晚清小说繁荣的原因。据此，欧阳健将1901年开始的清廷新政作为晚清新小说繁荣的根由，而展开他的晚清小说史著述。这种解释对于晚清新小说的第一次高峰来说，针对性很强，而对第二次高峰的具体原因，却没有具体寻找，这不能不说是一个遗憾。本文认为，作为晚清新政的一个重要举措，1905年清廷实行的彻底废除科举考试，全面建立新学堂，是晚清新小说第二个高峰出现的关键历史文化背景。

---

[1] 欧阳健：《晚清小说史》，杭州：浙江古籍出版社，1997年，第4页。

一、晚清八股文与新小说的逆向位移

在晚清最后的十余年里有一个文化逆向位移的现象，那就是作为朝廷教育考试的八股文由封建知识文化体系的中心走向边缘，而作为民间"小道"的小说却由文化体系的边缘走向中心。对此现象，1906年就有人描述说："十年前之世界为八股世界，近则忽变为小说世界。"并认为其原因是："盖昔之肆力于八股者，今则斗心角智，无不以小说家自命。于是小说之书日见其多，著小说之人日见其夥，略通虚字者无不握管而著小说。"[1] 由此可见，八股文与小说在当时社会中的地位逆向运动与人们的功利追求有关。在以八股取士的科举时代，八股文是传统读书人的命根，是他们通向仕途、飞黄腾达的敲门砖。然而，随着晚清政权的日薄西山，科举制在四面楚歌的废止声中于1905年殉政而亡，辉煌四百余年的八股文最终走出传统文教政治的中心。与此同时，来自民间的小说，在晚清文化启蒙主义者的倡导下勃然兴起，迅速占领了大众文化市场，成为新学堂读书人追逐的中心。昔日以作小说为不名誉的传统读书人，今日纷纷以小说家自命。对于这种时代风尚的骤变，我们关注的不是二者的区别，而是二者的联系，即八股文废止与新小说兴起的这一文化现象之间的内在关联。

二、八股文废止与新小说兴起的关联

据目前所知，最早将八股文废止与新小说连在一起的是英国来华传教士傅兰雅。1895年5月傅兰雅在报上发表公告，向社会征求"时新小说"，征文的主题就是将时文与鸦片、缠足一起作为中国社会的"三弊"加以抨击并提出救治的办法。这里的"时文"即八股文。在一个外国传教士眼中，八股时文已经成为当时中国社会的痼疾。他要通过向社会大众征文的形式，向这个被传统文化窒息得奄奄一息的古老帝国提出警告，以期引起疗救的注意。紧接着傅兰雅抨击八股文，公开呼吁废除八股取士制度的是戊戌维新变法派。1898年梁启超联合在京参加会试的举人发动第三次公车

---

[1] 寅半生：《小说闲评·序》，载陈平原，夏晓虹：《二十世纪中国小说理论资料（第1卷）》，北京：北京大学出版社，1997年，第200页。

上书，梁启超在《请变通科举折》中宣称："国事危急由于科举乏才，请特下明诏，将下科乡会试及此后岁科试停止八股试帖，推行经济六科，以育人才而御外侮。"❶ 在该奏折里，梁启超陈述了八股取士的科举制度的危害，指出"科举之法，非徒愚士大夫无用已也，又并其农、工、商、兵、妇女而皆愚而弃之。""科举之法岂惟愚其民，又将上愚王公。"❷ 梁启超的上奏得到光绪帝的支持，1898年6月23日光绪帝下令科举考试停用八股文，改试策论。其谕曰："着自下科为始，乡、会试及生童岁科各试，向用四书文者，一律改试策论。"❸ 6月30日，光绪帝又下令立即取消童试、岁试和试科的八股文，改试策论，不要等到下一次科举考试。然而，戊戌政变后，1898年10月9日顽固派又恢复八股文取士制度，"乡试、会试及岁考、科考等，悉照旧制，仍以四书文、试帖、经文、册问等项，分别考试。"❹ 八国联军入京后，清廷痛感国家人才匮乏，重新恢复维新派废除八股取士的主张，规定从1902年开始，乡、会试及生童各场考试都不准用八股文程式。1905年9月2日，清廷在各方压力下下诏"立停科举，以广学校"，"着自丙午科（1906年）为始，所有乡会试一律停止，各省岁科考试亦即停止。"❺ 科举制的彻底废除，标志着八股文彻底走出了读书人的市场。八股文经过晚清十年各方面的废止呼吁，终于溢出了社会意识形态的中心。令人回味的是，当初公开上书请求废止八股文的梁启超，时隔四年之后，终于发起"小说界革命"，提倡新小说。也许，梁启超当初要求废止八股文时，没有想到事后会倡导新小说。但是，八股文废止与新小说兴起两件事的历史性的前后相遇相接，还是说明了历史运行的某种必然。它们作为文体的兴废，不止是一种文体形式的兴废，而且是文体功能的转移，更是蕴含文体中的民族精神的兴递。佛教讲一物形体死了，其精神又依附于其他物质而新生。作为传统儒家经典阐释的官方考试文体，八股文

---

❶ 梁启超：《梁启超全集》，北京：北京出版社，1999年，第162页。
❷ 同上，第162~163页。
❸ 《清实录五七·德宗景皇帝实录六》（卷419），北京：中华书局，1985年影印版，第491页。
❹ 《清实录五七·德宗景皇帝实录六》（卷428），北京：中华书局，1985年影印版，第619页。
❺ 转引自舒新城：《中国近代教育史资料（上册）》，北京：人民教育出版社，1981年，第65页。

的形式随着专制政权的灭亡而消逝了,可是由八股文传承的民族文化精神、充当的维护政权教化的功用并没有消逝。曾经影响中国读书人四百年之久的八股文,似乎在一夜之间找到了新的文化替身,将传统主流文化的教化精神与职能传递给了新小说。

三、八股取士的废止对新小说兴起的影响

晚清八股取士的科举废止,对后世文章的最大影响就是为文的思想解放。这种解放,既表现为文体形式的自由,又表现为思想感情的自由。晚清"谴责小说"的兴起,就是在八股文废止的时代大氛围下带来的文体解放的表征。四大谴责小说《官场现形记》《二十年目睹之怪现状》《孽海花》和《老残游记》就相继产生于1903年八股文废止之后。这四大谴责小说家,小时候都受过八股文的写作训练,有的还参加过八股取士的科举考试,取得过功名。但因厌恶八股的陈规,自觉地背离了八股功名的仕进之途,走上了自由书写的道路。李宝嘉告别叔父为之谋来的仕途,于1896年举家来到上海,靠办报卖文为生。他先后创办《指南报》《游戏报》和《海上繁华报》等近代报纸,主编《绣像小说》杂志,成为晚清新小说创作中最具影响的作家之一。李宝嘉去世后,吴趼人作《李伯元传》说:李伯元的小说"以开智谲谏为宗旨。忧夫妇孺之梦梦不知时事也,撰为《庚子国变弹词》;恶夫仕途之鬼蜮百出也,撰为《官场现形记》;慨夫社会之同流合污不知进化也,撰为《中国现在记》,及《文明小史》《活地狱》等书。"❶ 如果没有晚清八股废止带来的思想解放,李宝嘉的这些谴责作品是不可能出笼的。吴趼人,南海世家之子,祖辈八股功名出身,独独他自幼不愿受到八股羁绊,不求八股功名,18岁就去上海谋生,跻入报界,精研小说家言,逐渐与李宝嘉齐名。在《二十年目睹之怪现状》中,吴趼人安排18岁的"九死一生"以童生身份进场看卷,居然取中十一名举人,对此,作者不无鄙夷地说:"作了几篇臭八股,把姓名写到那上头了,便算是个举人,到底有什么荣耀?这个举人又有什么用处?"❷ 刘鹗,小时候放旷不羁,不喜欢八股文章,但是涉猎广泛,曾经受学空同教门,力行实

---

❶ 陈子展:《最近三十年中国文学史》,上海:上海古籍出版社,2000年,第231页。
❷ 欧阳健:《晚清小说史》,杭州:浙江古籍出版社,1997年,第138页。

学，深怀悲悯之情。《老残游记》就是作者业余悲世救世的写照。"清官比贪官更可怕"，显示出了晚清小说思想解放的大胆，是以往任何朝代无可比拟的。曾朴，19岁中秀才，20岁中举人，21岁捐内阁中书，供职京城，可以说是八股仕途的通达者。然而随着时代的巨变，民族危机的加深，曾朴在学业上由传统八股举业走向法文学习，中西知识的会通为他的小说创作打下了坚实的根基。1904年曾朴创办小说林社，提倡译著小说。1905年曾朴接写《孽海花》，对传统八股取士的科举功名进行批判。可见，在晚清新政时期，由八股废止的科举改革带来的思想解放影响到晚清新小说创作的思想解放。而晚清新小说的思想解放，是由晚清新小说家的思想解放来实现的。

晚清科举的废止对文人的影响，主要表现为文人身份的变化，即由依附于封建政权的士大夫走向职业独立的自由知识分子。在科举废止这个大背景下，伴随着近代报刊与出版业的兴起，上海这个近代大都市里逐渐形成了一批职业小说家，推动了晚清新小说的继续繁荣。

晚清新小说的兴起大约有前后相继的两波。第一波是以梁启超《新小说》杂志为中心的"启蒙载道派"，《绣像小说》杂志亦可归入此派。第二波是1905年科举废止后兴起的以《游戏世界》和《小说林》为中心的游戏抒情派。这两波新小说与传统载道的八股文的关系是，前者是积极的转换，后者是消极的背离。就前者来说，《新小说》派的同人在文的观念上深受儒家"文以载道"的影响，面对衰微的儒家文化，他们积极吸取域外的先进文化，来更新民族传统文化。为此，梁启超在海外首倡新小说新民观，举起小说界革命的大旗。梁启超的主张得到上海出版界和报界的响应和支持。商务印书馆聘任李宝嘉主编《绣像小说》，报人吴趼人、小说翻译家周桂生纷纷加入《新小说》的创作，掀起了晚清新小说第一波的高潮。海外留学的青年鲁迅也响应梁启超新小说的主张，把翻译科学小说当作启蒙中国人群的手段。晚清流行的政治小说、科学小说、侦探小说、冒险小说等新文类，可以说是与中国传统小说内容迥异的新小说。它们被迅速引入中国，除了内容的新鲜、符合晚清国人对新学的嗜好外，积极推动这种引进的就是传统的"文以载道"的观念。这批站在世界文化潮流前沿的晚清知识分子，自觉地将传统儒家之道置换为西方近代自然科学和社会科学之道。这种来自传统、更新传统的精神推动了晚清新小说的翻译与创作。

就第二波来说，科举的废止，给一部分埋头于八股天地的读书人以一种天塌般的感觉，他们由先前的盲目信仰"文以载道"转变为自觉的"文以消遣""文以游戏"。就在清廷宣布废除科举制后的1906年9月，一份由"失业秀才"寅半生主编的《游戏世界》月刊在杭州城出现。"功名两字虚，岁月遭蹂躏，……游戏了余生，抚膺呼负负"就是寅半生被功名捉弄后的控诉转变。可见，对于晚清读书人来说，紧随科名枷锁解除之后的就是人生游戏的自由。"笔墨之可以挥洒自由者，惟游戏文章。"这里，署名"天虚我生"指出的"游戏文章"，显示的就是作家心灵的自由和表达的自由。❶ 应该说，这股由八股功名的解放而来的"以文为戏"的新小说"游戏说"，早在李宝嘉主办的《游戏报》上已见端倪。这是晚清末期少数传统士人自觉背离载道八股的文化自醒的表征。与这种来自传统的人生游戏说不同的是1907年围绕《小说林》兴起的审美游戏说。《小说林》杂志与《新小说》杂志不同的地方在于，它将小说由思想教化的利器提升到文学"美"的位置，抛弃了"载道""觉世""唤醒"等传统概念，代之以"美""审美""理性""思想"等西方美学概念来阐释文学与小说。❷ 就是在这股西方美学游戏说的导引下，《小说林》翻译了大量西方纯文学小说，并推出了《孽海花》这样思想艺术结合完美的小说杰作。可以算作晚清新小说游戏说余波的是晚清最后两三年间出现的一批所谓的"拟旧小说"（命名来源于阿英《晚清小说史》）或"翻新小说"（命名源自欧阳健《晚清"翻新"小说综论》）。其代表人物就是清末职业小说家陆士谔。陆士谔是科举废止后职业小说家的代表。1905年陆士谔来到上海谋生，发现小说很受欢迎，就动手试写，竟一举成名，成为光绪宣统年间上海滩最走红、最多产的小说家。陆士谔小说成功的秘诀从其小说命名即可略知一二。一是对传统经典小说的翻新，如《新三国》《新水浒》《新野叟曝言》《也是西游记》等；二是对晚清新小说经典的翻新，如他的《新中国》之于梁启超的《新中国未来记》，他的《官场新笑柄》《官场怪现状》《官场真面

---

❶ 杨联芬：《二十世纪文人的边缘化与文学"游戏"说的萌生》，《海南师范学院学报》2002年第5期。

❷ 同上。

目》之于李宝嘉的《官场现形记》，他的《新孽海花》之于曾朴的《孽海花》，他的《最近上海秘密史》《最近社会秘密史》之于吴趼人的《最近社会龌龊史》。在这些翻新小说作品中，陆士谔采用故事新编的形式，对变革中的晚清社会现实进行戏仿，收到了很好的游戏效果。

由上可知，晚清科举的废止给新小说的兴起提供了思想解放的契机。一方面，因八股取士的科举废止，在写作上带来了作文的思想解放；另一方面，科举的废止从制度上切断了传统士人对政治的依附性，从而带来了晚清士人身份的转型，为职业作家的出现扫除了体制的幻想。

四、八股文在新小说中的寄生

八股文在晚清随着科举的废除走进了历史博物馆，在教育考试等方面已经不再用八股文了。但是，八股文在社会方面的影响依然很大，甚至至今还没有完全消失。就清末兴起的新小说来说，八股文在新小说中还存有大量的残余。这种残余从新小说的文体语言、结构运思到内容表现、审美趣味等方面都历历可见。可以这样说，八股文从内容到形式的一些民族特色似乎都转化到新小说文体中去了。所以，周作人在20世纪30年代还强调说"八股文和现代文学有很大的关系。"[1] 因而提倡在大学里大讲八股文。在周作人看来，"八股是中国文学史上承先启后的一个大关键，假如想要研究或了解本国文学而不先明白八股文这东西，结果将一无所得，既不能通旧传统之极致，亦遂不能知新的反动的起源。"[2] 周作人的这番话是针对八股文的艺术形式在中国文学史的地位而言的。

八股文在形式上确实具有古汉语的音韵和谐，平仄相间的音乐美。在清代，八股文是以形式为主，内容是发挥圣贤之道。由于科举考试写作思想的禁锢，代代相袭数百年，到晚清时，八股文的内容空疏、无用受到各方面的抨击。然而，我们必须清楚八股文与八股文功用的区别。八股文"内容的空疏、无用"不是八股文本身的罪过，是历代帝王君主把八股文当作"牢笼士人，养成奴性"的政治功用的罪过。明白这一点，也就明白了为什么晚清废止了八股文的考试功用，而八股文的影响依然存在社会生

---

[1] 周作人：《中国新文学的源流》，北平：人文书店出版发行，1932年，第55页。
[2] 同上，第115~116页。

活之中。因为，作为一种社会意识形态的控制功用，任何社会都必须借助某种文体形式。所以，在我们的生活中，"土八股"去了，"洋八股""党八股"又来了；这是就社会政治而言的。就我们的文学本身的演变来说，八股文作为一种汉语言文体的特色渗透到八股废止后的新文学文体之中。就拿力倡"废八股，改试策论"的梁启超来说，他以策论闻名的新民体散文，其许多篇章布局运思的八股格调隐约可见。他的政治小说《新中国未来记》最自以为豪的长达一万六千言的黄、李二人辩论，其"起承转合"结构就是两篇典型的八股文的综合。再拿晚清译才数"严林"来说，经严复翻译过来的西方社会科学和哲学著作，在章太炎当时看来有"八股调"。作为新小说翻译典范的"林译小说"，也与传统的古文笔法藕断丝连，暗送秋波。而古文就是散体的八股文。至于四大谴责小说之一的《孽海花》，其主题可以说是中国八股文的最后挽歌。凡此种种，都说明了八股文废止之后八股文的"形式和功用"在晚清"新文体"尤其是"新小说"中的夺胎换骨。从废除八股改试策论到提倡新小说，八股文完成了它从文体到功用的象征转化，而推动这种转化的关键人物就是梁启超。

八股文虽然随着皇权帝制的结束而走进了历史博物馆，但是它的阴魂依然不散，还活在中国人心里。所以周作人告诫我们，"我们不能轻易地笑前清的老腐败的文物制度，它的精神在科举废止后在不曾见过八股的人们的心里还是活着。"❶

【参考文献】

[1] 欧阳健. 晚清小说史 [M]. 杭州：浙江古籍出版社，1997.

[2] 陈平原，夏晓虹. 二十世纪中国小说理论资料 [M]. 北京：北京大学出版社，1997.

[3] 梁启超. 梁启超全集 [M]. 北京：北京出版社，1999.

[4] 清实录五七·德宗景皇帝实录六（影印版）[M]. 北京：中华书局，1985.

[5] 舒新城. 中国近代教育史资料 [M]. 北京：人民教育出版社，1981.

[6] 杨联芬. 二十世纪文人的边缘化与文学"游戏"说的萌生 [J]. 海南师范学院学报，2002（5）.

---

❶ 周作人：《中国新文学的源流》，北平：人文书店出版发行，1932年，第122~123页。

[7] 周作人. 中国新文学的源流 [M]. 北平：人文书店出版发行，1932.

【写作反思】

本文作为博士论文内容部分初稿完成于 2005 年年底，依据导师孙文宪先生的意见调整为博士论文的附录部分，后刊发于《湖南科技学院学报》。

本文立论起点是基于欧阳健《晚清小说史》的晚清新小说"两次高峰论"观点"接着说"。本文开宗明义指出，作为晚清新政的一个重要举措，1905 年清廷实行的彻底废除科举考试，全面建立新学堂，是晚清新小说第二个高峰出现的关键历史文化背景。

本文论证特点是实证性的影响研究。本文论证紧扣八股文废止与新小说兴起的关联性问题，考证了晚清八股文与新小说的逆向位移、八股文废止与新小说兴起的关联、晚清八股取士的废止对后世文章的最大影响就是为文的思想解放、八股文在新小说中的寄生。

第四章
学术综述

学术综述导引

　　这里所谓的学术综述批评，是指以某一文学问题的学术史观点演进为批评对象的一种文学批评写作。学术综述是文学研究的起点，它包含"述"与"评"两个要素。"述"即围绕某一文学问题对已有的学术观点的简明梳理。"评"是对已有学术观点的评价和整体趋势预测。综述批评的价值在于学术观点的荟萃、整理与预测，为后来的学术研究提供起点导航。

　　综述批评写作常见的形态有学术问题综述和学术会议综述。本章个案文章《新世纪打工诗歌研究述评》即是学术问题综述批评，而《构筑报告文学新的长城：交流·对话·反思——2011年全国报告文学创作理论研讨会述评》则是学术会议综述批评写作个案。

批评的踪迹 >>>>>>>

4.1 新世纪打工诗歌研究述评

摘　要：新世纪打工诗歌研究在如下方面取得了阶段性的成果：打工诗歌研究的资料积累；打工诗歌的社会价值认同；打工诗歌评论的认可等。既有成果改变了人们对打工诗歌的看法，展示了打工诗歌的多元化面貌，凸显了打工诗歌在当下文学中被忽视的重要地位。但是，由于打工诗歌产生的民间性，打工诗歌文本的复杂性，打工诗人知识结构的局限性，使得打工诗歌研究还存在着整体研究和深度研究的可能。

关键词：打工诗歌；成就；局限；走向

中国"打工诗歌"是随着"打工时代"而出现的一种"民工"文学。从20世纪80年代中期开始零星的"打工诗歌"创作，到90年代"显山露水"，进入新世纪"竖旗组团"，"打工诗人"队伍越来越壮大，"打工诗歌"越来越红火。据不完全统计，在"珠三角"，写诗的打工者已达千人，有诗作发表的则在几百人，长期坚持打工诗歌写作的已近百人。目前打工诗人已有数十人出版个人打工诗歌集几十本。从2001~2009年年底出版《打工诗人》报26期，从2007~2009年年底出版《中国打工诗歌报》4期，出版《中国打工文化报》8期，在2007年和2009年分别出版《中国打工诗歌精选》年度选本2部，从2002年起创办了打工诗人网络论坛，成为全国"打工诗歌"写作者的网上家园，同时不少知名打工诗人创办个人网上博客。可见，从纸媒到网媒，"打工诗歌"在中国新世纪头10年已经成为一个不可忽视的诗歌/文化现象。

一

新世纪中国"打工诗歌"的兴起是与民刊《打工诗人》报的创立分不开的，而伴随《打工诗人》报而开辟的打工诗歌评论则从诗歌创作定位、导向和理论等方面引导打工诗歌的健康发展。这具体表现在：

第一，《打工诗人》报的办报定位与发展策划逐步引导了打工诗歌的兴起与发展。早在2001年5月31日《打工诗人》试刊号（第1期）就明确定位办报宗旨："我们的宣言：打工诗人，一个特殊时代的歌者；打工诗歌，与命运抗争的一面旗帜！我们的心愿：用苦难的青春写下真实与梦想，为我们漂泊的人生作证！"《打工诗人》第2期头版刊发编委罗德远的卷首语《为漂泊的人生作证》介绍《打工诗人》报在广东惠州成立缘起及试刊号的反响："一份原汁原味反映打工人生存和情感状态的诗报。"同时，《打工诗人》报还采用征稿和编辑年度选本等公共活动形式推动打工诗歌发展。2004年5月31日《打工诗人》第8期第1版刊发"梳理打工诗歌，提升打工精神——打工诗歌研讨会现紧急征稿"启事，进一步明确了打工诗歌和打工诗人的定位，以及向主流文坛发展的方向。2007年9月《打工诗人》第10期第4版推出首个《中国打工诗歌精选》年度选本简介，刊发主编许强、罗德远、陈忠村《写在前面的话：关于打工诗歌》及"打工者写打工者编《中国打工诗歌精选》封面"，以及打工诗人李明亮的报道《来自底层的真诚吟唱》。同版还刊发主流诗刊部分主编为《中国打工诗歌精选》题词，如《天涯》主编李少君的题词：打工诗歌和打工诗人平衡了这个时代的文学生态！《诗选刊》副主编张洪波题词：饱含劳动汗水和辛酸泪水且充满智慧的诗歌作品是不应当被忽视的。而2009年出版的《2008中国打工诗歌精选》，则将打工诗歌征选视野由南方珠三角扩大到全国打工第一线，使"打工诗歌"现象成为涉及全国范围的文化现象。

第二，《打工诗人》刊发社会各界评论，引导和扩大打工诗歌的创作与影响。《打工诗人》报从第2期起开辟诗评专栏选发对打工诗歌的评论文字。如，路曲的文章《为"打工诗人"鼓掌——读〈打工诗人〉试刊号》（《打工诗人》第2期），孙文涛的评论《中国打工20年风雨"青春祭"》（认为《中国打工诗歌精选1985~2005年》是近十年来最重要的一部集体精神诗集，她的青春性、当代性、史诗性、独特性无可替代，她给今天的中国带来一部现代文学史上缺少的"良心之书"。《打工诗人》第11期）。《打工诗人》第4期和第7期刊发民间诗人发星的《致"打工诗人"群体的一封信》和《"打工诗歌"，中国后现代天空下田园情结的延伸》文章，发星从移民文化背景来看打工诗歌，认为打工诗歌是"对所谓先锋诗歌的一种情感背离",是"把乡土移植在工业文明的苍白烟尘中",是"地域文化形态的转移与重新树立","打工诗歌拉开了一种底层新移民的序幕"。《打工诗人》报同时推出对重要打工诗人诗集的个案研究文章,如黄行的诗评《在路上的工卡——读张守刚诗集〈工卡上的日历〉》(《打工诗人》第3期)、朱先树的《精神理想的追寻者——徐非和他的诗》(《打工诗人》第7期)、张洪波的《蚯蚓兄弟:在别人的城市里打洞——罗德远诗集〈在岁月的风中行走〉序》(《打工诗人》第8期)、孙文涛的《"汗血珠三角":徐非、罗德远、许岚、张守刚……》(《打工诗人》第9期)和《京华遇诗人:许强——广东"打工诗潮"肇始人之一、中国当代打工文化重要推动者》(《打工诗人》第23期)等文章,分别对重要的打工诗人及其诗作进行评论。《打工诗人》报还刊发来自学院派学者对打工诗歌的评论文章及信息。如张未民的《生存性转化为精神性——关于打工诗歌的思考》、张清华的《个体的命运与时代的眼泪——由"底层生存写作"谈我们时代的写作伦理》、龚奎林的《伤痕与反思:现代性话语裂隙的底层叙述——打工诗歌片论》、何轩的《"打工诗歌"与底层和谐》、张一文的《也说"不要再强调打工诗人"》、杨清发的《从"底层写作"到"打工诗歌"的批评综述》和《独异的风景——论柳冬妩的"打工诗歌"批评》,这些文章引起了"打工诗歌"在学术界的反响和传播。

第三,打工诗人自己动手评论打工诗歌。"打工诗歌"在兴起过程中逐步形成了打工诗人出身的评论家,推进了"打工诗歌"的创作发展与理论阐述。柳冬妩就是从打工诗歌写作中走出来的打工诗歌评论家。《打工诗人》报从第3期起就刊发柳冬妩一系列"打工诗歌"的评论文章,如《打工诗:一种生存的证明》(《打工诗人》第3期)、《过渡状态:打工一族的诗歌写作》(《打工诗人》第5期)、《在城市里跳跃:"打工诗人"笔下的动物形象阐释》(《打工诗人》第8期)、《打工:一个沧桑的词》(《打工诗人》第9期)、《〈从乡村到城市的精神胎记——中国打工诗歌研究〉自序》(《打工诗人》第10期)、《身体事件的烙印——打工诗歌的身体叙事》(《打工诗人》第16期)、《城中村:拼命抱住最后一些土》(《打工诗人》第22期)。2006年柳冬妩发表打工诗歌研究专著《从乡村到城市的精神胎记——中国打工诗歌研究》(花城出版社2006年12月版),《文艺报》(2007年6月21日)特地刊发消息评论说:近年来柳冬妩致力于打工诗歌这一文化现象的梳理和评论，成为打工诗歌的主要理论阐述人。无论从社会学的意义还是诗歌评论的角度，柳冬妩都有自己的特殊价值。他以亲历者的身份，简括而强烈地向人们展示了中国打工诗人的庞大群体，并严正地指出了其背后令人忧虑的社会异化背景，让更多的人认识到打工诗歌的价值及其延伸意义。著名打工诗人郑小琼也发表了对打工诗歌的评论文章，如郑小琼2003年8月写了《疼痛的生活——评张守刚的诗》（见杨宏海主编《打工文学备忘录》），接着又写了《坚守在苦难边缘的打工诗人》（《打工诗人》第8期）对许强、罗德远、徐非、曾文广等四位打工诗人的诗歌特色和风格进行感悟式的评论，以及诗论《深入人的内心隐秘处》（《文艺争鸣》2008年第6期）。《打工诗人》第19期和第20期分别整版推出打工诗人丘河长篇诗论《当代诗坛的一面镜子——"打工诗歌"片论》和打工诗人李长空的《论打工诗歌的现实特性、精神状态和未来走向》，对打工诗歌的发展历史、内容特征和现实特性、精神特征、未来走向进行宏阔描述和评论。

二

"打工诗歌"，是作为"底层写作"的一种独特的文化现象，进入新世纪中国学界视野的。到目前为止，国内学者对打工诗歌的研究主要集中在"打工诗歌与底层经验"的表述问题和"打工诗歌的社会承担"功用问题两个方面。前者属于文学书写的技术问题，后者属于文学的社会功用问题。

关于"打工诗歌与底层经验"的表述问题，2005年第3期的《文艺争鸣》推出了"关于新世纪文学·在生存中写作"的评论专辑，发表了蒋述卓、柳冬妩、张清华三位的一组文章及主编张未民的《关于"在生存中写作"——编读札记》。蒋述卓在《现实关怀、底层意识与新人文意识——关于"打工文学现象"》一文中，以作家的人文关怀作为论述的起点，认为"当前文学的底层意识已经具备了新人文精神的因素，有了超越一般人道主义同情和平等意识呼吁的新质"。他着重从"身份焦虑与主体觉醒""对道德缺失的拷问与法律关系的思索""对城市认同的追问以及对融入城市的思考"三个方面阐发了当前文学中这种"新人文精神质素"的表现。

文章认为必须为"改造底层、提升底层作出切实的精神关怀",而文学表现领域里的底层意识恰恰具备了这样一种宝贵的品格,因而是应当予以充分肯定的。柳冬妩的长文《从乡村到都市的精神胎记——关于"打工诗歌"的白皮书》以丰沛的感情和翔实的文本为基础,肯定了"打工诗人"的创作在"恢复了写作与历史语境之间的张力,恢复了文本与来历性经验的直接联系"上的重要价值;并且就诗歌本身而言,柳冬妩指责"有一部分人在技术主义的胡同里越陷越深,变成了工匠。当人们谈论诗歌的时候,关注的似乎不再是它的精神指向,而更多涉及的是技巧性的话题。写诗不再是一种精神创造,它变成了技术",由此他指出"打工诗歌的出现和打工诗人群体的形成是对技术主义的一个小小的反拨和颠覆。打工诗歌出现的真实意义并不表现在技术的创新上,其重要部分落在诗歌内容的表达和情绪的抒发上,具有真正的民间因素"。张清华在《"底层生存写作"与我们时代的写作伦理》中指出,"打工诗歌"的意义在于表现了一种写作伦理,延续了真正的现实主义精神。就总的倾向来看,上述三篇文章主要是从打工诗歌与底层现实之间关系的角度来论述"打工诗歌"问题的。在他们看来,尽管"打工诗歌"在创作水准和现实效用上还存在诸多可疑问题,但实际上却凸显了诗歌创作直击社会现实情境的锋芒和力量,另一方面也隐含着对当前精英诗歌写作中过分倚重技术、偏安于中产阶级内心世界的创作倾向的纠偏。这些意见具有明显的合理因素,因此得到了众多研究者的认同和赞许。此后《文艺争鸣》2006年第1期和第4期,又登载了多篇有关"打工诗歌""底层经验"诗歌等问题的文章和讨论稿,论述口径、立场观点大体上保持了一致。2006年《南方文坛》第5期发表学者吴思敬的文章《面向底层:世纪初诗歌的一种走向》,指出要正视"从打工阶层中涌现了一大批像谢湘南这样有影响的打工诗人"。

"打工诗歌"的社会承担问题是新世纪学院派关于打工诗歌研究的第二个焦点问题。2006年《星星》诗刊主编梁平在该刊第1期卷首发表了《诗歌:重新找回对社会责任的担当》。梁平认为,中国新诗的历史是"对艺术的探索和对社会的关注"齐头并进的历史,而目前不少诗人却陷入"怎么写比写什么更重要"的误区,致使诗歌"已经退守到社会的边缘,渐渐失去了大众的认知和守护的热情","过分地强调了诗歌技术性的重要,而忽略了诗歌作为一种文学形式的社会责任和作为诗人的社会担当,忽略了我们究竟应该写什么的深度思考",因此他强调"中国诗歌走到今天需要来一个转体,需要重新找回对社会责任的担当"。因而,对于打工诗歌体现的关注现实和民间疾苦的写作功能,梁平是持肯定和欢迎态度的。与此承担意识相反,《星星》2006年第6期上又发表张桃洲《诗歌的至高律令》一文指出:"中国诗歌当下的困境,依旧是'怎样写'的问题,而并非'写什么'的问题。"针对上述关于诗歌"承担"功用的不同观念,2006年第10期的《山花》上刊登了王光明等研究者题为《底层经验与诗歌想象》的讨论稿。王光明认为,把"写什么"和"怎么写"对立起来"又重蹈了把内容与形式、题材与表现对立起来的覆辙,同时忽略了文学的社会道德必须以美学道德为前提的'承担'特点"。2006年第5期的《南方文坛》上刊登了冯雷的《从诗歌的本体追求看"底层经验"写作》的文章,认为从诗歌自律性的角度来看,"底层经验"诗歌不妨看作是对20世纪80年代以来"纯诗"立场的反拨或警醒,通过介入到公共空间的方式来重新开放诗歌趣味;另外从语言的方面来看,"底层经验"诗歌对于还原语言、词汇的表达能力和表达空间也具有重要的现实作用。文章并不认可把"底层经验"写作看作是一种值得倡导的诗学主张,而倾向于将其视为是一种有益于诗歌发展的时代现象。综合来看,这些文章共同的特点是,对从"诗用"的角度展开的道德评判报以审慎的态度,同时更加注重诗歌写作内部的问题,比如美学风格、语言特色、意象体系等关涉"诗美"因素的问题。

三

学院派知识分子拿"打工诗歌""说事"的两种表现、局限及"接着说"的可能性。中国"打工诗歌"在新世纪进入国内学院派知识分子的视野,引起关注、研究乃至争论的现象,是他们拿"打工诗歌"说事的结果,其表现有两种走向。一是在"底层表述"和"社会承担"等论域中肯定"打工诗歌"显现的社会伦理责任。这方面的文章有张清华的《"底层生存写作"与我们时代的写作伦理》、蒋述卓的《现实关怀、底层意识与新人文意识——关于"打工文学现象"》、刘东的《贱民的歌唱》(《读书》2005年12期)、王光明的《近年来诗歌的民生关怀》(《河南社会科学》

2006年第6期)、梁平的《诗歌：重新找回对社会责任的担当》(《扬子江诗刊》2006年第3期)、吴思敬的《面向底层：世纪初诗歌的一种走向》等。这些文章认为，"打工诗歌"是一种"生存中写作"，具有"现实精神""民间因素"，它建立在"我手写我口"基础上，是对"技术主义的反驳"，也"勇敢地表现出了道德上的勇气"，并"彰显了我们时代的写作伦理"。二是在"诗歌伦理"和"美学伦理"等论域中对"打工诗歌"及其评论持保留、否定态度。钱文亮首先在《伦理与诗歌伦理》[1]中对"打工诗歌"的"伦理优越感"发难，指出当下"诗人的写作只应该遵循诗歌伦理"。接着，张桃洲发表了《诗歌的至高律令》，指出，"诗歌有其自身的伦理，它自己的至高律令。那也许是语言或别的什么，但决不是强加给它的可疑的道德要求或外部现实"。随后，钱文亮又发表了《道德归罪与阶级符咒：反思近年来的诗歌批评（《江汉大学学报》2007年第6期》，对"打工诗歌"的道德批评倾向给予了两顶帽子："道德归罪"和"阶级符咒"。面对上述关于打工诗歌"伦理问题"相对立的两种批评观念，《南方文坛》在2006第5期同时推出了罗梅花的《"关注底层"与"拯救底层"——关于"诗歌伦理"的思辨》，冯雷的《从诗歌的本体追求看"底层经验"写作》和王永的《"诗歌伦理"：语言与生存之间的张力》等一组文章，对当下"诗歌伦理"问题进行深入的思考。罗梅花在文章中对评论界给予"打工诗歌"表现出的"写作伦理优势"持否定态度，认为是"炒作""跟风"。王永站在中间立场，评述了当前对"打工诗歌"持肯定和否定的两种表现，指出当前一派学者力挺"打工诗歌"，贬抑诗歌技术主义，批评文化精英主义，是一种"文学的祛魅"。王永认为，"打工诗歌'在"生存中写作"是"90年代诗歌"介入精神的延续，诗歌介入政治和社会伦理问题是诗歌正当的职责，但不能矫枉过正，以为关注底层、具有现实精神就可以牺牲诗歌技巧和审美原则。相反，诗歌的价值应该体现在诗歌对政治和社会伦理问题的"如何介入"上。

综上所述，学院派知识分子对"打工诗歌"的批评，其出发点和归结点都不是"打工诗歌"本身，而是拿"打工诗歌"来"说事"，要么借助

---

[1] 钱文亮：《伦理与诗歌伦理》，载《新诗评论》第2期，北京：北京大学出版社，2005年，第11~17页。

"打工诗歌"的写作来发表他们对当下社会正义与公平的呼唤以及对民生疾苦的关注,要么拿"打工诗歌"来伸张他们"为艺术而艺术"的诗学主张和诗歌语言技术的思考。他们对"打工诗歌"虽然表现出不同的价值判断和情感态度,但骨子里都显露出相当一部分学院知识精英对"打工诗歌"的文化傲慢与本体无视。尽管存在这些局限,但学院派知识精英的思考,给我们对"打工诗歌""接着说"的研究留下了许多极有价值的话题,比如,"打工诗歌"与底层叙事的关系问题、"打工诗歌"写作的社会伦理与诗学伦理问题、底层的自我表述问题,等等。

"打工诗人"自己对"打工诗歌"的评论、局限与"接着说"的生发点。"打工诗人"在"打工诗歌"写作与传播过程中也开始自觉地对"打工诗歌"进行理论思考,《打工诗人》报开辟了"打工诗歌"的理论研究专版,吸引了不少打工诗人对打工诗歌本体进行个案评说和整体总结。2006年12月"打工诗人"柳冬妩出版了长达272页的专著《从乡村到城市的精神胎记——中国"打工诗歌"研究》,著者以一个"农民工"的身份进入东莞打工,从写"打工诗歌"到写"打工诗歌"评论,将前者看做是自身从乡村到城市的一段精神传记,将后者视为"心灵在诗歌里穿行和歌哭"。由于这些深入打工现场和诗歌现场的切身之痛,使该著对"打工诗歌"的研究得以进入"打工诗人"和"打工诗歌"的内部进行言说。同时,不乏宏阔的社会历史语境的分析。如著者认为打工诗歌的书写关涉中国现代性语境中最广大的个体生命的诸般复杂因素,它"激活了诗歌介入现实的精神,重建了诗歌与我们生活的世界,与社会历史境遇之间的互动关系";打工诗歌在精英知识分子的"学术圈地"中被一些人急于转化成"知识言说"的生产资料,对诗歌本身来说是不健康的和虚假的;对"打工诗歌"的评论不能局限在"狭隘的题材和伦理道德"层面,也不能局限在诗歌的肌理语言方面。即使对诗歌进行社会符号学的分析,也要严格坚守美学立场,反对题材决定论,反对将"打工诗歌"的评论变成政治、经济、社会学研究的附庸;强调打工诗歌的研究首先要面对文本,文本细读是美学批评的起点,也是严肃的文化批评的起点。打工诗歌还在发展,需要在耐心阅读中去寻找和发现。❶

---

❶ 柳冬妩:《从乡村到城市的精神胎记——中国"打工诗歌"研究·自序》,广州:花城出版社,2006年,第1~3页。

柳著的这些观点显示该著是当前对"打工诗歌"内部与外部研究结合得较好的第一部研究专著。但是，由于该著是著者不同时期关于"打工诗歌"研究的论文合集，因而从论著的体系来看，其整体逻辑视角和格局还不显赫。如"打工诗歌"兴起的历史发展问题，"打工诗歌"兴起和传播的方式问题，"打工诗歌"与底层表达权关系问题，与打工文化建设、与底层社会和谐关系问题，等等。这些与"打工诗歌"产生相关的文学史问题、文化史问题和社会史问题，都值得系统研究总结。

近年来包括"打工诗歌"在内的打工文学，引起了海外学者的兴趣，不少学者认为对此进行研究既有文学价值又有社会学的价值。如著名汉学家荷兰莱顿大学中国语言和文学教授柯雷（Maghiel Van Crevel）博士认为："Migrant - laborers poetry is an important and interesting topic."香港中文大学文化与宗教研究系助理教授黎明茵博士认为："I am indeed interested in migrant - workers' issues and writings and will have little problem supervising a thesis on Chinese migrant workers' literature."澳门大学中文系施议对教授说："打工文学，很有意思。古典资源，开发利用，应有一定空间。"[1]

总之，"打工诗歌"在新世纪已经赢得海内外学者的关注与重视。对打工诗歌的研究也已经取得一些阶段性的成就。这表现在，第一，在打工诗歌的资料收集上出现了两部关于"中国打工诗歌精选"年度选本和包括打工诗歌在内的《打工文学备忘录》（杨宏海主编，社会科学文献出版社，2007年12月版）；第二，"打工诗歌"所体现的社会学价值得到主流社会的认同，"打工诗歌"的文学价值也得到相当多的评论家的认可；第三，出现了第一本打工诗歌研究专著《从乡村到城市的精神胎记——中国"打工诗歌"研究》和打工诗歌研究理论阐释专家柳冬妩。但是，由于"打工诗歌"产生的民间性、"打工诗歌"文本的复杂性，"打工诗人"自身知识结构的局限性，使得对"打工诗歌"的整体研究和深度研究上还有待深入展开。在整体研究方面，"打工诗人"群体定位与分类研究问题，"打工诗歌"定性与分类研究问题，都还缺乏整体理论研究。在深度研究方面，"打工诗歌"兴起的原因与传播的方式问题研究；"打工诗歌"的诗学价值研究：如何处理诗歌写作的社会伦理与艺术伦理关系问题；"打工诗歌"

---

[1] 参阅打工文学研究学者张一文的博客 http://blog.sina.com.cn/zywjohneven.

的文化社会学价值研究:作为打工文化的"打工诗歌",其创作过程与"打工诗人"的精神和谐问题,"打工诗歌"的传播接受与打工群体的精神和谐问题,"打工诗歌"的社会介入与社会阶层结构和谐的问题;"打工诗歌"的历史语境和未来走向问题。上述问题将成为未来打工诗歌研究探讨的主要问题。

【参考文献】

柳冬妩. 从乡村到城市的精神胎记——中国"打工诗歌"研究[M]. 广州:花城出版社,2006.

【写作反思】

本文写作于2008年暑假,刊发于《云梦学刊》2010年第2期。

学术述评是学术研究的起点。撰写学术述评也是文学批评写作训练的一个重要文类。写好学术述评,相关文献的搜集要涸泽而渔,资料整理要分类总结,表述方式要有述有评;要做到研究现状清楚,研究问题明确,研究趋势清晰。

4.2 构筑报告文学新的长城：交流·对话·反思
——2011 年全国报告文学创作理论研讨会述评

摘　要：2011 年 7 月 26 日全国报告文学创作理论研讨会在中国作协北戴河创作之家召开，来自全国各地的报告文学作家、编辑和评论家 37 人，围绕新世纪报告文学发展态势及存在问题、报告文学公众影响力问题、报告文学理论建构问题、报告文学创作长篇和短篇如何贴近现实问题、报告文学与纪实文学、非虚构写作的关系问题等主题展开深入的交流、对话和反思。

关键词：2011 年全国报告文学创作理论研讨会；交流；对话；反思

由中国作协创作研究部主办的全国报告文学创作理论研讨会于 2011 年 7 月 26 日在中国作协北戴河创作之家召开。来自全国各地的报告文学作家、编辑和评论家 37 人，围绕新世纪报告文学发展态势及存在问题、报告文学公众影响力问题、报告文学理论建构问题、报告文学创作长篇和短篇如何贴近现实问题、报告文学与纪实文学、非虚构写作的关系问题等主题展开深入的交流、对话和反思。现将会议交流材料和讨论精要综而述之，鉴往思来。

一、报告文学的真实性问题：老话题新语境欲说还休

报告文学真实性问题是一个老话题，然而在不同的历史语境里它却是个不可回避的问题。与会作家、编辑和学者从采写、编辑、审稿和社会效应等环节就 21 世纪以来中国报告文学的真实性问题进行了深入交流。

年过花甲的资深报告文学作家张胜友在会上总结自己半生坚守报告文学创作经验时说，报告文学的真实性问题一直是反复争议的问题，报告文学的真实性是不能讨论的。报告文学作家李鸣生从报告文学采写和审稿环

节对当下发表的报告文学的真实性问题提出质疑，认为与其强调作品真实性，不如强调作家自己内心的良知、精神的真实性。他指出，真实性非常复杂，但真实性非常重要。在这样一个特殊时代里面，报告文学不说真话，报告文学就是死路一条。

报告文学资深编辑傅溪鹏从编辑角度谈到了控制真实性的困境。他说真实性这个问题，作为编辑，现在很难控制，解决这个问题主要靠作家的良心。

《新华文摘》编辑梁彬从读者接受和社会影响方面提出了报告文学真实性如何呈现，是报告文学作家要好好思考的问题。梁彬结合朱晓军报告文学《天使在作战》的社会效应指出，报告文学作家对社会阴暗面的呈现要考虑读者接受的心理效用。报告文学作家贾宏图说，报告文学暴露阴暗面的真实性，要讲究技巧，要像何建明那样，有智慧的战斗。贾宏图指出，何建明写这方面的报告文学比蒋巍多多了，何建明的好多报告文学是揭露体制上深层的问题，但是他用大量的信息表达了，无伤国体，无伤党，这是很重要的。何建明结合《根本利益》与《中国农民调查》比较指出，《根本利益》把一个黑暗问题用正面的形象来反映，领导看了非常高兴；《中国农民调查》把一个局部问题全局化了，如果把书名换成《安徽山区农民调查》，是没有什么大的问题的。何建明强调，报告文学的真实性，要考虑是全局的真实性还是局部的真实性，这里面确实有一种政治意识。

与会人员几乎一致认为，真实性是报告文学的底线。然而，在具体表述时几乎都显示了一种欲说还休的姿态。为什么？报告文学的真实性问题能不能讨论？需不需要讨论？如何引向深入讨论？这些恐怕是需要深入反思的问题。在笔者看来，报告文学真实性问题不仅是个作家创作问题，它还关涉读者接受、社会政治影响效应和哲学本体论认识问题。就作家创作来说，报告文学的真实性问题是一个不需、不容讨论的原则问题，然而，就操作层面来说，如何采写真实、呈现真实、把控真实确实是一个很需要探讨的技术问题。就接受角度来看，报告文学真实性问题有时可能就是一件"皇帝的新衣"——不能说。因而，在现实层面，报告文学的真实性书写是有限度的。这种限度之源有时来自读者脆弱的心灵，有时来自社会政治的宰制和风俗文明的限制。就哲学本体论而言，报告文学的真实性在理论方面也是一个不可言喻的本体论问题。因而，讨论报告文学真实性问题，与其讨论作品"内容是否真实"这个不可说清的本体问题，不如讨论"如何真实地呈现"这个叙述技术的问题以及"真实呈现的伦理限度问题"。

二、报告文学的名称问题：是坚守还是消融

与报告文学内容真实性遭质疑相伴随的是报告文学名称问题的合法性。新世纪以来，"纪实文学""非虚构作品"之名号充斥于人们的耳目，大有取代、吞噬"报告文学"名称之势。因此，如何廓清报告文学与纪实文学、非虚构创作的关系问题成为本次研讨会的重要主题之一。

《文艺报》评论部主任刘颋谈到了在最近30年报告文学称谓缘起使用的变化。她说，20世纪80年代报告文学是最主流的称谓，进入90年代，纪实文学称谓开始流行。当然关于两者之间的争论开始多起来。在座的报告文学大家都经历了从报告文学到纪实文学的路线图，拥有从报告走向纪实的比较典型的文本。刘颋指出，报告文学与纪实文学两者在时间上不存在绝然地递进，但是，报告文学的主体性在纪实文学里变得更为隐讳和深沉，读者对于文本的参与性有了由少到多的思考，这与时代社会读者的选择密不可分。刘颋说，2010年《人民文学》杂志打出"非虚构"的旗号，原因在于现有的报告文学和纪实文学无法容纳一些新的文学创作现象，无法满足目标读者的需要。《人民文学》刊发的典型的非虚构文本显示了"对话性"的增强，即作者与书中人物的对话，作者与目标读者的对话，现实与历史的对话，等等，这些对话的姿态无疑增加了文本的张力，甚至给予每个目标读者进入文本的通道，期待读者完成文本。刘颋最后说，21世纪是纪实文学的世纪。报告文学称谓的变化恰恰说明了读者对这个文体的期许，从报告到对话，从表现生活到作者和读者一起通过文本去感受生活，去思考生活，这是写作发生的变化，也是读者的期许，也是文体发展的路径。

报告文学作家蒋巍表达了对刘颋提到的这三个概念历时理解的另外一种理解。蒋巍说，非虚构文学是"二战"以后欧美开始使用起来的。在蒋巍看来，它们是一串大小概念，最大的概念是"非虚构文学"，下面套有

"纪实文学"，纪实文学下套有"报告文学"。批评家李朝全认为，《人民文学》抛出"非虚构"这只"乾坤袋"，要装进去的依旧是原先"大报告文学"所容纳的那些作品，只不过是要带给读者和社会一种新鲜的感觉——更加强调真实性和独立性，强调其与"有偿报告""广告文学"和某些空洞缺乏艺术感染力的报告文学的区别，借此引起读者和社会更多的关注和喜爱。龚举善教授认为在使用这三个概念时要注意区分其时代情景和具体语境，它们内涵有别，外延不同。非虚构文学着重于理念意义，纪实文学着重于原则意义，报告文学着重于文体意义。

报告文学资深编辑刘茵指出目前报告文学名称有点乱，出版商和读者比较认同"纪实文学"称谓。傅溪鹏说：现在不提报告文学，提"非虚构"，"非虚构"这个提法当然也可以，西方这个提法涵盖面很大。

当下报告文学的称谓问题，在报告文学业内专家看来，是该坚守沿用报告文学这个老名称，还是让其慢慢消融于"纪实文学"和"非虚构"这些新称谓之中，会议尚未形成一个统一意见，还是一个未决的问题。在笔者看来，报告文学称谓的混用与争议，不是一个坏事。它体现了当下学人对报告文学创作和理论的新观察、新解读、新期许。尽管从名分来说，给报告文学正名是必要的，但是，从学理来说，道家所谓的"名可名，非常名""可以言论者，物之粗也；可以意致者，物之精也"。这些哲理启示我们，对于报告文学称谓问题持宽容态度是明智的。

三、报告文学公众影响力：为何，何为，如何为

如何提升报告文学公众影响力是本次研讨会的核心议题。报告文学公众影响力是什么？为了什么？如何提升？与会人员从这三个层面进行了交流。

资深评论家贺绍俊从文学的公共性角度指出，报告文学公众影响力的目的在于建设现代中国社会的公共领域。这方面报告文学自 20 世纪 90 年代以来在文学各个门类中起了中坚的作用，我们要保护、鼓励、扶持这种功用。

青年学者何轩从静态角度探讨了报告文学公众影响力的概念问题。他指出，新世纪以来报告文学公众影响力日益成为一个亟需实践探索和理论

总结的文体学概念。他认为,感染力和引领力是该概念的一般内涵;信息功用的最大化、可读性和传播性是该概念的外在尺度;对公密性的揭示、情感性的表述和理性的引领是报告文学具有公众影响力的文体本质属性归因。

更多专家从操作层面谈了如何提升当下报告文学公众影响力的办法、途径和措施。

何建明指出,报章体报告文学是当下提升报告文学形象和声誉的重要载体和突破口。要借助电视、网络扩大报告文学的传播面,要借助社会和有关部门的力量,包括高层领导对报告文学的重视,提升报告文学的社会影响力。

报告文学作家刑军纪探讨了歌颂式报告文学缺乏影响力的五个原因:缺少批判性品格、缺少独立思想的能力、缺失民间评价机制、缺少历史文化的厚重感、缺少形式上创新。他指出报告文学影响力要不断扩大,扩大到老百姓中,扩大到校园里,扩大到教材里边。

报告文学资深编辑李炳银表示,报告文学公众影响力的天地还很广阔,理论的空间还很大。他希望报告文学作家、报告文学作品、报告文学的刊物和组织加强报告文学的行动力,真正给力社会,改变社会,在影响社会的进程当中表现报告文学作家的存在性。

资深评论家何西来强调了歌颂型报告文学弘扬民族精神力量的必要性。他说,中华民族在经历了百年苦难以后,甚至经历了"文化大革命"这样的灾难以后,重新经过反思,经过反省,经过亿万民众奋斗赢得这样一个很难得的历史机遇期。所以我们对于那些为推动我们社会前进,在大灾难当中能够挺立起来的这些中国人的精神,我们应当歌颂,报告文学事实上在这方面做出了巨大的贡献。我们不能够讳言这一点。

广西文学院院长冯义认为提振报告文学影响力,要加强报告文学评论队伍建设。《北京文学》执行主编杨晓升认为报告文学提升影响力首先要树立精品意识。

四、报告文学发展态势与问题:"死亡"还是"复兴"

针对新世纪以来报告文学界外关于报告文学"枯竭""尴尬""边缘

化"乃至"死亡"的言论,与会专家进行了认真反思、交流。

对于新世纪十年来报告文学发展的态势,报告文学研究知名学者王晖用"裂变"和"复兴"表达了他的看法。他认为,新世纪以来,中国的报告文学正处在一个裂变与复兴的交叉地带。相对于20世纪80年代报告文学在思想与艺术上的全方位跃动,当下报告文学的状态无疑是处在裂变之中的。作家的写作动机、思想水准、审美诉求和艺术表现呈现多元状态,作品良莠参差、鱼龙混杂。与20世纪90年代的徘徊与转折相比较,近十年来的报告文学又有了某种复兴的意味。这体现在:其一,在一些力图有所作为的作家,譬如何建明、赵瑜、李春雷、朱晓军、陈歆耕、李鸣生、王树增、徐剑那里,对报告文学文体自身的认识和探索没有止步不前,反而有所掘进,从而使文本更具某种独特性。其二,报告文学的社会影响力得到较大幅度的提升。其三,鲁迅文学奖、徐迟报告文学奖和"正泰杯"报告文学奖合力举荐佳作,《中国作家》《北京文学》《人民日报》《光明日报》等报刊倾力传播佳作,中国报告文学学会、全国报告文学理论研究会和中国当代文学研究会纪实文学委员会积极组织进行理论建设与批评。王晖同时指出,在近十年中,报告文学的"裂变"导致了诸多问题的发生与危机的显现。如一些写作者炮制粉饰文章、商业文章和娱乐文章,在误导读者、异化良知的同时,消解报告文学文体存在的基本意义。在有志于报告文学事业的作家那里,也仍然存在文体创新意识缺失和创新能力的不足等问题。

王晖还在会上反思了报告文学界外对报告文学质疑的原因。他说,为什么文学界或者小说界有一批作家、研究者会对报告文学提出质疑,一方面可能是他们的文学等级观、文学的偏见,或者对文学本身理解的一种差异所致。另一方面报告文学自身有没有问题?有没有危机?他觉得是有的。在王晖看来,回归百年来中外报告文学创作的经典,创造一个有利于创作和批评的政治文化生态,是今后报告文学文体兴盛的途径和保障。

张文宝认为报告文学的现状和发展大可不必担忧,应该充满信心,前景光明。报告文学的鼎盛需要强大的理论支撑,需要媒体环境的营造。

邢军纪针对外界的质疑提出了报告文学界要自我反思的问题。他呼吁报告文学界在理论方面不要纠缠一些浅表的问题,要尽快好好考虑报告文学叙事伦理问题,非虚构叙事形态问题,非虚构的艺术形式问题,语言非虚构问题；报告文学的语言与散文语言、小说语言的比较，等等。

何西来认为，报告文学在近三十年来文学诸门类当中是发展最快、发展最充分，得到了长足发展的一个门类。他赞同蒋巍关于报告文学队伍是是一个"伟大的群体"的看法。他说，从几十年来的历史，文学发展的历史来看，受难最多、碰到的问题最多、惹的官司和麻烦最多的是报告文学界。很多人为了能够说真话、写真事，能够表现作为艺术家、文学家良知的真诚而付出过沉重的代价，付出过牺牲。他是抱着一个崇敬的情感来阅读他们的作品，来看这支队伍的。何西来说，不可能有报告文学的衰落、衰微。他觉得在文学诸门类当中，首先应当提倡的"朝阳部门"是报告文学。他提醒报告文学作家在反思历史的时候，党的领导作用这个底线不能动摇。

傅溪鹏表示，有人说"报告文学死亡了"，笑话，不可能死亡，永远不可能死亡，现在很多小说家转来写报告文学，这就说明报告文学的吸引力。

新世纪以来，报告文学到底呈现"死亡"还是"复兴"之势，笔者比较认同王晖看法。"死亡"论太过，但是危机之象是存在的，然而"复兴"之象可造、可期。

五、当下报告文学如何借力凸显自身的优势

面对高科技条件下新媒体的强势竞争，当下报告文学创作如何借力凸显自身的优势，成为本次研讨会热议的一个重要现实问题。

张胜友说，报告文学依托于新闻，非常强调时效性。现在新媒体崛起，新传媒涌现，电视走进千家万户，又出现互联网、手机、微博等新传媒。报告文学作家如果还是按照传统的报告文学写法，其新闻性、时效性方面的优势已经完全丧失。今后写作报告文学，还想在时效性上跟新闻界一争高下，几乎是不太可能。这就要求报告文学作家更好地在思想性和艺术性上下功夫。如果报告文学没有思想性，没有艺术性的话，报告文学真的就很难生存。张胜友强调，报告文学注意思想性的时候还要有理性。中国现在是第二大经济体，这是世界经济史、人类经济史上前所未有的奇迹。中国现在又出现了严重的贫富不均，严重的腐败，教育问题、住房问

题、医疗问题、食品安全问题、假冒伪劣问题等同时存在。作为一个报告文学作家，怎么去看待当下？一定要有理性。在这个基础上，要调动一切艺术手段提升报告文学的艺术性。

李鸣生谈到了当下报告文学作家思想力的重要。他说，现在中国社会处于思想混乱之际，一些人失去了理想，失去了信仰，报告文学作家应该在作品中给公众提供一种引领历史发展方向的思想性东西，报告文学作家自己必须有高度的思想力，发挥引领性、建设性的作用。

六、报告文学体制的长和短：优劣选择

新世纪以来报告文学体制上长风日盛，有些作品动辄三四十万字、四五十万甚至七八十万字。与此同时，短篇、中篇报告文学似乎越来越稀罕。报告文学体制上"长与短"失衡的问题，也成为本次研讨会的一个议题。

与会专家谈到了报告文学体制趋长的原因：一是作家稿酬与出版商利润的合谋驱使报告文学写作越来越长；二是评奖时长篇比短篇更有分量，诱导报告文学作家争相创作长篇；三是改革开放后社会发展变化形势日益复杂，许多社会现象问题本身非长篇体制不足以表达；四是一些报告文学作家在写作时缺乏艺术锤炼和思想统领，导致作品结构臃肿、材料堆砌、语言啰嗦。

相当多的与会专家从时代需要和读者阅读角度提倡选择中短篇报告文学体制来提升报告文学在社会上的影响力。何建明在会上首倡报章体报告文学。《中国作家》副主编、报告文学编辑萧立军建议要刹住报告文学长风的问题。傅溪鹏呼吁报告文学界多出短篇报告文学佳作。

也有专家提醒不要只注意形式上的长与短，关键是内容要"精"与"好"。刘茵认为，不要以长短论英雄，该长则长，该短则短，关键在于一个"精"字。李炳银认为要平衡地来看报告文学"长与短"，短的也要好，长的也要好，在"长与短"之中，"好"是最重要的。

七、报告文学队伍：期待创作与理论互动齐飞

本次研讨会名为"全国报告文学创作理论研讨会"，受邀专家汇聚了

改革开放30年以来在报告文学界活跃的三代作家、编辑和评论家。报告文学的繁荣建设在于报告文学队伍的强大，有力量。与会专家认真检讨了报告文学队伍建设自身面临的问题：报告文学创作队伍的青黄不接和报告文学批评和理论的不足。

报告文学研究新锐学者丁晓原详细解读了新世纪"报告文学生产力"构成的特点："跨世纪"作家与60后"新生代"。丁晓原说，观照报告文学文体的独特，还可以从报告文学作家的基本构成取事言说。他指出，新世纪三届鲁迅文学奖报告文学类获奖者共17人，年龄最大的彭荆风20世纪20年代出生，获奖时81岁；40年代出生的有王光明、胡世全和张雅文3人；50年代出生的有7人，分别是王树增、杨黎光、王宏甲、赵瑜、李鸣生、何建明和加央西热；60年代前期出生的有姜良纲、朱晓军、党益民、关仁山、李洁非5人；年龄最小的李春雷1968年出生。由此可见报告文学作家的中坚力量是50年代和60年代初期出生的，具有全国性重要影响的年轻报告文学作家较少。从新世纪报告文学创作的实际贡献上看，"跨世纪"报告文学作家支撑了这一文体写作的基本局面。所谓"跨世纪"作家是指20世纪八九十年代进入报告文学，在创作方面已有重要实绩，并且在新的世纪仍然保持着良好写作状态的一批作者。这里可以列出一长串的名字，主要有徐刚、赵瑜、何建明、杨黎光、李鸣生、徐剑、王宏甲、黄传会、陈桂棣、梅洁、孙晶岩、王光明、王树增、胡平、蒋巍、杨守松、刘元举、一合、长江、徐江善、曲兰等。丁晓原说，报告文学可能不是属于年轻人的文体，像诗歌、小说文体作家构成上的"青春崇拜"还没有出现。"80后"的报告文学作家，甚至"70后"的报告文学作家在2010年《梁庄》作者梁鸿"冒出"之前似乎也未有所闻。

何建明肯定了丁晓原对报告文学创作队伍构成的分析。他说，报告文学创作队伍面临"青黄不接"的严重问题，怎么解决队伍的问题需要有战略考虑和安排；要发挥全国报告文学学会和地方报告文学学会的作用，通过学会带动队伍，带动整个报告文学发展；要以各级报告文学学会组成团队，用团队的意识、力量和组织促进报告文学阵地的发展。要利用好中国作家协会和地方作家协会资源，为报告文学创作和发展提供机会。

不少与会人员建议报告文学创作队伍要"扩容纳新，扶植新人"。朱晓军说，在特稿界，通过特稿的角度来说，中国并不缺乏报告文学潜在作家,像他这样能够转到报告文学队伍来的可以说有很大一批。冯义和丁晓原提到要扶植、激励"70后"和"80后"作家进入报告文学队伍。李青松认为报告文学界推出新人比新作品更重要,要像小说界那样,打造报告文学团队,带动整个报告文学的繁荣。

关于报告文学理论状况,王晖认为,近十年来,报告文学研究在基础理论和发展史等方面取得了一些成绩,但仍然存在研究成果总量不足、研究人员数量不足以及研究受关注程度不高等问题,应该与创作形成"两翼"的报告文学理论研究和批评的现状不容乐观。

与会专家认为,要解决报告文学理论状况的不足,理论界要在报告文学的文学性上下功夫,深化研究报告文学的文学性。萧立军和邢军纪认为要从审美的角度研究报告文学,深入研究报告文学的结构、叙事和语言。

何西来、刘茵、马建辉等谈到理论界要重新定义报告文学的概念。何西来指出报告文学的概念有广义和狭义两种。报告文学学术理论构架必须同时考虑这两个方面,而不是只考虑一个方面。从文学角度来讲,报告文学理论应该称之为报告文学美学。报告文学美学是研究作为艺术的报告文学最一般的创作和接受的规律的学科。它是文艺理论、文艺美学、艺术哲学的分支学科,属于时政性、应用性和部门性的美学。从报告文学狭义角度来看,报告文学是指及时反应现实生活当中带有迫切性的长于公众关系的重大问题、热点问题,等等。狭义报告文学要求报告文学家具有高度的新闻敏感性,即报告文学题材的敏感性。要有高度的社会责任心。这种报告文学紧贴生活节奏和时代脉搏,发现和反映重要问题、人物和事件,引起公众的关注,并影响和推动事件的解决。这种报告文学一般都以短篇为主,中篇为辅,不大可能也不一定必要长篇大论。广义报告文学是狭义报告文学的延伸和拓展,它的新闻时效性可以不像狭义报告文学那样强。比如许多反思性的报告文学作品,某些从当下现实出发的人物传记,某些紧贴现实需要,从新的文化认知角度重新关照重要历史、人物历史现象的纪实作品,即李炳银所讲的,史志性报告文学,都可以涵盖进来。报告文学应该有一种开放的、广义的概念,事物的交界处常常是模糊状态的。何西来建议理论批评家和报告文学家不要提"清理门户"的话,把报告文学的领地越划越小。

何西来和章罗生还从审美的角度谈了对报告文学的文学性重新认识的

问题。何西来认为，报告文学的文学性其实就是指报告文学的艺术性即这种文体的审美特性。在他看来，这种审美特性至少应当由以下几个方面构成：一、题材之美、对象之美、主人公人性之美；二、情理之美，即作品表示情之智，理之直；三、作品和作家品行的人格之美，这在批判型报告文学中尤为重要；四、报告文学创作的艺术个性之美、风格之美；五、作品的语言之美、叙事技巧之美，当前尤为重要的是要倡导简约的文风。

章罗生教授从新时期30年来报告文学发展实践出发，提出用"新五性"观念来代替传统的"旧三性"观念。章罗生指出，报告文学传统"旧三性"的"新闻性、文学性和政论性"观念已经不能概括新时期以来特别是新世纪以来报告文学创作实践了。因此，他提出"新五性"：第一，主体创作的庄严性，就是作家的正义良知；第二，题材选择的开拓性；第三，文体本质的非虚构性；第四，文本内涵的学理性，学理性包括知识性、学识性，包括理性精神；第五，文史兼容的复合性。章罗生强调，这"新五性"把报告文学的文学性转化为"五类美"。作家主体创作庄严性对应的是崇高美，题材选择的开拓性对应的是生活美，文体本质的非虚构性对应的是非虚构美，文本内涵的学理性对应的是理性美，文史兼容的复合性对应的是综合美。其中尤其值得注意的是确立了理性美，这是一个新的提法。

青年学者马建辉就报告文学的想象力问题提出了新的看法。他认为，报告文学作家们面对现实生活，尤其是面对本身就具有文学性结构的现实生活，只需要去做独特发现的功夫，但在语言修辞的方面，报告文学作家是非常需要想象力的，这是报告文学作家才华的一个重要体现和表现。

报告文学的发展繁荣，从生产环节离不开编辑的辛勤劳动。在报告文学的生产链中，编辑充当什么角色？编辑做什么？如何看待报告文学编辑的作用？《十月》原副主编田珍颖做了精彩的发言。她说，第一，编辑要找好自己的位置。编辑是什么？在她的心目中，编辑就是路、桥。作者要拿着他们的作品从这个路上、桥上走到社会，或者有时还可以提高一点。编辑可能是车，是船，当作家不顺的时候，编辑可以把他从此岸送到彼岸。编辑有可能是脚夫，上山的脚夫，要背负着沉重的作品到达顶峰。但顶峰不是编辑的，是作品的，是作者的。编辑的胸怀是博大的胸怀，是不张扬的情怀。在这样的情况下编辑才找回自己的位置，才能够在编辑的行业中使用编辑的权利或者行使编辑的权利。

第二，编辑读什么？她认为是读深度。这个深度是什么？就是一篇作品的冲击力，一个作品的穿透力，这个深度是一个作品生命所在，灵魂所在。编辑对作品是拆解。要顺着纹路走进去，看清它的肌肤，看不到这一点编辑就不会触到作品的心灵。编辑阅读和读者不一样，读者可以看好看，可以有选择。编辑面对稿子无所选择，是要读的。读的过程中假如不能拆解就不会达到深度。

报告文学资深编辑周明认为，报告文学队伍要不断壮大，报告文学创作是一翼，理论是一翼，应该比翼齐飞。人才的问题，要从长远考虑，从战略高度考虑，需要不断补充、发现和培养。

与会报告文学作家何建明、蒋巍、赵瑜、黄传会、徐刚、李鸣生、贾宏图、郝敬堂、邢军纪、朱晓军、李春雷、李青松、张雅文、阮梅等对20世纪80年代以来培养、扶植和引导报告文学作家走上报告文学之路的周明、李炳银、刘茵、田珍颖、傅溪鹏、杨晓升、萧立军等编辑和何西来等资深评论家表达了深深的敬意和谢意。中国作协创研部副主任彭学明主持了26日上午的研讨会。

【写作反思】

本文初稿完成于2011年8月19日，刊发于《云梦学刊》2012年第6期。

作为会议综述，笔者有幸应邀参加了2011年在北戴河召开的为期一周的全国报告文学创作理论研讨会。本文系根据会议资料和会议发言录音整理撰写而成，力求原生态、全面、客观的呈现会议主要议题和结论，同时作为会议学术综述，借助"评"的功能表达笔者的相关思考。

批评的踪迹 >>>>>>>

4.3 "何建明研究所"成立暨《何建明评传》撰写研讨会综述

摘 要：何建明研究所2010年1月10日在湖南理工学院成立，为作家与批评家建立良性互动提供了一个新的尝试。《何建明评传》撰写研讨会召开，何建明与评传撰写者面对面进行交流，双方对何建明报告文学创作的人民性、思想性与艺术性以及评传写作计划进行深度互动探讨。

关键词：何建明研究所；《何建明评传》；研讨会综述

在中国当下文坛，作家与批评家之间缺乏深入交流和沟通，成为制约创作与批评健康发展的瓶颈。近日，湖南理工学院为当代著名报告文学作家何建明成立研究所，为作家与批评家建立良性互动提供了一个新的尝试。

一

2010年1月10日，新年伊始。著名报告文学作家何建明与文艺评论家熊元义博士、马建辉博士一行三人从北京夜乘火车赶到湖南岳阳，与湖南理工学院党委副书记余三定、副校长文艺文、邱绍雄及300余名师生共同见证"何建明研究所"成立仪式。上午9时，邱绍雄宣读"何建明研究所"成立文件，并为何建明颁发客座教授聘书。首任所长余三定与何建明共同为"何建明研究所"揭牌。何建明当场赠送中央电视台正在热播的电视大戏《奠基者》之原著图书——他的著名报告文学作品《部长与国家》。

会上，何建明与余三定围绕地方高校给一个当代作家成立研究所的意义问题发表了讲话。何建明说，在湖南理工学院成立"何建明研究所"，对他来说，是一个里程碑的事件。这是一份缘分，也是一份责任。首先，他走上报告文学之路是34年前在湖南当兵起步的，当时在岳阳驻扎过5个月,第一张军营黑白照片就拍在岳阳洞庭湖畔。其次,湖南是毛主席故乡,他的报告文学创作基本上是按毛主席说的文学为人民大众服务来创作的。何建明认为,给一个当代作家成立研究所,其意义不仅在于对某个作家本人,更在于对这个作家所代表的当代文学现象进行深入研究。他说,当代中国作家成长过程很值得我们去研究和思考,其中包括对报告文学文体的研究,也是很有意义的,成立关于他的研究所可以不断促使他创作。同时,作为被关怀的对象,他要力尽所能为湖南理工学院做些事。何建明表示他可以做三件事:第一,他可以继续写作品,特别是写一部关于湖南或岳阳的作品;第二,他希望和期待在湖南理工学院学生中带出几个比他还伟大和出彩的报告文学作家;第三,在将来可能情况下,他可以与研究所同仁一起共同探讨包括报告文学在内的文学创作。

余三定从研究对象本身的价值和湖南理工学院教学科研的需要两个方面讲了成立"何建明研究所"的意义。他说:我们为什么要成立"何建明研究所"呢?一方面,何建明这个对象值得研究。一是何建明是当代一位杰出的报告文学作家,何建明现象是当代一个突出的文化现象。二是何建明是一位代表社会良知的当代优秀知识分子,在今天价值多元的时代,何建明身上的人民性特别值得我们去学习、去弘扬。三是何建明是一位特别能独立思考的思想者,何建明不仅在素材收集上下真功夫,同时何建明报告文学还表现出一种思想的力量,一种理性的力量,一种思辨的力量。余三定说,他个人认为,何建明在当代文学史上具有重要地位,在当代文化史甚至思想史上都有独特意义。所以,有必要成立一个研究所全方位来研究何建明。另一方面,落实到湖南理工学院,成立"何建明研究所",对于湖南理工学院中国语言文学学科一级学科水平的提升,对于湖南省普通高校研究基地"中国文学批评学研究中心"力量的加强,都有很重要的促进作用,为学院教学科研提供了一个独特的有意义的平台。

会上,余三定还就"何建明研究所"未来工作做了初步计划。他说要把"何建明研究所"变成三个中心:一是成为何建明资料中心,把何建明著作收集齐,把何建明评论资料收集齐;二是成为何建明作品欣赏阅读教学中心;三是成为何建明研究中心,学生的毕业论文,老师的科研工作都可以围绕何建明来研究。研究方式从论文到著作再到丛刊。目前《何建明评传》提纲已拟出,马上要讨论,开始撰写,未来可以不定期出何建明研究丛书。另外，还要建一个何建明研究网站，配合网站搞一个内部的何建明研究纸质的通讯刊物。

二

上午10时，"《何建明评传》提纲研讨会"紧接举行。会议由余三定主持，周森龙代表《何建明评传》（以下简称《评传》）撰写团队作了主题发言。周森龙说，《评传》写作初定8章，前4章以传为主，着重探讨何建明报告文学在当下语境的发展变化；后4章以评为主，着重探讨何建明报告文学的叙事策略与文体价值、文学史地位，以及传主的责任和眼光。听完周森龙教授的主题发言，熊元义博士和马建辉博士分别谈了看法。熊元义说，价值多元化的时代需要主流发展方向，众声喧哗的时代，优秀的作品要浮出来发挥作用，需要评论和研究，需要优秀的评论推出大师级的作家作品，"何建明研究所"的成立及《评传》的撰写就是一个很好的尝试。马建辉说，山不在高，有仙则名。湖南理工学院建立"何建明研究所"，要发挥好名片和个案研究的功能，推动当代文学评论研究的深化和教学模式的创新。同时，马建辉还对《评传》写作的叙述视野、切入点、叙述线索和语言风格等谈了许多建设性的意见。

接着，《评传》撰写团队成员杨厚均教授、何轩博士、朱平珍教授、任先大副教授等分别讲了撰写意见。杨厚均说，《评传》写作要把传主文本价值和人品价值放到产生的历史语境中去写，要挖掘传主从批判向歌颂转换的内在东西，何建明后期报告文学歌颂的特点具有建构性和理想性。何轩围绕"国家叙述"的三个逻辑层面："写了什么""怎么写的"和"意图和效果如何"，对"国家叙述"进行了历史的归类梳理和评述，他认为，"国家叙述"的撰写要关注内容和文体上的特点，及其与"大国崛起"的历史语境。朱平珍从一个读者接受角度谈了对何建明作品阅读的感受，认为何建明报告文学的魅力来源于作家的"义举"和"善举"，因而《评传》写作要以传带评。任先大从美学和哲学角度谈了要把《评传》写成一个立体式而不是平面式的结构，认为何建明报告文学的"标杆性"在于实现了当代报告文学从20世纪80年代的"创作"到90年代的"运作"的转型。

在听完大家的发言后，何建明与评论家们进行了深度交流。他对《评传》撰写提纲和老师们的发言表示感谢和满意。何建明从创作历程的角度谈了他从事报告文学创作的具体背景以及他的报告文学观。何建明不无谦虚地说，他的40余部报告文学作品是他30余年业余时间"赶"出来的，不免粗糙。他将自己的报告文学分为五个类型：直面写生型写作、思考型写作、高端视野写作、成熟思考型写作、优美情感式写作。何建明重点就报告文学写作的一些具体问题谈了自己的看法。关于歌颂与批判的问题，他说，报告文学要写好，歌颂比批判更难写，评论家对此认识不够。他说，一个共产党人，一个人民作家，他的写作立场必须要考虑历史的发展，必须考虑为谁歌颂？为谁批判？一个优秀的报告文学家要有政治家素质和思想家素质。他还说，今天的知识分子百分之百的批判，要改进一下。今天的批判，是带一种建设性的批判，批判永远是中国知识分子的骨气，但不是所有的骨气是批判两个字所能包含的。当下中国知识分子要防止对批判的误导。关于报告与文学的问题，何建明认为传统报告文学的定义是有局限的，不完善的。他说，所谓报告文学，在他看来，是用文学手法写的新闻报告。首先是报告，必须有信息量、精彩、有报告对象。其次，才是文学。第三，报告文学必须具有新闻性。关于做人与作品的关系问题，何建明说，要写好一个报告文学，首先必须做好人，这个人有"大人"与"小人"之分，"大人"就是对民族国家的感情，"小人"就是做一个独立单体的人，这样作家才能永葆平民意识和平民情怀。一个作家尤其是报告文学作家，人与文是十分重要的。报告文学写作，作家必须到现场，寻找感觉。何建明还回应了"国家叙述"为何物的提问。他说，评论界把"国家叙述"看作他30年来报告文学的一个突出特点，他也认可。他认为，"国家叙述"包含了一个作家对党、国家和人民以及时代、民族的记录意识和情感意识，它来自一个作家生命中的力量，"国家叙述"里包含了对人民的叙述。最后，何建明表示，今天的研讨会对他的创作和做人，乃至人格，都是一个帮助和提升。

余三定最后总结说，由于时间有限，今天的研讨会暂时告一个段落。听了何老师的讲话，大家对何老师做人和创作有了更深的了解和理解，下一步，要把"传"的特点更突出一点，把总的提纲再作个调整分工，再分头去写。

【写作反思】

本文初稿完成于2010年1月,刊发于湖南理工学院文学院院刊《南湖文苑》。

本文写作类型属于文学批评会议综述,具有史料价值,所以综述文字力求史料的记录,同时兼顾文学批评学的意义。

第五章
学术著作评论

学术著作批评导引

这里所谓的学术著作批评，是指以聚焦某一文学问题的学术著作为批评对象的文学批评。文学学术著作批评包含"论文"与"论人"两个因素。文学学术著作批评的价值在于揭示学术著作的思想特点和独特贡献，以及学术人格的人文关怀。

从操作层面看，常见的学术著作批评形态有评论学术著作主题特点与揭示学术著作的价值发现两种形态。本章个案《报告文学研究的理论整合与创新——读章罗生〈中国报告文学新论——从新时期到新世纪〉》《整体性·集成性·过渡性——评付建舟〈小说界革命的兴起与发展〉》注重评论学术著作主题特点，而《作家评传与文化软实力——评〈当代湖南作家评传丛书〉》和《文化转型与内生动力——评〈儒家文化与晚清新小说的兴起〉》则是注重揭示批评对象的学术价值与学术发现。

5.1 报告文学研究的理论整合与创新
——读章罗生《中国报告文学新论——从新时期到新世纪》

摘　要：章罗生的著作《中国报告文学新论》的最大特色，表现为构思与主旨上的理论整合与创新。这种整合与创新既建立在章罗生自己二十余年对报告文学潜心研究的成果之上，又建立在现有的国内同行关于报告文学研究的成果之上。该著不仅是作者自己的"集大成"之作，而且还包容了当下报告文学研究的新成果，体现了当下学界关于报告文学研究的整体实力和创新所在。

关键词：章罗生；《中国报告文学新论》；整合；创新

一

最近30年来，中国报告文学创作伴随改革开放、社会转型的时代风云异军突起，蔚为大观，而与之相对应的关于报告文学的研究却相对沉寂、滞后。于今，湖南大学章罗生教授的新著《中国报告文学新论——从新时期到新世纪》（以下简称《中国报告文学新论》），由湖南大学出版社于2012年10月出版，这部长达700多页80多万字的理论专著的推出，则无疑彰显了打破当下报告文学创作与理论研究不平衡发展格局的努力与希望。

在为数不多的报告文学研究专著视域中，《中国报告文学新论》的最大特色，在我看来，表现为构思与主旨上的理论整合与创新。这种整合与创新既建立在章罗生自己二十余年对报告文学潜心研究的成果之上，又建立在现有的国内同行关于报告文学研究的成果之上。换句话说，该著不仅是作者自己的"集大成"之作，而且还包容了当下报告文学研究的新成果，体现了当下学界关于报告文学研究的整体实力和创新所在。

二

创新是学术研究的灵魂。然而，任何学术的创新都离不开坚实的研究积累。因而，整合已有的研究成果，往往成为学术创新的一个必不可少的重要途径。章罗生教授的新著《中国报告文学新论》再次证明了人文学术研究创新与整合的辩证关系。作为一部对新时期到新世纪中国报告文学创作现象进行理论观照的研究专著，《中国报告文学新论》的理论创新经历了三次学术积淀与三次学术整合。第一次积淀是章罗生1995年出版的《新时期报告文学概观》（36万字，华南理工大学出版社出版），这是第一部有关中国新时期报告文学研究的专著，其主旨在于对新时期报告文学创作现象的归类描述研究。第二次积淀是章罗生2002年出版的《中国报告文学发展史》（51万字，湖南人民出版社出版），这部通史性的文学史著作不仅在研究对象"史实"上"上溯下延"的扩大，而且在"史观""史识"等方面有所突破和创新。第三次积淀是作者2007年出版的《新世纪报告文学的审美新变》（26万字，北京华龄出版社出版），该著研究视野集中在新世纪报告文学审美新变方面，既是其先前有关报告文学史论研究"史实"在新世纪发展的延长，又是其研究层次往纵深领域的推进。该著既是其博士论文成果，也是其申报获得的第一项国家社科项目成果。上述三部著作集中显示了章罗生20多年来关于报告文学研究由"题材现象论"到"史论"再到"审美论"的"三级跳"的研究思路。从中可以窥见章罗生报告文学研究的一贯特色，即以报告文学创作现象为主线，以作品归类解读为手段，以意义与价值阐释为旨归，力求对中国报告文学的发展流变进行整体观照和把握。

书山有路勤为径，学海无涯苦作舟。章罗生教授数十年在中国报告文学研究领域的辛勤耕耘，让他摸出了一条具有自己特色的学术研究之路。然而，章罗生并没有在原有的研究成果上止步不前，他在寻求不停地超越自己与超越别人，希望在报告文学领域写出一部价值厚重，有理论深度和突破的"集大成"之作，为改变中国报告文学理论研究滞后与落后状态，为推进中国现当代文学与文艺学的学科理论发展做贡献。功夫不负有心人。经过两年的思考与整合，2009年，章罗生拿出了近百万字的书稿《报告文学综论——从新时期到新世纪》。该书稿分为本体论、发展论、流派论与作家论四卷，意在以新时期以来30多年的创作为重点，从四个方面对中国报告文学进行全面、系统总结，并努力开掘、发现和提升其理论意义。与前三部著作相比，此书稿可谓是对先前报告文学研究成果的第一次整合。此后两年，为了将该书稿打造成国家社科优秀成果"经典"，结合专家鉴定意见和出版社编辑意见，该书稿又经过两次修改整合，在体例上将"作家论"拿下，对其中个别重点作家和作品作为"附论"置于"发展论"和"流派论"之后，并最终将书名改为《中国报告文学新论——从新时期到新世纪》。经过5年不懈的整合、提炼，章罗生的报告文学研究不仅在理论水准上得以提升与创新，而且将研究领域推进到中国现当代纪实文学方面。2011年，他申报的《中国现当代纪实文学研究》课题又获得国家社科项目立项支持。现在这部厚重的理论新著《中国报告文学新论》即为其最新的集大成的成果。

三

《中国报告文学新论》以新时期以来30多年的报告文学创作为研究对象，结合中国现当代纪实文学，从宏观上多层次、多角度地论述了中国报告文学的理论建构、发展规律、流派团体与代表作家作品。其中上编"理论新探"，首次以"新五性""审美文化复合"与"史传报告文学"等创新概念为重点，试图构建中国"报告文学—纪实文学学"的独立理论体系。中编"发展新论"以"从'旧三性'到'新五性'""从冲突到融合""从两极到中介""从一体到多元"等理论新概念、新范畴、新命题，系统揭示了中国报告文学特别是从新时期到新世纪报告文学发展规律和审美嬗变。下编"流派新议"首次提出"中国报告文学流派"概念，从发展、功能、风格与成就等视角，对8个流派进行了全新的理论概括和系统论述。理论论述与创作分析相结合的有机体系构成使该著在报告文学研究领域不仅具有理论创新价值，而且对报告文学作家的创作实践具有指导价值。

《中国报告文学新论》创新的首要之处是关于报告文学的"本体论"问题的论述。该著认为，在报告文学是什么的问题上，传统的"旧三性"——新闻性、文学性与政论性已经陈旧过时，不能概括、规范和指导当下的报告文学创作实践,必须与时俱进,代之以符合创作实践的"新五性",即主体创作的庄严性、题材选择的开拓性、文体本质的非虚构性、文本内涵的学理性和文史兼容的复合性。这"新五性"不但是报告文学的文体特性,也是其价值标准。与此相关,根据文学文化学的观念和当下报告文学创作实践,该著将报告文学定义为一种典型的"审美文化复合体"。该著关于报告文学本体论的创新观点是该著的灵魂,如同血脉一样灌注于其理论体系的"发展论""流派论"和"作家论"之中。

《中国报告文学新论》的第二处创新在于其"发展论"的论述。如何描述新时期以来30多年报告文学的发展规律和审美嬗变,是撰写报告文学发展史课题不可回避的问题。该著突破了以往报告文学著述现象描述与进程勾勒的表浅层面,而从创作主体观念变革与思维模式转变,以及文体嬗变与文本内在冲突等创作的多维视角揭示30年来报告文学发展演变的内在规律。如关于报告文学观念的演变,论著认为是从"旧三性"到"新五性",具体而言,20世纪80年代挑战"旧三性",90年代建构"新五性",新世纪以来,向纵深发展。关于报告文学作家主体思维模式的变化,该著认为30年来报告文学的创作表现为"从两极到中介"的变化,具体而言,新时期前后,从"两极对立"到"激情有余"。20世纪90年代,沉静、理性、坚守。新世纪以来,清醒、独立、深沉。关于报告文学发展的动力形态,该著借用和合学观念认为,百年中国报告文学始终处在冲突与融合过程中,正因为报告文学在"新闻性"与"文学性"、"文学性"与"政论性"(理性)、歌颂与暴露,以及主旋律与多样化等方面的激烈冲突,才得以发展、进步,走向融合、新生。具体而言,在新时期以前,报告文学在新闻、文学与政治之间徘徊而未能找到自我;20世纪80年代,报告文学在融突、躁动中痛苦蜕变;90年代,报告文学在融合、开放中平稳发展;新世纪以来,报告文学在深入发展中走向新的繁荣。关于报告文学文体风格的发展问题,该著认为经历了"从一体到多元"的变化。具体而言,新时期前,理论落后,形式单一;新时期后,百花争艳,异彩纷呈。20世纪90年代,在探索中多元发展,具体表现为,在"人学"方面,着重向人情、人性与人生的深层掘进,在哲理诗情与散文化方面,表现出"史诗"特色、悲剧意识和崇高与悲壮。新世纪以来,继续在探索中多元发展,一是对小说等传统民族艺术的全面借鉴,二是对人物描写与典型叙事的多样探索，三是对理性与新闻性的合理疏离，四是对"学术体"与"思想美"的艰难探索，五是对语言与修辞的刻意追求。上述关于报告文学发展论的创新论述是该著理论体系的骨架，支撑着该著学术创新的巍巍大厦。

《中国报告文学新论》的第三处创新在于其"流派论"的论述。单从该著篇幅来看，关于"流派论"部分的论述长达 300 多页，占了该著的半壁江山。从该著整体内容来看，关于"流派论"的论述是该著的血肉。有了该部分，该著关于报告文学"本体论"与"发展论"的创新之见，才得以在报告文学作家作品中验证通过。因为，文学理论的创新来自于对创作实践的概括、总结，同时又要回到具体的创作实践，对创作实践进行解释与指导。《中国报告文学新论》关于"流派论"的论述彰显了理论创新力与理论阐释力之间的良性互动关系。为此，章罗生从文学理论中借用了一个"流派"范畴，认为，新时期以来的中国报告文学也存在流派现象，以此作为中介物来演绎其理论创新力与理论阐释力之间的互动关系。因此，"流派"一词，尽管是借用，但用在报告文学著述中，却是从章罗生开始的。章认为，中国新时期以来的报告文学创作中，已经存在"流派现象"，而且，他将之分别概括为八个流派："哥德巴赫猜"派——科技报告文学、"国土热流"派——改革报告文学、"社会问题"派——问题报告文学、"历史反思"派——史传报告文学、"文体明星"派——文体报告文学、"人杰宣传"派——英模报告文学、"巾帼红颜"派——女性报告文学、"生态环保"派——生态报告文学。章罗生以这八大流派为节点，不仅网罗了新时期以来所有报告文学创作，而且以此来验证其理论的阐释力。他不仅从整体上阐释了各个流派的发展流变、风格特色、成就地位、价值功能，而且还结合各个流派的代表作家给予"专论"，如李鸣生之于"哥德巴赫"派，赵瑜之于"社会问题"派，何建明之于"人杰宣传"派，陈祖芬之于"巾帼红颜"派，徐刚之于"生态环保"派。这样作家作品专论之"点"、流派作家之间前后联系之"线"与流派总体论述之"面"等三类论证视角相互配合，有力地支撑起其"流派论"屋宇，同时也彰显了该著的论证特色，即"以论带史，论由史出，史论融合"。

【写作反思】

本文初稿完成于2012年寒假,刊发于《文学界》2013年4月号总第176期。

作为学术著作评论,本文紧扣论题关键词"整合"与"创新"做文章。

5.2 整体性·集成性·过渡性
——评付建舟《小说界革命的兴起与发展》

摘　要：付建舟的新著《小说界革命的兴起与发展》是对改革开放30年来国内外晚清新小说研究成果的集大成之作。付著研究视角的整体性、考证材料和观念的集成性、宏观立论的过渡性，构成了该部学术专著的特有价值。

关键词：付建舟；《小说界革命的兴起与发展》；书评

"小说界革命"作为20世纪中国文学现代化开端的一个重要事件，在最近30年来受到海内外学界的高度重视，成为中国近现代文学研究的一个新的开发点。付建舟的新著《小说界革命的兴起与发展》（中国社会科学出版社2008年3月出版），可以说是对改革开放30年来国内外晚清新小说研究成果的集大成之作。付著研究视角的整体性、考证材料和观念的集成性、宏观立论的过渡性，构成了该部学术专著的特有价值。

自80年前鲁迅的"谴责小说"论开始，国内外学界关于晚清新小说的研究可以说是不绝于缕。然而，无论是断代的《晚清小说史》著书和晚清小说理论探讨，还是通史式的中国文学史、中国近代文学史和中国现代文学史，有关晚清小说界革命的整体运行过程都不甚清晰。"小说界革命"作为中国古代文学史和中国现代文学史建构的"断裂地带"，在最近20年重写文学史的浪潮中日益引人注目。20世纪80年代后期陈平原在其博士论文基础上出版的专著《中国小说叙事模式的转变》，就把晚清新小说和"五四"新小说作为两个述说的单元构成一个论述的整体，论证了中国小说叙事模式的转变。90年代美籍汉学家王德威以论文《被压抑的现代性——没有晚清，何来五四？》，更把晚清新小说看作是中国现代文学的开端。然而，尽管如此，国内外学界关于晚清小说界革命的全貌依然"见树不见林",缺乏对晚清小说界革命的整体考察。

付建舟的专著《小说界革命的兴起与发展》可以说是瞄准了学术界的这一空白,将小说界革命作为一场文学革新运动,以晚清四大小说期刊为中心进行整体考察。这种整体视角的选择,既使他的研究视角独到具体,又使其研究内容博采众长,进入学术前沿而自成一体。

"小说界革命"是如何兴起的?其兴起的社会历史条件是什么?有哪些人参与了"小说界革命",促使它的兴起与发展?小说界革命在小说创作、翻译和理论建构方面取得哪些成就?它与"五四"新文学运动又有怎样的关系?对这些问题的整体考察、探索构成了该著的基本内容和体系框架。

该著主体部分分为七章,分别是:第一章"小说界革命"兴起与发展的社会历史条件;第二章"小说界革命"的作者群;第三章"小说界革命"的展开:期刊小说的生产与小说期刊的传播;第四章"小说界革命"的巨大实绩(上):晚清小说(文学)观念与类型研究;第五章"小说界革命"的巨大实绩(下):晚清小说的作品类型研究;第六章"小说界革命"语境中的近代戏剧;第七章"小说界革命"与"五四"新文学运动的历史承续性。独到的整体视角,鲜明的问题意识,成为该著的第一个鲜明特色。

近百年来学界关于晚清小说界革命的研究成果可以说是众说纷纭,莫衷一是。如何摄取众议,自成一家,是晚清"小说界革命"整体研究的一个无可回避的问题。付建舟以"小说界革命"的历史事实和相关观念的考证为出发点和着重点,在资料的全面占有和观念的深入挖掘上下功夫,显示了一个年青的实力派学者特有的积累和追求。比如绪言部分关于"小说界革命"之关键词"革命"的考证,从中国古代《易经》之"汤武革命"到近代英法之"双轮革命",从中勾勒出梁启超发起的"小说界革命"产生的中外文化语境的差异,以及这种差异给读者接受解读带来的文化语境内涵,从而揭示梁启超发动"小说界革命"不同于"政治革命"的文学革新运动的性质。又如第二章"'小说界革命'的作者群",尤其显示了著者的考证功底和整理能力。

对于"小说界革命"的倡导者和开拓者,论著分节论述不难,难的是对《新小说》杂志的多元作者构成的定量定性分析,以及由此进一步展开的晚清小说界革命作者群由"士"向"知识分子"转化的历史过程的分析挖掘。再如，关于小说界革命的展开问题，作者以晚清"四大小说期刊"的传播为线索，考察了小说界革命传播的地域范围和影响的受众层次，作者广泛吸取近三十年来晚清新小说研究的众多成果，揉进自己的体系中，使自己的整体研究建立在大量可信可证的历史事实基础上，避免了某些整体研究大而空的窠臼。

如何看待晚清"小说界革命"的历史地位问题？这是每一个晚清文学史研究者无法绕过的问题。付著《小说界革命的兴起与发展》将"小说界革命"看作一场文学革新运动，认为它与"五四新文学运动"存在历史连续性。在中国文学由传统向现代转化的过程中，小说界革命起着过渡性的作用。论著紧扣转型与过渡的关系，宏观上描述了"小说界革命"的历史进程及其过渡性质。该著观点清晰，自成一体，是第一部全面系统研究晚清"小说界革命"的论著。

付著《小说界革命的兴起与发展》的写作历经六年，数易其稿。在中国近代文学研究领域，付建舟矢志不移，用力颇深。他先师从近代文学研究专家关爱和先生攻读博士学位，然后师从近代文论专家黄霖先生，攻读博士后，六年青春年华全部付给清末民初文学研究（尤其是晚清小说界革命、中国文学思想观念的近现代转型这一主题）。他多年上下求索，滴水穿石，集腋成裘，精诚所至，始成此著。在我们这个浮躁喧哗的时代，做一个实力派的年轻学人，实在难能可贵。

【写作反思】

本文初稿完成于2008年11月，刊发于《云梦学刊》2009年第2期。

本文评论对象付建舟及其著作《小说界革命的兴起与发展》是笔者熟悉的学者和学术领域。作为学者，付建舟是我硕士阶段的同门师兄，我们20世纪90年代中期在湖北大学中文系一起师从熊德彪先生学习中国现当代文学。笔者的考博之路与博士论文选题《儒家文化与晚清新小说的兴起》推算起来，与付建舟是有一定因缘关系的。

5.3 作家评传与文化软实力
——评《当代湖南作家评传丛书》

摘　要：本文以新近出版的《当代湖南作家评传丛书》为个案，论述了作家评传作为一种文体形式，其写作与当下文化软实力建设的关系。《当代湖南作家评传丛书》推出彭燕郊、孙健忠、谭谈和残雪四位湖南籍作家的评传，这是新的历史条件下"文艺湘军的新开拓"，接续了千年湖湘文化传统，昭示着千年湖湘文化的精神，必将汇入当下复兴中国文化的洪流之中。而作家评传丛书的形式，为精英文学的大众化和理论化，进而为推动社会主义文化的大发展大繁荣，提高民族文化的软实力提供了新思维、新路径。

关键词：作家评传；文艺湘军；文化软实力

一

伴随着改革开放30年来思想的大解放，作家评传书籍竞相出版，成为最近30年来中国人文社科繁荣的另一风景。今据北京大学图书馆检索"中国作家评传"字样显示，该馆馆藏中国作家评传书籍达204部（套）；20世纪中国文学史上知名作家几乎都有了个人的评传。当下中国作家评传类图书的横空出世，与领袖传记、名人传记、明星传记等一起建构了我们这个时代多姿多彩的历史风景和个人风景。作家评传作为一个文类书写形式在21世纪的勃兴，显示了什么样的写作范式和价值建构？这是一个值得关注的问题。本文拟以最近湖南文艺出版社出版的《湖南当代作家评传丛书》为个案，作一个初步探讨。

《当代湖南作家评传丛书》推出彭燕郊、孙健忠、谭谈和残雪四位湖南作家的评传，这是新的历史条件下"文艺湘军的新开拓"。我所谓的"新开拓"是从两个层面来观察的：首先，就地域文学而言，此前关于

"文艺湘军"的创作状况，在新世纪新千年前后我们先后见到了《当代湖南作家作品选》《当代湖南戏剧作家选集》《当代湖南文艺评论家选集》和《文艺湘军百家文库》等大型丛书，从中我们看到了新中国成立50年来"文艺湘军"多达133人数千万字的文艺作品。在此洋洋大观的作家作品面前，湖南文艺批评界与时俱进，对"文艺湘军"进行深度开发，首批推出了《彭燕郊评传》《孙健忠评传》《谭谈评传》和《残雪评传》，这对湖南地域文学而言，可以说是一个从"量的检阅"到"质的分析"的新开拓。其次，就学术文化而言，"作家评传"丛书传统从《史记·儒林列传》到中国现当代名作家评传，虽然源远流长，但对区域性的作家评传丛书而言，《当代湖南作家评传丛书》在当下中国还是率先推出。其创新之处不仅在于接续了数千年来中国知识分子人文传统的精神香火，而且还开启了当代湖湘文化的精神魅力，为推动社会主义文化大发展大繁荣，提升文化软实力，提供了新思路、新举措、新路径。因此，《当代湖南作家评传丛书》的出版，对于我们深入认识"文艺湘军"的构成、特点和湖湘文化的精神魅力，推动湖湘精英文学的大众化和理论化，具有多方面的启示。

二

"文艺湘军"是一个很有历史意味的文学现象术语。虽然，在当下批评界，"文艺湘军"与"文艺豫军""文艺陕军""文艺晋军"等类似的命名一起遭到所谓的政治意识形态泛化的诟病。但是，从新中国50年来文艺的创建体制、机制与政治的紧密联系，尤其是在省域文学的建构上，新中国的文学确实形成了某些"军团"建制般的体制特色。因而，"文艺湘军"类似的命名还是有其历史合理性和文化传承性的。它代表了一个特殊的历史时期文艺的生态特色。而《当代湖南作家评传丛书》的出版，将使我们有机会从四个鲜活的个案感知到新中国60年来湖南文学——"文艺湘军"是怎样炼成的。这对当下流行的某些中国现当代文学史"大而空疏"的状态，也是一个有力的矫正和补充。

《当代湖南作家评传丛书》的四名"传主"彭燕郊、孙健忠、谭谈和残雪分别出生于20世纪20年代、30年代、40年代和50年代，代表了"文学湘军"的四种成长类型。第一种类型是起步于革命战争年代，在中国革命和新中国建设的熔炉中永葆文学艺术独创性追求的作家，彭燕郊是这类代表。彭燕郊，1920年生于福建莆田县，1938年参加新四军抗日革命工作，1939年开始发表诗歌，逐步成为"七月诗派"的干将。1949年参加新中国第一次文代会，1950年6月来到湖南工作，先后在湖南大学、湖南师院、湘潭大学等大学的中文系任教。1955年因"胡风案"被关押，1979年获平反。1984年退休后定居长沙继续从事文学写作、编辑工作，直至2008年3月31日病逝于长沙。彭燕郊曾参与筹组湖南省文联，筹办新中国以来湖南省第一个文学刊物《湖南文艺》，并任编委。在近70年革命生涯中，彭燕郊先后出版诗集《彭燕郊诗选》《高原行脚》，评论集《和亮亮谈诗》，主编《诗苑译林》《现代散文诗名著译丛》《外国诗辞典》等。彭燕郊是"文学湘军"队伍中老一辈"革命作家"的代表，在其长达70年的文学创作生涯中，他始终追寻着思想和艺术上的独创性、先锋性、纯正性，这在中国新诗史上是绝无仅有的，在世界诗歌史上也是不多见的，以至于有研究者提出了"彭燕郊现象"的命题。作为当代中国文学中大师级的人物，彭燕郊的存在，大大提升了湖南诗歌和"湘军"文学的品位与境界，被评论家誉为"中国新诗的南岳"。

"文学湘军"的第二种类型是20世纪50年代起笔扎根乡土、追求民族风格的乡土作家，孙健忠是这类代表。孙健忠，土家族，1938年生于湖南吉首市，1955年毕业于湘西第二民族师范简师部，先后任小学教师、县报记者、编辑，1960年7月调湖南省作家协会从事专业创作。长期在土家族聚居的湘西地区安家落户，体验生活。在30多年的创作中，著有长篇小说《死街》《醉乡》，中短篇集《五台山传奇》《倾斜的湘西》《猖鬼》《乡愁》等多种小说作品，曾任湖南省作家协会主席，系第七、第八届全国人民代表大会代表。孙健忠以其创作中展示的浓郁的乡土气息和民族风味，被视为土家族文人文学的奠基人，与沈从文一起被誉为20世纪湘西文学的两大重镇。

"文学湘军"的第三种类型是学笔于20世纪60年代，立足乡土讴歌湖湘人性美的作家，谭谈是这类代表。谭谈，1944年生于湖南涟源一个贫苦农民家庭，1961年应征入伍，1965年开始发表作品。1968年复员后任湖南《涟邵矿工报》记者、编辑，《工人日报》湖南记者站记者，《湖南日报》编辑。著有长篇小说《美仙湾》《桥》，中短篇小说集《光阴》《采石场上》《山女泪》《男儿国里的公主》《罪过》，散文集《太阳城》《儿子·情人·我》《爱之族》《生命旅程》，报告文学集《搏击》《谭谈文集》（8卷）等。《山道弯弯》获全国1981~1982年优秀中篇小说奖，长篇小说《风雨山中路》《山野情》均获中国首届乌金奖，长篇自传体文学《人生路弯弯》获全国第四届青年读物优秀图书奖，中篇小说《山雾散春》《你留下一支什么歌》获全国第一、第二届乌金奖。1982年加入中国作家协会。历任湖南省作家协会常务副主席、党组书记，中国作家协会主席团委员，中国文联委员，湖南省文联主席，中共十三大、十五大代表，中共湖南省委第五、第六届候补委员及委员。

"文学湘军"的第四种类型是崛起于20世纪80年代引领文学风尚的新生代作家，残雪是这类文学湘军的代表。残雪，原名邓小华，1953年生于长沙，小学毕业。1970年后历任街道工厂工人、个体裁缝，1985年开始发表作品，成为湖南省作家协会专业作家，1988年加入中国作家协会。2002年移居北京。著有长篇小说《突围表演》（有香港、日文版本），小说集《黄泥街》（有日本、台湾版本）、《思想汇报》《辉煌的日子》《天堂里的对话》（译有美国版本）、《苍老的浮云》（译有日本、美国版本）、《种在走廊上的苹果树》（译有台湾、日本版本）、《残雪小说集》（译有法、意大利、德国版本）、《布谷鸟叫的那瞬间》（译有日本版本）、《绣花鞋的故事》（译有加拿大、美国版本）等。被评论界称为"现代派""先锋派""新实验"文学的代表人物。

综上所述，《当代湖南作家评传丛书》精选的四名"传主"充分代表了"文学湘军"形成的历史特色和文化走向。就作家的成长历程来看，"四本评传"几乎都揭示了一个共同的"湘军作家"成长史，那就是政治意识形态的引导以及"作协""文联"等新中国文学体制的培养。这种情况在孙健忠、谭谈两位本土湘军作家身上表现得特别突出。他们的文学创作个案充分显示了50年来新中国文学在政治文化体制孕育下的生产机制。正如谭谈在总结其创作历程时所说的，"我是山村长大的，又曾经是一名煤矿工人，是党和人民将我培养成作家、干部"。《谭谈评传》（朱平珍、余三定撰写）第一次系统全面地揭示了谭谈从一个仅有小学文化水平的"战士作家"到"矿山作家"，到"专业作家"，到湖南省文联主席、中国作协副主席的人生历程和创作历程。从中我们看到了一个典型的新中国作家的成长历程及其与政治文化体制的紧密关联性，看到了政治文化体制对湘军文学的题材和主题一体化引导的同时，也制约着湘军文学艺术上的自由探索和深度开掘。政治文化体制对于文学湘军的乡土化和泛政治化的影响，在改革开放的新时期开始有所改观。崛起于20世纪80年代的新生代湘军作家大胆开始了题材和艺术领域的新探索。残雪在20世纪80年代中期异军突起，显示了文学湘军力求摆脱政治文化体制，追求"一个不依赖于主流意识和社会文化体制的独立的精神个体"，形成了所谓的"残雪式"风格。

三

《当代湖南作家评传丛书》在全面展示四名传主人生历程和创作历程的同时，还致力于揭示蕴含在"文学湘军"创作背后的精神滋养和湖湘文化魅力。"文学湘军"作为新中国文学的一个重镇，体现了鲜明的湖湘文化特色。《当代湖南作家评传丛书》的撰写和出版，为激活千年湖湘文化的和谐魅力做了具体而有力的探索。从《彭燕郊评传》《孙健忠评传》《谭谈评传》和《残雪评传》四种评传中我们看到了湖湘文化的当代魅力，概而言之：一是以谭谈、孙健忠为代表的湖湘本土文化人热爱乡土，敢于创造的三湘文化魅力；二是以彭燕郊为代表的非湘籍湖南文化人在三湘大地执着追求，上下求索的精英文化魅力；三是以残雪为代表的走出三湘大地，将楚巫文化传统与世界现代文化接轨再造的新生代文化魅力。

由此看来，文化的活力根植于民族传统又指向未来，文化的魅力既要扎根于乡土又要融入世界，文化的动力既要知识精英的执着追求又要全社会的关爱投入。一个时代的文学是一个时代文化的集中展现。一个时代文学家的评传则是一个时代人文精神的集中展示。这种展示不仅指向过去，更是立足现在，指向未来。"四本评传"的撰写者在挖掘展示传主文学文本的文化魅力的同时，着力凸显了传主人格的文化魅力。《谭谈评传》在展示谭谈个人的文学创作之路的同时，还凸显了谭谈作为湖南省文联主席对湖南文化事业的推动，如创建"毛泽东书院"、新建"作家爱心书屋"、主编《文艺湘军百家文库》，等等。在评论谭谈主编《文艺湘军百家文库》时，评传撰写者指出，这是谭谈任文联主席以来的又一次大手笔。而这种大手笔实质上就是湖湘文化一种重要精神——"敢为天下先"的体现。敢为天下先，归根结底就是一种创新精神，需要的不仅是非凡的胆识、博大的气魄、深邃的眼光，还要有牺牲的精神。它是湖南血性文化的一种体现。"四本评传"的作者在深入传主人格的文化血脉寻根的同时，还指出了传主精神世界的丰富性和矛盾性。《孙健忠评传》总结传主的全部创作的共同特点是"着眼于湘西民族精神文化的变迁与思考"。评传作者吴正锋、毛炳汉指出，孙健忠的作品歌颂了湘西民族崇高的人性美和人情美，展示了湘西民族向现代社会迈进过程中的精神变迁，表现了湘西人承受文化裂变与整合所必然产生的欣悦与痛苦、希望与失落，同时对湘西民族的劣根性进行了严肃的反省和深刻的批判。作者认为，孙健忠的创作第一次把不大为世人所知的土家族生活和民族心理范式比较全面地带进了中国文坛，填补了土家族书面文学的空白。

《彭燕郊评传》以另一种"人论与文论"相结合的评传书写方式，分五个专题勾勒、解读了彭燕郊这个特殊的诗人、学者近90年人生历程和70年诗路历程。它使我们见到了湖湘文化有容乃大的精英文化魅力。评传作者刘长华认为，彭燕郊的诗歌是仅仅源自于人文忧患意识和艺术艰苦追求所共同谱写而成的生命寓言，它表征了一个现代知识分子的道义、尊严及其受难，记载了民族的、世界的跨世纪心路轨迹，也轮刻下了中国新诗近百年的风雨履历。在完成对新诗整体思想轨迹的综合性创造和个人化体验的结合之中，彭燕郊是现代诗的一个坐标，为新诗在未来的发展提供了一种极具价值的参照。彭燕郊是中国现代诗的重镇，既别开生面又厚重蕴藉，既奉献过去又启迪未来，既表达个人也深入历史……彭燕郊以他的诗歌和人格文本实现了真正的"超越"，最终也必定超越时空，获得永恒。一生寂寞的彭燕郊刚刚走完他生命的旅程，彭燕郊的人格和诗格的精神光辉却如日升中天，赢得了知识精英的首肯和敬仰。彭燕郊的精神现象与屈原的上下求索精神、范仲淹的先忧后乐精神一起构成了湖湘文化来自知识精英的宝贵文化精神。

残雪作为湖南本土的知识精英，崛起于中国文坛时就显示了"文学湘军"的另一种"敢为天下先"的精神魅力。《残雪评传》以纯正的学术话语剖析了残雪及其小说简单而又复杂的精神世界。评传作者卓今指出，残雪根本就是一名苦修者，一边做着自我反省，一边反省着整个人类。她执着于用形而上的思想与形而下的文字构成一个别样人生。为了灵魂的自救，残雪在艰辛的创作中获取一丝快感。这就是作家的人生。残雪的艺术追求是试图回归文学的本真。这种纯艺术写作追求使残雪的写作从一开始就异于常人；这种怪异根植于残雪的人生经历、文化修养、家族传统和地方性遗传等一系列主客观原因，其中最为深刻的原因是她血质里的叛逆精神。残雪这样的纯文学作家在今天的文化市场上用他们孤独的身影塑造着人类的精神丰碑。而作家独立精神的榜样，召唤着后来的艺术家继续前行。这就是残雪在今天文化市场上的价值，它昭示着湖湘文化走向未来的自省和超越的精神向度。

涓涓细流汇成大海，点滴历史汇成传统，点滴传统汇成文化，点滴文化汇成精神。《当代湖南作家评传丛书》的撰写、出版，接续了千年湖湘文化传统，昭示着千年湖湘文化的精神，必将汇入当下复兴中国文化的洪流之中。而作家评传丛书的形式，为精英文学的大众化和理论化，进而为推动社会主义文化的大发展大繁荣，提高民族文化的软实力提供了新思维、新路径。

【写作反思】

本文初稿完成于 2008 年暑假，部分内容刊发于《文艺报》2009 年 1 月 20 日理论版，标题为《从"量的检阅"到"质的分析"》。

5.4 文化转型与内生动力
—— 评《儒家文化与晚清新小说的兴起》

摘　要：何光水新著《儒家文化与晚清新小说的兴起》以梁启超小说功用观为中心具体探讨中国小说文化现代转型的内生动力这一学术问题。该著超越"全盘西化论"与"全面反传统论"，认为儒家文化悠久的自新传统与近代"以夷制夷"的救亡策略，驱动着中国小说文化由传统向现代的转型。该著以"两千年长时段视野"的考察，凸显儒家文化在由传统向现代转型过程的内生动力。

关键词：何光水；《儒家文化与晚清新小说的兴起》；小说文化转型；内生动力

一、论述起点与双重超越

在世界各民族国家现代化的历史表述上，学界存在着所谓的"早发内生现代性"与"后发外来现代性"两种对立的话语。其背后是西方中心主义文化霸权对东方各民族国家的一种新型思想控制。晚清中国面对三千年未有的"西方外来现代性"的冲击之变，其文化转型的动力来源于哪里？是外来的，还是内生的？何光水的新著《儒家文化与晚清新小说的兴起》（湖北人民出版社2013年12月出版）以梁启超小说功用观为中心具体探讨了中国社会文化现代转型的"中国性"这一学术问题。

自从西方学者马克斯·韦伯认为中国传统文化自身不能生出"现代性"以来，在中国学术界，相当一部分人受西方现代性话语的影响，也认为中国社会文化由传统向现代转型的动力来自西方，中国传统的儒家文化不能生出"现代性"。于是出现了所谓的"全盘西化"论和"全面反传统"论的极端话语。其实，这是欧洲中心主义对儒家文化生命力的无知与蔑视。经验告诉我们，中国在迈入现代民族国家进程中落后于西方现代民族国家的历史事实，不等于中国现代化的历史动力不能从民族文化中内生。

论著《儒家文化与晚清新小说的兴起》，以"双重超越"为起点，反驳中国文化现代性"外来说"，正面强调中国传统文化在中国社会文化现代转型过程中的主体性。该著认为，这种主体性，一来自于两千多年来中国传统文化的自新精神，例如儒家文化的"自新""新民"思想；一来自于鸦片战争以来中国知识精英反抗侵略，"以夷制夷"的救亡图存的民族情结。儒家文化悠久的自新传统与近代"以夷制夷"的救亡策略，驱动着中国社会文化由传统向现代的转型。

现代哲学大师冯友兰先生在有关传统与现代关系问题上提出了"照着讲"和"接着讲"的说法❶。何著在探讨儒家文化之于晚清新小说的兴起的历史动力方面，基本上是"照着讲"，而在探讨儒家文化之于晚清新小说的现代性转型过程节点方面，则是以晚清学术大师梁启超的小说功用观为中心，"接着讲"。

该著以梁启超小说功用观为中心考察，理由有四。其一，梁启超是晚清社会文化转型的关键人物，在文化层面上探讨儒家文化与晚清新小说的兴起，梁启超小说功用观是一个经典个案。其二，梁启超小说功用观与儒家文化关系密切。梁启超小说功用观的实用主义定位与儒家文化和传统文论的主流是一脉相承的，他对小说功用的态度是与时俱进的，戊戌变法前后，他对中国传统小说功用"诲淫诲盗"的否定批评，对新小说新民功用正面的倡导和力行，以及新文化运动之后对新小说功用的负面反省和沉痛疏离，全面地显示了梁启超这个时代骄子对小说与社会、小说与人性、小说与民族国家、小说与宣传以及小说与文化传统的理性思考和浪漫想像。其三，梁启超在理论和实践两方面推进了晚清新小说的兴起。然而，迄今为止，对梁启超与晚清新小说的兴起关系的认识和评价还存在着片面与缺失。即过分强调梁启超新小说思想中的外来现代性，忽略了儒家文化对梁启超发起小说界革命，引进新小说的本土思想动力资源。其四，当前，中外学界对晚清新小说的研究出现了回归民族传统文化的趋势。

---

❶ 陈来：《国学经典如何"照着讲"》，《北京日报》，2013年2月25日。

二、长时段视野与内生动力

法国年鉴学派大师布罗代尔在探讨社会结构转型与时间的关系问题上提出了著名的"长时段"理论,他认为,"长时段是社会科学在整个时间长河中共同从事观察和思考的最有用的河道"❶。的确,传统与现代的历史,亦如大江大河,在历史的某个节点上可能出现断裂,但从长时段来看,历史文化传统往往是裂而未断。"晚清"最后十余年的历史,即可视为这种"断裂的节点"。何著《儒家文化与晚清新小说的兴起》上篇分两章,即对这种"节点"进行了"长时段的考察",以期凸显儒家文化在由传统向现代转型过程中的内生动力。

该著在第一章以"百年时段为视野"对中外学界关于晚清新小说的兴起的研究进行了历时的梳理与综合反思。该著认为,百年来晚清新小说兴起的研究,中外学界虽然开始时研究路径不一样,但是,随着研究的深入与学术交流的影响,中外学界对晚清新小说兴起的研究指归却逐渐一致。用一句话概括,就是殊途同归。概而言之,晚清新小说的前沿研究有两条路径:一条路径线索是普实克—米琳娜·杜骆锲骆娃·维林吉诺娃—陈平原—袁进,另一条路径线索是夏志清—李欧梵—韩南—王德威等。前者从晚清新小说的文本形式入手,发现晚清新小说与中国文学传统存在内在联系。譬如,普实克提出了中国古典诗文的抒情传统与史诗性传统在新小说中的"复活说"。米琳娜·杜骆锲骆娃·维林吉诺娃指出晚清新小说的来源和归宿具有强烈的民族主义传统。陈平原提出的"两个移位合力说",强调民族文学传统创造性的转化在晚清新小说兴起中的作用。袁进认为儒家文学观对晚清新小说的推动先于域外小说的影响,儒家"以文治国"的思想变为晚清的"以小说治国"的行动,统治了晚清小说的作者和读者,带来了晚清新小说的兴起。后者从晚清新小说作品主题情调入手,探讨晚清新小说的"现代性"与前此的民族文学传统的历史关联。例如,关于晚清新小说作品的民族主题情调,夏志清提出了"感时忧国",李欧梵提出了"史诗的与抒情的",王德威提出了"抒情写意"。韩南则直接将"近

---

❶ 孙晶:《布罗代尔的长时段理论及其评价》,《广西大学学报》(哲学社会科学版),2002年第3期。

代"时间上限上溯到19世纪初期的传统文学中去寻找近代小说兴起的历史关联。两者对于晚清新小说兴起的探讨，虽然角度切入不一样，但研究指归却逐渐指向一个共同的方向，那就是以儒家文化为主体的民族传统的更新与晚清新小说的兴起关系密切。儒家文化与晚清新小说的兴起，两者内容上似乎存在所谓的"传统性"与"现代性"的"断裂"，但实际上它们是"裂而未断"，在文化功用层面上它们存在着某种功用形式的转化和精神的潜流。❶

该著第二章从"千年长时段视野"首次梳理了儒家文化与传统小说功用关系的变迁，以此凸显了儒家文化与晚清新小说兴起之间的历史文化背景，认为儒家文化与传统小说的功用关系，在从公元1世纪到19世纪末期的近两千年的中国宗法专制社会里发生了结构性的位移。这种位移可以从传统中国社会的主流观念和日常生活两个方面得以说明。从传统中国社会的主流观念来看，在从汉代班固到清代纪昀的历代史家撰写的艺文志典籍中，儒家和小说家在传统"子部"知识系统中分别处于首位与末位。这种定位的不同，在正统史家看来，是基于它们负载的思想观念的功用大小不同。儒家承载的是所谓的"大道"，在"道"知识系统中功用"最高"，小说家充当的是"小道"，是对"大道"的补充。儒家文化成为传统宗法社会的主流文化，处于主导地位，支配影响着传统小说；传统小说成为封建社会的边缘文化，为了生存，小说家自觉地向儒家靠拢、求同。儒家文化与传统小说功用关系的这种定位与定性，在19世纪末期发生了悄然的变化。这就是传统的中心——儒家文化日益黯淡，传统的边缘——传统小说日益显赫；在这种历史背景下，曾经的"小道"小说，具有了取代儒家文化"大道"的功用。相反，儒家文化需要借助小说的形式发生作用。小说在借用中获得"独立"的文化身份。在19世纪末的康有为的观念里，儒家文化和传统小说功用关系的这种历史性的位移，在传统中国的日常生活中表现得非常明显。从传统中国的日常生活来看，儒家文化虽然在漫长的封建社会里被确立为主导文化，小说相应的被看作"闲书"文化。但是，小说由于其根植于民间的鲜活性，以其特有的文化魅力反抗主流儒家文化。中国小说在漫长的封建社会，对儒家文化的态度是"以同一求生存，

---

❶ 何光水：《儒家文化与晚清新小说的兴起》，武汉：湖北人民出版社，2013年，第36页。

以反抗求发展"。其反抗的策略具体来说,就是以"异"反"常",以"情"抗"理",以"泄愤"反"代言",以"俗"反"雅"。传统小说在对儒家文化的反抗中逐渐获得自身的文化地位:首先,传统小说在封建社会人们的日常生活中获得不可或缺的地位,小说作品发展到明清也与儒家经典一样开始了自身的经典化。传统小说在世俗生活功用的凸显,使小说逐渐在观念领域获得自身的文化身份,发展到19世纪末期,在今文经学家康有为的观念中获得文化身份的"独立"。[1]

通过近两千年的长时段考察,该著认为,儒家文化与传统小说功用关系的变迁是中国文化知识结构自身运动变化的结果,而中国文化知识结构的变化又与中国社会结构的变化息息相关。随着中国社会的发展和学术的下移,在西方异质文化的冲击下,中国文化"重道轻器"的格局逐渐被打破,儒家与小说家的传统功用定位结构逐渐出现位移与裂痕,传统的中心与边缘问题开始出现互移的变化征兆,这表明中国文化开始了由传统向现代的自身转型,这种转型的标志就是儒家今文学者开始自觉的借助小说的形式,进行中国文化内容的变革。作为儒家今文学者的康有为,以其敏锐的变革意识,发现了小说具有代替儒家经典的功用。这种发现与中国传统通俗小说市场扩大的现实有关,也与通过日本传来的西方小说地位崇高有关。至于如何借用小说为现实政治服务?康有为没有深究,留给了后来者。这个问题由他的弟子梁启超来完成。戊戌变法失败后逃往日本的梁启超,举起"新小说"的大旗,发动"小说界革命",从理论和实践两方面展开了探索。由此可见,晚清新小说的兴起与儒家文化的自我更新的内生动力密切相关,换句话说,儒家文化自新动力推动了晚清新小说的兴起。

三、个案分析与理论创新

论著《儒家文化与晚清新小说的兴起》最大创新之处是,以梁启超小说功用理论与实践为个案,探讨了儒家文化与晚清新小说的兴起之间的关系,揭示了儒家文化在中国文化由传统向现代转型过程中的内生动力。

该著认为,梁启超小说功用观是研究儒家文化与晚清新小说的兴起之

---

[1] 何光水:《儒家文化与晚清新小说的兴起》,武汉:湖北人民出版社,2013年,第69页。

间关系的"经典个案"。梁启超作为晚清新小说的总设计师和推行者,他对晚清新小说的兴起作用是有目共睹,毋庸置疑的。然而,梁启超小说功用观与儒家文化到底是一种什么关系呢?该著在结语部分对梁启超小说功用观从三个层面进行了总结归纳。第一个层面是指小说作用于个人心理层面(如私德、思想、精神、信仰),具体表现为小说具有满足个人认识自我与超越自我的功能,相当于文学理论上所谓的消闲功用或审美功用。第二个层面是指小说作用于社会心理层面(如社会公德、风俗、民族心理)而产生的社会影响,具有传统文论所谓的劝惩功用,类似于文学理论上讲的教育作用。第三个层面是指小说作用于政治意识层面,通过文化意识形态功用对政治产生影响,在梁启超那里,具体表现为启蒙宣传和民族国家社群想像。这三个层面组成了由内到外的三个同心圆(见该著附录三),其中小说的消闲/审美功用处于最内层核心,小说的社会劝惩功用处于中间过渡层次,小说的政治意识形态功用处于最外层。

该著认为,梁启超关于小说功用的三个层次结构观点,与儒家"修身齐家治国平天下"的"内圣外王"的人格追求同构,即两者都显示了由内心道德修养入手而致力于社会政治之用的外在追求。可以说,儒家文化从心性出发,通过道德修养、人格完善之途,去达到"经世济民"的外在之用的思维方式,决定了梁启超小说功用观的出发点和归宿,形塑了梁启超小说功用观的三个层次结构。而儒家文化"内圣"与"外王"固有的矛盾,也影响到了梁启超小说功用观在理论与实践方面的不一致。从理论上看,梁启超从"唯识论"出发,对小说功用——"势力"与"效力"的描述,从个人心理的满足到社会心理的影响,是符合实际的,是科学的,相当准确地揭示了小说发生作用的机理。但是,在小说功用的实践上,梁启超引进政治小说,单方面强调政治小说的政治意识形态功用的层面,而忽略了政治小说的消闲/审美功用这一核心层面。这在理论上违背了小说功用发生作用的规律,势必使政治小说沦为政治宣传的工具而失去小说的功用。这是我们应该吸取的教训:对于文学的政治之用不能剥离文学性而直奔政治意识形态功用。

该著认为,梁启超关于小说功用的学理之用与现实之用的不一致,昭示了晚清现代新儒家的困境。以梁启超为滥觞的现代新儒家,面对晚清民族国家危亡的政治局面,试图借助传统儒家文化的更新,融合世界先进文化,重铸我们民族新文化,来挽救危亡的现实政治局面。在这种背景下,晚清"新小说"经梁启超的倡导和推行而迅猛兴起。晚清"新小说"的兴起,与其说是小说之体的兴起,不如说是小说之用的兴起。晚清"新小说"是中国小说文化的兴起,是儒家文化精神在小说之体上的复兴。❶

论著《儒家文化与晚清新小说的兴起》虽系著者十年前读博的博士论文,其讨论的主题亦为一个世纪以前的问题,然而,经过十年酝酿、打磨,其学术价值的现实意义似乎正当其时。正如福柯所言,历史叙述"重要的不是话语讲述的年代,而是讲述话语的年代"。今天,当中国经济、社会、生态、文化等的发展面临全面危机之际,中国转型面向何方?其动力从哪里寻求?对于中国社会变革的现实问题的文化破解,正是当今人文社会科学知识分子的文化使命和历史使命。

【写作反思】

本文初稿完成于 2014 年 1 月,部分内容刊发于《文艺报》2014 年 6 月 23 日理论版,标题为《晚清新小说兴起的内生动力》。中国作家网、新浪网、腾讯网予以转载。

---

❶ 何光水:《儒家文化与晚清新小说的兴起》,武汉:湖北人民出版社,2003 年,第 158~159 页。

作者主要批评文章目录

1. 《论贾平凹美文中的禅味》，原载《湖北大学学报》1998年第2期，人大复印资料《中国现当代文学》1998年第5期全文转载。

2. 《无奈的选择与冷漠的叙事——欧·亨利〈警察与赞美诗〉再解读》，原载《湖北教育学院学报》2005年第4期。

3. 《权威的建构与主体的颠覆——张天翼〈华威先生〉解读》，原载《孝感学院学报》2005年第1期。

4. 《文学语言批评解码刍议》，原载《湖北成人教育学院学报》2005年第5期。

5. 《论梁启超小说观的国学背景》，原载《湖北社会科学》2005年第10期。

6. 《被遗忘的现代性：二三十年代美文小品的重新评价》，原载《求索》2005年第10期。

7. 《论梁启超的"应用佛学"与其小说观之关系》，原载《湖北大学学报》2006年第3期。

8. 《论梁启超对小说功用的理论创新》，原载《云梦学刊》2007年第1期。

9. 《论梁启超对小说功用的实践创新》，原载《湖北社会科学》2008年第2期。

10. 《打工诗歌与和谐文化建设》，原载《文艺报》2008年2月5日。

11. 《近百年来晚清新小说研究述评与反思》，原载《云梦学刊》2008年第1期。

12. 《晚清八股取士的废止与新小说的兴起》，原载《湖南科技学院学报》2008年第2期。

13. 《打工诗歌与底层和谐》，原载《湛江师范学院学报》2008年第1期。

14. 《评〈新世纪文论〉》,原载《东方论坛》2008 年第 4 期。

15. 《"血性批评"的崛起与崛起的"血性批评家"——熊元义文艺理论与批评阅读手记》,原载《南方文坛》2008 年第 4 期。

16. 《"量"的检阅到"质"的分析》,原载《文艺报》2009 年 1 月 20 日。

17. 《中国悲剧精神与文艺批评的主体性——论熊元义文艺理论与批评的互动》,原载《云梦学刊》2009 年第 3 期。

18. 《"道"与"艺"的冲突——论梁启超的小说宣传思想》,原载《五邑大学学报》2009 年第 1 期。

19. 《新世纪打工诗歌研究述评》,原载《云梦学刊》2010 年第 2 期。

20. 《诗歌社会学批评的新探索》,原载《文艺报》2010 年 12 月 31 日。

21. 《淡泊中的执着——评作为藏书家的余三定》,原载《理论与创作》2010 年第 6 期。

22. 《打工文学的精神引擎——从《纪念碑》到《城市,也是我们的》》,原载《云梦学刊》2011 年第 2 期。

23. 《屈原精神对中国作家的心灵铸造》,原载《文艺报》2011 年 6 月 13 日。

24. 《全媒时代报告文学影响力的建构与传播》,原载《文艺报》2012 年 9 月 7 日,《当代文学研究资料与信息》2012 年第 5 期全文转载。

25. 《构筑报告文学新的长城:交流·对话·反思——2011 年全国报告文学创作理论研讨会述评》,原载《云梦学刊》2012 年第 6 期。

26. 《外展大国形象 内凝国家意识——评〈国家 2011·中国外交史上的空前行动〉》,原载《光明日报》2013 年 1 月 8 日。

27. 《报告文学研究的理论整合与创新》,原载《文学界》2013 年 4 月号下旬刊。

28. 《〈奠基者〉:"气场"串起的"国魂·军魂·石油魂"》,原载《云梦学刊》2013 年第 3 期。

29. 《晚清新小说兴起的内生动力》,原载《文艺报》2014 年 6 月 23 日。

30. 《阮梅〈罪童泪〉:用爱擦干"罪童泪"》,原载《文艺报》2015

年 3 月 11 日。

31.《基于 MOOC 理念的"文学概论"课堂教改设计与反思》,原载《中国大学教学》2016 年第 3 期。

32.《〈忠诚与背叛〉:历史的镜鉴与现实的拷问》,原载《湖北大学学报》2016 年第 5 期。

33.《三农问题叙事的两种路径与效果——〈根本利益〉与〈中国农民调查〉比较论》,原载《南方文坛》2016 年第 4 期。

34.《文学理论云空间与在线自适性学习》,原载《文学教育》2017 年第 7 期下。

35.《〈文学理论〉信息化教学的问题背景、形态与展望》,原载《文学教育》2017 年第 8 期下。

后　记
批评学步 20 年

当赶在猴年除夕鞭炮声响起前编辑、整理完这本《批评的踪迹》书稿时，掐指一算，不觉学步从事文学批评刚好 20 年。20 年，如果自觉去做一件事，无论如何，即使在他人看来不算辉煌，对于自己也算一个成功，因为毕竟自己持之以恒地做了 20 年。20 年，如果断断续续地不自觉地做一件事，无论如何，即使在他人看来不算成功，对于自己也算一个安慰，因为自己毕竟冥冥之中完成了一件事。

回顾这 20 年断断续续的文学批评学步，恰好三步。第一步，1995 年 9 月~1998 年 7 月，在湖北大学文学院师从熊德彪先生攻读中国现当代文学专业硕士研究生阶段。作家作品批评，特别是中国现当代文学作家作品批评成为我批评学步的不自觉的专业选择。1997 年暑假用方格信笺纸一字一句写完一篇论文《论贾平凹美文中的禅味》，承蒙本专业点指导老师王敬文先生推荐，《湖北大学学报》（哲学社会科学版）1998 年第 2 期公开发表，中国人民大学报刊复印资料《中国现当代文学》1998 年第 5 期全文转载。这篇批评文章为我硕士学业画上一个句号，但冥冥之中却为我从事文学批评打上一个"引号"。正是它引领着我硕士毕业后在从事公安工作中时时不忘怀刚刚起步的学术事业，以至于离开学术 5 年后毅然辞职去读博。

2003 年 9 月~2006 年 6 月，在华中师范大学文学院攻读文艺学专业博士阶段，是我从事文学批评的第二步。在华中师范大学，我接受了系统的文学批评课程训练，文艺学博士学科点王先霈先生开设了文学批评文本细读课，我的指导教师孙文宪先生开设了批评理论与实践课程，同时我还选修了中国现当代文学博士学科点黄曼君、王右平、周晓明等先生课程。为了完成毕业的论文任务要求，我自觉地运用所学博士课程的专业理论赶写发表了 8 篇批评论文。

2006 年 7 月博士毕业到湖南理工学院文学院工作至今，在学科带头人余三定教授与杨厚均教授的指导与支持下,是我文学批评写作的第三步,也是我自觉从事文学批评写作的应用阶段。这一阶段,除了继续在博士学位选题梁启超小说理论领域耕耘之外,还拓展了两个研究领域,即打工诗歌与何建明报告文学的批评写作,申报了不同层面的课题。文学批评理论与实践逐渐自觉地成为我的教学职业与科研事业。这期间我成为中国报告文学学会理事和湖南省评论家协会会员。

  本书编辑特色是:根据批评对象之不同,分为五个台阶,第一阶是文本细读批评,第二阶是文学现象批评,第三阶是理论批评,第四阶是研究述评,第五阶是书评。本书名为《批评的踪迹》,其意有三。一是表明文学批评作为一种操作性强的文学阐释实践活动有其内在的逻辑性轨迹,即由单一的文本细读批评到多样的作家作品现象批评,再到现象诸要素的关联性及其内在因果关系的理论批评。二是对我从事的文学批评活动轨迹做一个清理,挖掘整理个体自我对文学批评活动由不自觉到自觉的命运踪迹。三是从批评写作的操作流程而言的。从主体的印象到文本的细读,再到主体发声,都是有迹可寻的,它们往往聚焦于一个个关键词之中。本书是我20年批评学步的一个总结,在浩瀚的批评之海中,但愿它成为一朵浪花。

何　轩

2017年1月27日除夕

于湖南岳阳洞庭湖之子湖南湖寓所